变身莎士比亚

PLÖTZLICH SHAKESPEARE

David Safier

〔德国〕大卫·萨菲尔 著 刘芮男 译

译林出版社

献给玛丽安、本和丹尼尔……

当然还有马克斯

没有你们，就没有我的存在

敬告读者

此书纯属虚构，没有历史依据。

1

天哪，我简直是一个平庸至极的女人！跟我相比，那些好莱坞电影中女配角的经历都显得更独特一些。多年来我一直单身，身体的生物钟已经发出警报。不仅如此，我还终日沉浸在自卑的沼泽里，因为我的至爱即将迎娶他的至爱，但可惜这件事与我无关。

“她身上有什么是我没有的？”我一边哭诉，一边将一瓶意大利利口酒从我杂乱无章的厨房架子上拿出来。

“她有品位，罗莎。”我的同性恋挚友霍尔格这样回答。他非但不像好莱坞电影里那些男同性恋闺密一样帅气逼人，反而长得像一个霍比特人。

“世界上有些问题人们是不想知道答案的。”我叹息道，并将酒瓶和杯子放到桌上。

“而且她看起来就像一位超模。”霍尔格还在不管不顾地说下去。他大概坚信朋友之间必须百分之百地坦诚相待。

可悲的是，他说的都是事实：奥利维亚有着海蒂·克鲁姆[①]都为之称羡的身材，而我一身橘皮，虎背熊腰，光线一暗看起来就像一只大腹便便的美洲狮。

就像开头所说，我就是一个平凡的女人。

“而且她还上过大学。”

“我也上过！”我抗议道。

“你是在伍珀塔尔读的小学师范教育专业，而她在哈佛学医。”

① 海蒂·克鲁姆（Heidi Klum）：德国超模。

“你闭嘴吧。”我回答道，然后给自己倒了一杯酒。

“罗莎，她和他出生在同样的阶层。”

“你对‘闭嘴’两个字有什么不理解吗？是‘闭’还是‘嘴’？”我问他。

“而且她不像你那么爱骂人。”他嗤笑道。

“你应该清楚，”我苦笑着说，“我这里有很多工具可以把某人阉了…… 比如意面夹子、榨汁机、电动搅拌器……”

“而且她很有教养。”

“难道我教养很差？”我一边问一边抿了一口酒。

“这个嘛，罗莎，你总是笑得太大声，偶尔打嗝，还会威胁十分善良、魅力四射的小伙子，要对他的生殖器动手。另外你骂起人来就好比你是乌利·赫内斯[①]和唐老鸭的私生女一样。”

“我简直不敢想象他们俩还有性生活。”我回答道。

可惜的是，在教养这方面，又让霍尔格给说对了。扬非常清楚高级餐厅的礼仪，而我，只要我能认出哪把是吃鱼的餐刀，只要我不提出“鲔鱼酱汁小牛肉是不是一个意大利歌手的名字”这样令人出糗的问题，我都能窃喜了。

我凝视着那张结婚请柬上的照片。扬和奥利维亚是完美的一对，而这是我和扬永远达不到的。我们曾经以为我俩是上天注定的一对。那是我们刚认识的那天，也是我救他的那一天。当时他在叙尔特岛上度假，我只有二十四五岁，跟霍尔格一起去露营，而扬和他哈佛的朋友们住在他父母位于坎彭的度假别墅里。没错，我们俩不是来

① 乌利·赫内斯（Uli Hoeneß）：前德国国家队足球运动员，原拜仁慕尼黑俱乐部主席，以脾气火暴、嗓音粗犷而著称。

自两个不同的世界，而是来自两个不同的宇宙。

如果扬在游泳的时候没有突然抽筋，而我也没有注意到的话，我们俩大概永远都不会认识，他大概也已经淹死了。当时我向他游了几米——我脑子里还想着类似于报酬这样的东西——然后潜入水中，将几乎失去意识的扬拉出水面。这时，救生员开着一艘快艇赶到，然后将我们拉上船。在快艇的甲板上，扬睁开了他的眼睛。他用他那深邃的绿色眼眸注视着我，着迷地低语："你有着我所见过的最美的眼睛。"

我也轻声回答："谢谢，你也是。"

这就是一见钟情。

扬的母亲完全不能接受我，对我们初遇的形容并没有那么浪漫："他对你的爱主要是由于缺氧引起的。"

对于扬那个高贵的家庭来说我简直就是眼中钉，尤其是在他们认识我的父母之后。在热恋期间，扬和我曾认为让我们的父母共进晚餐、互相认识，是一个不错的主意。可惜这场会面演变成了自斯大林格勒战役以来两派不同的势力最为血腥的会战。

晚餐最开始双方都还做了一些努力：扬的父母刻意谈论他们在塞舌尔群岛一家高尔夫俱乐部的度假经历，我的父母则愉快地谈到那个他们经常去的露营地。同时我母亲还诙谐地提到她在博登湖游泳时感染上了一种让人难受的阴道真菌。

这时，扬的母亲把她的餐碟移到了旁边。

我父亲并没有注意到这个，还多此一举地说，他如今也需要涂抹抗菌药膏。这时，扬的父亲也把他的碟子推到了旁边。我只想知道，到了我这个年龄是否还能找到可以收养我的人。扬的母亲生气地说我的父母"十分粗俗"，我母亲则回答"粗俗总好过傲慢"。自此整个夜晚的情况急转直下：甜点端上来之前，我的母亲开始向扬的母亲建议“把屁股放轻松”，扬的母亲则建议扬“去一个好点的垃圾桶找女朋友”。

最后只剩我和扬坐在餐桌旁，端上来的六份提拉米苏，我难过地吃掉了三份——扬的家庭，或者我的家庭，都没有一丝一毫让我振奋的理由。

我现在只想把这瓶利口酒喝个底朝天，霍尔格还在继续说：“倒是有一些东西，你有，奥利维亚没有。”

“一直聊阴道真菌的父母？”

“哎，我指的不是这个。”

我转过头，不想继续听下去。

“别担心，刚才的批判大会暂停，我待会儿再继续。”霍尔格兴奋地笑道。

也许吧，我这样想，我也想听他说点好听的，所以决定陪他玩下去。“好吧，你说说那个婊子没有什么？”

“奥利维亚没有背叛过他！”

“我也没有背叛过扬！”我一边抗议，一边倒酒。

“你有过，罗莎。”霍尔格笑着反对。

“这要看你怎么定义。”我小声地反驳道，其实心里清楚得很，这个问题实难狡辩。事情大约发生在两年前。随着时间流逝，再精彩的爱情也会变质。我们的相识像“罗密欧与朱丽叶”，却逐渐演变成“罗密欧与傻骆驼”。总之我是这样感觉的，我的自信逐渐跌入尘埃。扬在杜塞尔多夫市区有自己的超大诊所和口腔实验室，我只是一个在工作中找不到乐趣的卑微的小学老师。日子一天天过去，我越来越想知道，那么一个优秀的、成功的、文质彬彬的扬，为什么会爱上我这样一个资质平庸的女人，尤其是这个女人还和他的交际圈格格不入？

每时每刻我都在幻想，在扬的朋友、父母和同事给他介绍的完美女人中，总有一个会让扬背叛我。同时也想象着，扬总有一天会突然意识到他最好还是把我送到沙漠里去，还是那种没有水源的沙漠。

与此同时，唯一能让我找回一点自信的事情出现了。在一次教师聚会上，一个名叫阿克塞的体育老师向我狂献殷勤。阿克塞是一个行动敏捷、魅力四射的猎艳高手，他长得有点像休·杰克曼，我估计他和所有的小学女老师都上过床。只有我他还没能得手，因为我深深爱着我的扬。这也是他为我着迷的唯一原因——阿克塞需要把我的照片放进他的集邮册里。

当我们在聚会上一杯接一杯喝着潘趣酒，一颗接一颗吃着酒中腌制的水果时，阿克塞一直在跟我调情。他变换着方式恭维我，甚至一度让我认为“丰满女人”这个词是对女性的称赞。紧接着阿克塞提出想要送我回家，这个提议对我来说太过头了，因为我很清楚，他想要先绕点弯路带我去他家。我拒绝了他的好意，然后加快脚步向外走去，迎面吹来一阵夏日雷雨前潮湿又闷热的风。但阿克塞并没有放弃，他跟着我走到外面，对着我的耳朵吹气：“你其实也想要的，罗莎。”

他不太擅长花言巧语，然而他却很主动，毫不犹豫地拥我入怀，把我拉向他……然后……我应该怎么说呢……我喝醉了……他的吻火热又潮湿……我毕竟也是一个女人。

阿克塞狂野地亲吻我，这确实像是《金刚狼》男主角亲吻人的方式。当我残存的理智在做最后的挣扎、想要发出警告时，我的欲望已经开始沸腾。一起沸腾的还有我那被践踏已久的自信，这个充满魅力的男人对我表示出的兴趣让我信心大增。不巧的是，扬临时起意，决定聚会结束时来接我，因为天气预报说有一场雷暴即将来临，而他知道我害怕打雷。他就是这样一个可爱又细心的男人。

当看到我和阿克塞拥抱亲吻的一幕后，他震惊地问我："罗莎……你在做什么？"

阿克塞回答说："这看起来像在做什么？"他应该也不善于察言观色。

我盯着扬那惊呆的脸。在那个瞬间我本可以告诉他，是自卑情结让我做出这样的事情，是他的朋友和家人让我接近崩溃……但我没有，我只是结巴地说："我，呃……嘴里有点东西，他只是想要帮助我……"

扬努力忍住眼中的泪水：他不顾全世界的反对想要在一起的女人，却在亲吻一个陌生人。这也证明了别人说的话是有道理的：想成为他的朱丽叶，我确实不够格。对扬来说，他的整个世界在那一刻崩塌了。准确说来，是我们俩的世界。而且是我按下的那个毁灭的按钮。

我把酒杯放在霍尔格面前的桌上。在回忆起这段往事的时候，我只想直接拿起整瓶酒灌醉自己。

"还有一样东西，是你有，而奥利维亚没有的……"霍尔格带着友善的腔调继续说。

"我不想听。"

"你……"

“你给我一种这样的感觉：好像不是我不听你说话，而是你压根没听我说话吧。”我喃喃地说。他现在必须停止在我的伤口上撒盐，朋友之间有时也不能太过诚实。

“你比她更有心，罗莎！”

我惊讶地看着嬉皮笑脸的霍尔格。

“而且你很有性格，”他一脸认可地强调道，“随时像屁股后面粘着胡椒一样火暴。”

“是啊，而且我的屁股跟胡椒种植园都差不多大。”我笑得嘴都咧开了。

“你还很幽默。综上所述，你是一个比奥利维亚还完美的女人。”

霍尔格的话温暖了我的心，这可比灌自己利口酒管用多了。这也是有一个诚实朋友的可取之处吧。他在夸人的时候也同样真诚。

我又看了一眼结婚请柬上的照片，想知道扬有没有在某时某刻突然想起我，或者他心里还想着我是一个比奥利维亚更适合他的女人。他离开我，不过是因为我伤了他的心。也许我应该再去向他争取一次，干脆直接去他的牙科诊所，让他想起我们也曾认为我们的结合是命中注定。去建议他再给我一次机会，让他跟可恶的奥利维亚说，自己一个人到那个属于她的垃圾桶散步去吧……我一边这样想着，一边又给自己倒了一杯。

喝完三瓶利口酒，我已经在去牙科诊所的路上了。

我要把扬抢回来。就跟好莱坞电影里的女主角一样。

反正我已经落入俗套，不如更加彻底一点！

2

当霍尔格意识到我想去找扬的时候，他跟着我走到门口，嘴里嘟囔着类似“哎呀”“天哪”“跟你说,我认识一个很不错的心理医生”之类的话。

我向他解释说我就是一个俗气的女人，而好莱坞电影里那些俗气的女人都成功地在最后一秒求得了爱人的原谅，赢得了爱情。大多数时候她们是直接在教堂圣坛前做到的，相比之下，我比她们还多一点时间优势，因为扬的婚礼要在后天才举行。

“但是,”霍尔格若有所思地说，“那些女人在最后都经历了一些突破,甚至改变了她们的性格。这些年你身上唯一有突破的是体重吧。”

他说得有道理，甜饼怪[①]都比我会克制自己的食欲。

“还有一个你不应该去找他的理由。”霍尔格堵在我和房门中间。

“什么？”

“扬没有你想的那么完美。”

我惊讶地看着他。“怎么说？”

“开什么玩笑……那个男人是个牙医！”

我把霍尔格推到一边，走出住所，然后听到他在我身后绝望地喊着:“那个心理医生可好了……他还帮我治好了阴茎羡妒[②]……”

---

① 甜饼怪:美国儿童节目《芝麻街》中的布偶角色，喜欢吃饼干。

② 阴茎羡妒：出自弗洛伊德的学说，是一种假定女性在生理状态某个时期有意识或无意识对男性生理优势的羡妒情结，也指男性对自身生理构造感到自卑的情绪。

但我根本没听霍尔格的话，径直开车去了杜塞尔多夫市区内的牙科诊所。一位年轻的金发牙医助理在接待处，用露出一口洁白牙齿的职业微笑告诉我要等到下午六点扬才有空，然后就转过头对着电脑去了。我看了一眼墙上的时钟，断定我等不到那个时候，再过几个钟头醉意散去，我就没有勇气来完成这个疯狂的计划了。

“可是我跟他事先有约的啊！”我向她解释道，感觉自己浑身充满了力气。

助理小姐在电脑的预约表里查询了一下，然后说：“您应该不是贝格曼先生啊？”

“我是说十分钟之后。”我赶紧修正了自己的谎言。

“啊，那您是赖特尔女士吧？”

“是的，当然了，我就是赖特尔。”我兴奋地回应。那位牙医助理充满疑惑地看着我。之后她再次确认，我（也就是赖特尔女士）在上一次治疗时就已经交过季度医疗保险卡，于是她直接给我指了去治疗室的路。我走进那里，看到那个房间跟所有的牙科诊所治疗室都差不多：不过是通往地狱的一个美丽前院。闻着消毒水的味道，照着紫外灯的光线，听着背景里的古典音乐。当我正在观察那些“刑具”，思考着“为什么科技发展到能让人类登上月球却不能让牙医更人性化”这个谜题时，我听见了渐近的脚步声。我的心跳加快，马上就能见到扬了。我深吸一口气，在脑子里又过了一遍我想对他说的话。门打开了，然后……奥利维亚走了进来。

我突然呼吸停滞。

奥利维亚的头发束在脑后，扎了一根利落的辫子，身穿白大褂。

这身装束并不能掩盖她身上透露的傲慢气息，她看起来的确比我有气质，比我更高贵，比我好得多。我根据她的白大褂判断出她如今在扬的诊所里工作。而且她看到我的惊讶程度丝毫不亚于我看到她。“罗莎？我还以为是赖特尔女士……”

我现在应该怎么说？告诉她我撒了个谎，因为我想要抢走她未来的丈夫？

“呃……我……我……我预约的时间被提前了，我是来做口腔健康检查的。”我吞吞吐吐地说。

奥利维亚很快思考了一下，然后说：“好吧……那你请坐……”

“我……我想，扬……”

“他在隔壁做手术，我也可以给你做检查。”

我忍住了话头。

“还是你不相信我？”她纠缠不休地问。

我当然不相信她啦。她肯定无法容忍我，因为在我救下扬之前，她就已经爱上了扬。

“嗯，当然不是……我相信你啊。”我回答道，然后犹豫地坐到椅子上。奥利维亚特别专业地拿了一只口镜在手里，对我说：“请你张开嘴。”

我照做了，紧接着听到她略带厌恶地发出一声“呜”。

“呜？……怎么了？”我担心地问道。我已经两年多没看过牙医了，因为我不想勾起任何关于扬的回忆。

“你嘴里好大一股酒气。”奥利维亚有点恼怒地回答。

我脸红了。

“而且里面看起来不怎么好。”

“不怎么好？”

我开始不安起来。

"'不怎么好'的意思就是'糟糕'。"

"糟糕？！"

这一刻我开始害怕了。

"确实很糟。里面有一个很大的洞。但是也不用担心，我们很快就能治好。"奥利维亚解释道，然后拿起一个牙钻。

"这……这不需要治吧。"我恐慌地回答。

"不，必须要治。"她冷静而客观地跟我解释。然后她按下一个通话装置，对里面说："阿斯穆斯小姐，一号治疗室需要棉球。"

"棉球？你为什么需要棉球？"我十分疑惑。

"为了给器械消毒。"

"这样啊。"我回答道。

"还有为了止血。"

"止血？！"

我有点接受不了。

"别担心。"奥利维亚说。

别担心？这个蠢女人还能好好说话，那是因为她站在拿牙钻的那一边。

"如果你感到疼痛，就动一下手。"她建议道。

她打开了牙钻，钻头嗡嗡作响，在钻头靠近我的嘴唇之前，我瞬间举起了手。

"刚才这样是不可能疼的。"奥利维亚一边说话一边将我按进椅子里。牙钻继续在我眼前嗡嗡响，这下我没法逃跑了，否则这个东西会在我脸上划出一道锯齿形伤痕，让我看起来像落入一个患帕金森症的文身师手中一样。

牙钻已经进入我的口腔，然后奥利维亚说道："哦，我忘了问你需不需要麻醉了。现在这样可以继续吗？"

在她问我这句话的时候，我仿佛在她脸上看到了施虐狂的微笑。然后她故意无视了我不断挥动的手。

3

十分钟过后，我带着疼痛和满嘴棉球坐在椅子上。奥利维亚放下牙钻，然后问我："也没有想象中那么痛苦，对吧？"

当然不是，是难以想象地痛苦。但我不想承认，不想让她心满意足。于是我勇敢地竖了个大拇指。嘴里塞满棉花根本说不出一句话。

收音机里正在放 ABBA[①]的歌。我突然想起，ABBA 这个乐队名称源自乐队成员名字的首字母——昂内塔、比约恩、班尼和安妮·弗瑞德，然后我又思考，如果他们的名字叫弗瑞达、比亚纳、梅尔和弗瑞达·弗瑞德，ABBA 又该叫什么呢？FBMF？或者如果这些乐手叫这样的名字呢，比如弗里特约夫、乌拉、凯瑟琳和卡尔森？

这时，同样穿着白大褂的扬急急忙忙冲进房间，生气地喊道："有个人冒名顶替了赖特尔女士，她现在正在候诊室里大发雷霆……

然后他发现了我，动作瞬间僵在空气中。尽管他年近四十，看起来依然非常年轻，甚至比我这个三十四岁的人状态更好。我在他的注视下早已灵魂出窍。我爱这个男人。超过一切！

扬却完全没有一点点失态，只是很震惊。"罗莎……是你冒充了赖特尔女士吗？"

我完全不知道该如何回答。但我再也不能对扬撒谎，于是我轻轻点了点头。

"为什么？"他现在只想知道原因。

---

① ABBA：一支瑞典流行乐队。

“因为她喝醉了。”奥利维亚解释道。

扬靠近了我的嘴唇，嗅到了我散发的酒气。他担忧地说：“我的天啊，确实是这样。”

我羞愧得简直想将自己淹没在这把治疗椅里。我那伟大的复合计划可不是这么构想的啊。

“你为什么会在这里？”扬带着不确定的语气问道。

我站起身来，拿掉嘴里的棉球。虽然很疼，但现在对我来说都无所谓了。好莱坞的女主角们都不知道疼痛。

“这样对伤口恢复不好。”奥利维亚责备我。

“她说得对。”扬解释说。

我的心暖暖的，他此刻还在关心我。

“我有急事要告诉你。”我向扬解释道，然后我示意奥利维亚，“只能在我们两人之间说。”

扬犹豫了。奥利维亚看上去显然很紧张。

“你不会听这个女人的话吧？”她带着一点恐慌的语气问扬。

她害怕了，我很喜欢这一点。很显然她还把我视作威胁。这是一个好的征兆。ABBA 此刻正在唱：“胜者为王……”很快就要揭晓我们俩谁是胜者了。

“请在外面等一会儿。”扬请求她。奥利维亚不能接受。但扬的眼神坚定，所以她一句话没说就离开了治疗室。为了我，扬把他的未婚妻支走，在我看来这也是个好兆头。这时候难道不允许我有一丝期望吗？

“嗯，罗莎……你想对我说什么？”扬问我。他也有点紧张。他难道预料到将要发生什么？他甚至有点期待吗？我可以期待他对此有所期待吗？

我开始紧张地往外吐字："我来是为了告诉你，我为自己做下的蠢事感到抱歉，我特别希望那件事情没有发生过，可惜时光不能倒流……"

我略微紧张地停顿下来，从治疗椅上的一只灌满水的小塑料杯里喝了一口水，然后继续说："我想为此向你道歉……"

他沉默了，思维混乱，想要把这一切理清楚，但很明显没有成功。然后我说出了一句话，一切都取决于这句话，之前的结结巴巴都不重要，重要的只是这句话和扬的回答。我勇敢地说："我一直还深爱着你。"

扬继续沉默着，而我在等待一个答案。时间仿佛延长了，那不过是几秒钟，但对我来说仿佛是几小时、几天、几年，甚至永恒。在这段时间里，仿佛经历了文明的诞生和消亡。如果爱因斯坦和我一起感受这段时间，那么他可能会重新写一遍相对论。终于，扬给了一个答案。我的心仿佛就要跳出来。这间治疗室，这个地狱的前院，随时都可能变成天堂。我所有的梦想都可能成真，我乏味的生活又会变得有意义。

他轻声地说："但我不爱你了。"

就像是有人在一点点碾碎我的心，就是那样的疼痛。

扬充满歉意地看着我，让我这样受伤，他确实很内疚。

"我曾经爱过你，"他开始解释，"但那件事之后我整个人仿佛被摧毁了……"他勉强地微笑着，但我太虚弱了，甚至没法回他一个虚弱的微笑。"那个经历让我变得成熟了，"他继续说，"我现在知道我想要的是什么，我和奥利维亚的感情是深沉的、成年人的爱……是成熟的爱……我们知道我们彼此适合……还有……还有……"

他看向我的脸，知道我并没有在听他说为什么他与奥利维亚的感情比跟我的伟大，醒悟道："……或许我不该继续说下去。"

他看着我，沉默着，在他说出"我们可以继续做朋友"这种荒谬的话之前，我把他从不安中解救了出来。"去找她吧。我一个人能找到出去的路。"

他点头，又看了我一眼，然后向走廊上的奥利维亚走去，他迎面而来的拥抱明显让她轻松很多。她刚才确实很畏惧我。

我注视着这一对恋人：他们的爱情那么成熟、精彩和伟大，他们彼此适合……这是扬所说的。不仅仅是他不再爱我了，他爱奥利维亚，甚至比他过去爱我还要多一些。我心里的一切都崩塌了：我所有的希望、我所有的生存欲望以及我所有的信心。

这时 ABBA 还在唱："败者为寇……"

而我在想：弗里特约夫、乌拉、凯瑟琳和卡尔森。

我现在恨死做一个俗套剧情里的女人。

我多么希望我不再是我。

4

与此同时威廉·莎士比亚的生活

伦敦，1594 年 5 月 12 日

英国女王的海军中将——弗朗西斯·德雷克爵士，举起他锋利的剑，向我咆哮：“威廉·莎士比亚！当我在海上为英格兰而战时，你竟敢与我的夫人上床？！”

我赤身裸体地站在他面前，在他华贵的卧室里，站在他同样赤裸的妻子戴安娜的身旁。

显然这位海军中将才从他最新的航海旅行中回来，却比我们期望的更早，而且我们没有听到他踏在木梯上的脚步声，也许是因为我们享受欢愉的呻吟掩盖了一切。当然在这之前我就已经意识到，和英国最伟大的英雄、西班牙无敌舰队的征服者的妻子共枕同眠将会让我陷入巨大的危险之中。尽管如此，在情色的刺激、情欲的骚动、戴安娜的诱惑下，这一切还是成了事实。其实有很多在美貌上胜她一筹的女人，但这一点我们不能苛求戴安娜，她已经到了一个成熟，甚至说过于成熟的年龄，她已经二十七岁了。

而说到她的性爱技巧，现在依然不过是普普通通。说实话，正是这一点才给了我抱怨的理由。

“你必须为此赎罪，莎士比亚！”这位身着华贵宽袖型衬衫和丝绸紧身裤、衣着高雅的贵族男人，因愤怒而青筋暴露、血管突出，让我看到了一种他突然中风倒下而我因此得救的希望。

这时，浑身颤抖的戴安娜惊惧地观察着她的丈夫，最终决定用昏厥的办法来从这场桃色事件的旋涡中抽身。

“我感到眩晕。”她叫喊着，希望我们之中的一个去搀扶她。她倒在了地上。可是没有一个人冲过去帮忙。

我没有去，是因为我裸露的脖子正被一把利刃威胁着；弗朗西斯爵士也没有去，是因为他正忙着用剑刃抵着我的脖子。戴安娜的头撞在用从新大陆运来的华贵木材雕刻而成的床柱上，发出一声沉闷的低响，让人无法确定那是床柱还是戴安娜的头部发出的。

我向下看了一眼，对她产生了一丝同情，但是还不及对我自己同情的一半：弗朗西斯爵士即将在我们所站的地方——他猎获的一头熊的皮上,用手中的剑杀死我。我将没有机会写出伟大的戏剧作品，像我在斯特拉特福长大时梦想的那样，世上只会留下我之前写的那些平凡的作品。我也不会变得富有，再也不能沉溺于和漂亮女人没有什么意义的性交。我再也不能和亲爱的演员朋友们一起厮混、酗酒、滥交，或者看他们为了高额赌注而比赛放屁……好吧，最后一项我还是希望能够避免。

但最重要的是我将再也不能看到我的孩子们，再也不能听到他们可爱的笑声……这个想法让我陷入无边无际的悲伤之中。

“拿起武器，莎士比亚！”德雷克的话打断了我感伤的思绪，将一切拉回现实。

“不错的提议，”我回答说，“但您的剑刃抵着我的脖子，我怎么拿武器？”

德雷克从墙上的支架里拔出另外一把剑扔给我。我接剑的姿势并不是很优雅，因为这把剑比我们剧院舞台上决斗场景中用到的剑要庞大许多。我手中的剑沉甸甸的。现在选择来了：我要像一只可怜的老鼠一样跪地求饶，还是像一个真正的男人一样举起剑，和这个全英国最英勇的剑客进行决斗呢？

我决定做一只老鼠。

“请您饶恕我，”我跪在地上请求道，“求您不要杀了我，高贵的大人，请赐予我恩典。”

坦率地说，我的行为不太有尊严，但十分明智，因为如果人头落地，那尊严还有什么用？

“不管你是否决定拿起武器，莎士比亚，你必须为你的行为付出代价。”德雷克举起剑准备攻击。这时戴安娜苏醒过来，看到她的丈夫要将我斩首，又马上闭紧了双眼。

这样下去可不行。于是我迅速改变了策略。“我保证再也不会给您戴绿帽子，再也不会对您的夫人有非分之想。您也知道，她在床上僵硬得像一块板子。”

听到这里，戴安娜再次睁开了眼睛，大喊道：“砍掉他的头！”

“我要把你的头悬挂在城门上！”德雷克发怒了，向我迈近了一步。

那些从四面八方到伦敦来售卖商品的乡野村夫将会围观我，而我不想沦为他们的低俗娱乐对象，于是急忙寻找能逃脱眼前危险处境的办法。唯一的出路只能靠急中生智的诡计了。“弗朗西斯爵士，您的背后……”

我承认，这不是什么高明的把戏，甚至曾经在我那些剧作家同事的蹩脚喜剧中出现过，不过，它让我达到了目的。弗朗西斯爵士已经习惯躲避西班牙皇室派来的天主教暗杀者的伏击，于是他转过头看向身后。那一瞬间，我从地上一跃而起，冲到城堡的窗边，俯瞰着黑暗中静静流淌的泰晤士河。尽管知道河水是刺骨的寒冷，我还是敏捷地穿过窗户爬上石窗台，毫不犹豫地跳了下去。当潜入冰冷的河水中时，我突然意识到德雷克的仆人们恰巧正在这里将粪便运出城堡。

我重新浮到水面上，大口喘气，用尽全身力气向前游。我回头看了一眼德雷克,他正怒火冲天地站在窗边。但他没有跟随我跳下来，显然他也知道这里是仆人们运送粪便的必经之路。

“我要杀了你，莎士比亚！”他对着我喊道。

我完全没有力气再向他回喊什么俏皮话，只是沿着泰晤士河向下游去，河岸边只有一些零星的火把闪着微弱的光。我赤裸的身体被冰冷的河水完全冻僵，而我的心更加冰冷，一想到戴安娜想要我死……就是那个几分钟前还呻吟着要永远爱我的戴安娜。这就是大城市伦敦的女人啊，她们欺骗了自己的丈夫，还想要她们情人的项上人头。不过，这对我来说也没什么，反正我只会向女人献上自己的身体，而不是我的心！因为我在现实中已经明白，如果人被爱情所束缚，那么下场不过是两种：一根绳索和一把摇晃的椅子。

5

接连喝下几瓶解忧的利口酒之后，霍尔格把我搬运到了床上。他一边体贴地给我盖上被子，一边说了一句对于失恋女人来说最讨厌的话：“世上别的母亲也有帅气儿子。”然后他还补充道，“而且那些儿子还不是牙医。”

并不是我拒绝尝试和别的男人约会。过去的两年里，我曾经在“精英真爱”这样的相亲网站上注册，认识了很多跟我一样不是精英的男人。相亲网站上本来就只能找到残次品。

首先是托马斯，一个善良但有点无聊的记者，跟他上床的时候我脑子里只会轮流滚动这两句话：“他究竟在做什么呀”和“这真可笑”。

然后是彼得，他在个人资料里写着对诗歌感兴趣，然后上传了一张很帅气的照片。第一次见面时我才发现，彼得写的都是色情诗，照片是他在网上盗的，他在现实中看起来就像《魔戒》里的咕噜。

接下来出现在我生活里的是奥拉夫，他从事社会工作，但对这份工作毫无兴趣，只因为他还没有走出前妻伊娃去世带来的悲伤。他十分怀念伊娃，甚至还给她写了一首英文歌：

我爱你伊娃，
我会跟随你，
无论你去哪里，伊娃，
哪怕是耶弗尔[①]！

① 耶弗尔（Jever）：德国北部下萨克森州的一个市镇，位于北海边。

听他唱完之后，我也想赶紧逃去耶弗尔。

但实际上我也有一点理解他的心情，于是我自己也在脑子里哼唱着："我爱你扬，我会跟随你，无论你去哪里，扬，哪怕是阿塞拜疆[①]！"

这就是相亲网站的问题所在，他们只给有相似之处的人配对。因此我在上面只能找到和我一样状态糟糕的男人。但我又不想要跟我一样的男人。我想要不一样的。我只想要扬。

"你知道的，我尝试过和别的男人在一起。"我对霍尔格说，酒精的作用已经让我的舌头快打结了。然而他回答道："你又不需要找一个共度一生的男人，只需要一次一夜情。"

然后他就开始即兴唱出这首歌，仿佛他打算要这样做一样："一夜情，一夜情，你有渴望，就去找一夜情，然后你去洗澡，咒骂自己的欲望，但你忘了一夜情之前的饥渴。"

他一脸期待地看着我。但我完全不敢设想去找寻一段一夜情。我没有那个心情。就算有，除了扬之外我又想和谁上床呢？

① 阿塞拜疆（Azərbaycan）：位于外高加索的东南部，是东欧和西亚的"十字路口"。

6

第二天上午我因宿醉头痛难忍。课间休息时眺望窗外也没有减轻我的头痛症状。大约有两百个学生在操场上制造着八百个正常人才能发出的噪音，我想，就算机场降落跑道也比这里安静得多，哪怕上面刚刚坠毁了一架协和式超音速飞机。

我是出于偶然才当的老师，我原来的梦想是写音乐剧。在我七岁时听过《小美人鱼》[①]里那只名叫赛巴斯汀的蟹唱的《在海底》之后，十五岁时我第一次写了自己的音乐剧，叫作《狼人之月》，讲的是一位年轻的姑娘爱上了一个狼人，在剧的结尾有一段他们俩的二重唱："在我们心里住着 / 比月亮还伟大的爱情。"（我说过我当时才十五岁）愚蠢的是，我把这部音乐剧给了当时的语文老师看，然后他说，我以后登上火星的可能性都比我写音乐剧的可能性大。于是，在还没有开始之前，我的作家生涯就已经结束，于是我在高考之后选择了师范大学。对于这份工作来说，我就跟我的许多同事一样：不太适合。也许我应该换一份工作，但我完全不知道自己除此以外能过什么样的生活。此外我又喜欢假期，喜欢定期收到工资单，但不喜欢烦人的小孩，更不喜欢好胜心强的父母，尤其不喜欢教育局和他们一直在变的改革政策（难道那里的人每天都嗑药吗）。

正当我在回想我那糟糕透顶的生活以及和扬尴尬的重逢时，小马科斯，一个二年级的小鬈毛走向我，恨恨地说："凯文是个坟蛋

① 《小美人鱼》：1989 年由迪士尼出品的经典动画电影长片。

东西！”

“坟蛋？”我不解地问道。

“对，一个真正的坟蛋。”

这个小孩明显在声母发音上有点问题。

“为什么这么说他呢？”我问道，虽然我并不是很感兴趣。

“他用手铐把莱昂锁在教室里的暖气片上了。”

“什么？”

现在他成功引起了我的注意。

“用的是他爸爸的手铐。他爸爸是警察。他悄悄把手铐带到学校来了。”

“坟蛋！”我也这么骂道。

“我说吧。”马科斯赞同地说，然后把我带到那间教室，可怜的莱昂——那种典型的受气包胖小孩——果然被铐在暖气片上，可怜兮兮地说：“我想尿尿。”

我摇了摇手铐，但是完全不知道应该怎么解开它。我正想给教学楼管理员打电话的时候，体育老师阿克塞走了过来，说：“我来吧。我解手铐比较有经验……”

“……在二年级小学生面前最好不要说这个吧。”我赶忙打断他。

他笑了笑，用一根铁丝灵巧地打开了手铐，莱昂急忙冲向厕所。自始至终我们没有看到凯文的任何踪迹。马科斯喊道：“现在我要去灭了凯文。”

“你们不能打架。”我心不在焉地想要化解这场战斗，尽管我也觉得小凯文确实该挨一顿揍。

“但是凯文是个坟蛋。”马科斯骂道，然后跑走了。

“坟蛋？”阿克塞不解地问道。

“他声母发音不清楚。”我解释道。

“哦，难怪他昨天喊‘蒂米是个挥箫的’！”

我叹息了一声，建议说：“我们应该教教他。”

“我们俩今晚终于有点事情可以一起做了。”阿克塞哈哈大笑。两年前那场亲吻灾难发生后，他一直不断邀约我。但每一次我都拒绝了，但这显然让他对我更感兴趣。

“我拿到两张马戏团的免费票，”他笑着说，“你有兴趣陪我去吗？”

一般情况下我会再次拒绝他，但我的耳边突然响起霍尔格的声音：“一夜情啊一夜情……”

7

那天晚上阿克塞穿了一件很显身材的T恤衫和皮夹克。他和知识分子气息浓厚、穿衣风格保守的扬完全不同，但这样也不错。在阿克塞那里也不用为了一场无关紧要的性爱而感到不安，毕竟对他来说超过一个星期的恋爱都算是长跑。

演出开始了。一位女杂技演员走进马戏场。她能将自己的身体充满技巧地扭转成各种姿势，阿克塞对此认为："有这样一位情人的话简直让我心生恐惧。"

我想，为了让他待会儿在床上对我不那么恐惧，一定要表现得僵硬些。

女杂技演员的表演终于结束，其实光是看她的表演都已经让我的关节感到疼痛。主持人出来颇为隆重地报幕："接下来，女士们先生们，请您欣赏我们无与伦比、独一无二、神秘的魔术师普罗斯佩罗带来的表演！"

神秘的音乐响起，一个看起来像吸血鬼电影里的男人走进了马戏场：他身形高大但瘦削，眼眸深邃且敏锐，穿着黑色的衣服。外面罩着一件飘动的黑色披风。人们可以在脑海中想象这样一个场景：他沉睡在棺材里，周围撒着他家乡特兰西瓦尼亚[①]的泥土。走到马戏场舞台中央时，他用一种神秘莫测的声音说："人的灵魂不灭，一世一世重生。"

---

① 特兰西瓦尼亚：罗马尼亚的一个地区。

“最好不要每一世都当老师。”阿克塞调笑道。

“最好不要每次都跟我一样。”我在心里默默补充。

“我曾经，”普罗斯佩罗继续说，“在佛教的高僧那里，学会了一种古老的回忆术。他向我展示了我曾经是蒙古王侯阿布赉汗[1]手下的一名得力战将。”

“然后其他的人就在他的背后笑作一团。”阿克塞顺着他的话打趣道。

但我没有笑，马戏场中央的这个人让我印象深刻。不知道什么东西撩拨着我的内心，仿佛是他要向我揭露一个深藏的真相一样。

“我现在要，”普罗斯佩罗举起手，“从你们当中选一个人，把他带到他的前世去。这名观众将会发现他不灭灵魂所拥有的潜能，从此以后也能为他所用。总而言之，他将会找到真正的自己！”

这是一番让人印象深刻的讲话，跟我对他的感觉一样。

“有谁自愿上台吗？”他一边问，一边昂首阔步地披着他飘动的披风在场上巡视着观众。

“自愿参与的一般都不是什么好事。”阿克塞评论道。

普罗斯佩罗走到观众中，我突然变得不安起来。他不会恰巧选到我吧？我可不愿意站在舞台中央接受众人的注视，上次牙科诊所之旅已经把我这辈子的尴尬指标都用完了。奇怪的是，我觉察到心里有一种更深的感觉：有种东西在体内躁动，我害怕回到前世的生活中。太疯狂了，我以前从来没有严肃思考过灵魂转世这个问题。我的理智也告诉我，这样的东西根本不存在，而且这个穿梭在观众席中的家伙，可信度跟街头变戏法骗钱的阿尔巴尼亚人或者理财产品

---

① 阿布赉汗：哈萨克汗国中玉兹汗。

销售员差不多。

我试着减轻自己的不安：场内有这么多的观众，再说我坐的位置比较偏远，这个催眠师肯定会注意到别人。然而当看到他的眼神扫向我们这一排时，我突然开始全身战栗。

8

与此同时威廉·莎士比亚的生活

伦敦，1594年5月13日

“威廉，没有人想看悲惨收尾的喜剧。”早上我们穿梭在南华克区的小巷中时，肯佩用他浑厚的男中音这样骂我。在歪歪扭扭的房屋中间，男男女女的商贩正叫卖着他们的商品：鹅、凉鞋，或者他们自己。是的，伦敦的法律在南华克起不到什么作用。下层社会的人们，比如妓女和演员，能在这里自由呼吸——虽然可能呼吸的是带着乞丐尿臊味的空气。

妓院和剧院一样，在南华克是被允许开放的。所以我们“玫瑰剧院”的主人——充满贪欲的菲利普·亨斯洛在“玫瑰”旁边又开了一家妓院，希望能在剧院散场后把观众们拐到旁边去。因此他一直向我提出在剧本里多加些激烈的情欲戏的要求，也就不足为奇了。

“威廉，城里在闹瘟疫……”肯佩继续说着，他穿着发光的黄色紧身裤和色彩鲜艳的鹦鹉马甲，在人群中特别扎眼。跟肯佩一对比，我显得特别素净，穿着我最后一件羊毛衬衫。没错，倒数第二件不得不被我留在了德雷克的卧室里。

“……把《爱的徒劳》的结局重写吧，让所有人都结婚。”

“那这部戏就会变成一出悲剧。”我回答道。

肯佩皱紧了眉头，我继续解释说：“在古典喜剧中，爱侣们始终是在第五幕里在一起。如果要加个第六幕，展示他们爱情接下来的发展，那么喜剧就会变成悲剧。”

“威廉，”肯佩充满同情地对我说，“你看待爱情可真悲观。”

“是现实，”我反驳道，“用现实的眼光来看爱情的话，一般都是悲剧。”

“威尔，我衷心地希望你受伤的心某一天能痊愈。不然我真的担心你永远不能成为一个杰出的戏剧家。”

在我想出反驳肯佩的话之前，我看到一个个子矮小、褐色头发的年轻姑娘站在“玫瑰”门前。是菲比，剧院老板亨斯洛的女儿。菲比的眼睛有点斜视，算不上一个美人儿，但也没有丑到让人宁愿举家搬迁到海外殖民地也不愿意看她一眼的程度。

“你的仰慕者到了。”肯佩开着我的玩笑。在走进剧院大门之前，他提醒我说：“好好对她，不然亨斯洛可能会把我们剧团赶出他的剧院。”

菲比走向我，羞涩地问道：“亲爱的威廉，你读了我昨天塞到你门下的信了吗？”

“当然。”我立马编了个谎话。那封信我当然没空读，因为我在泰晤士河游了一夜之后回到家径直爬上了床取暖。

“你同意我的请求吗？”菲比充满期待地看着我。

“是的，肯定呀。”我继续编下去。不管信里写的什么，我不愿意也不允许自己顶撞剧院老板的女儿。

“真的吗？”她问。

“显而易见。”我回答。

“那你今天晚上就要拿走我的童贞！”菲比盯着我。

我惊得突然咳嗽了起来。

“你怎么了？”

“没……没有……”我继续咳嗽。

“你还是会这样做吧？”她显然很不确定。

我打量着她那不太吸引人的外貌，咽下了口中的话，因为我想着：一个男人必须去完成男人应该做的！

“但是我们必须小心瞒着我的父亲，”菲比解释说，“因为如果他知道这件事的话，你就必须娶我，如果你拒绝，会被他的手下打死。”

事情发展得真是越来越让人开心了啊。

我思索着是否应该向她坦白我已经结婚这个事情，然后决定还是算了。这里的人都不需要知道我在家乡有着怎样的过去。

于是我尽量让自己显得迷人地对她说：“今天半夜到我简陋的卧室来吧。”

菲比在我的脸颊上留了一个吻，然后欢快地跳着舞走了。而我发誓，未来的每一封信一收到就必须立刻阅读。誓言即将发完的时候，我听到一些马蹄的声音和嘈杂的呼喊。我转身看到小贩、乞丐和妓女们四散逃窜，避免成为马蹄下的冤魂。马上的人穿着华贵的衣服，这些人本不应该在南华克出现，他们只应该出现在女王的宫廷里。领头的居然是弗朗西斯·德雷克爵士！我在一片嘈杂中听到他大声喊着：“威廉·莎士比亚，我要求与你决斗！”

真的，我打心底这样认为，这个男人身上的勇气、力量、冒险精神，都被他身上的另一个优点遮蔽了光芒，那就是一意孤行。

9

“别担心，那个催眠师看不到我们这边。”阿克塞似乎觉察到我因为恐惧而浑身颤抖。为了安抚我，他牵起了我的手。他的手温暖而柔软，这让我很是惊喜，原来他还有这样细心而温柔的一面。我看着他，而他出神地对着我微笑。他眼中是否流露着热恋的情愫？但这是不可能的，阿克塞不是那种会爱上人的类型。更何况是爱上我这样的人。或者有可能，因为我是一直拒绝他的那个人？我赶紧把手抽走。阿克塞的眼中闪过一丝悲伤。我的天，他不会是认真的吧？

我仓促地转过头看向前面，看到普罗斯佩罗越走越近。我的心越跳越快。那位魔术师直接向我们走过来，就像他感知到了我的存在一样。他离我们只有两排座位那么远。我的呼吸一下子停滞。然而他却停在了一个矮胖的男人面前。“请您跟我来。”

“感谢上帝。”我深吸了一口气。

普罗斯佩罗听到了我的话，向我投来仿佛能穿透我内心的目光。然后他就带着那个观众走下了观众席。

我全身都被汗浸湿了。在进行一夜情计划之前我肯定还得重新洗个澡。

阿克塞又想来牵我的手，但这一次在他接近之前我就已经把手拿开，顺便调整了坐姿，以便离他更远。这种对他来说并不常见的拒绝让他开始絮絮叨叨：“罗莎，我知道，你认为我是个浪荡子……还以为我只想跟你上一次床就够了，但其实我不想跟你上床……”

“呵，这样说话可真绅士。”我笑道。

“对不起，我不是这个意思……而是我已经变了……我现在已经三十五岁……我现在只想确立一段稳定的关系……”

好吧，事情又一次陷入俗套剧情。非常不错，当我终于想要体验一次一夜情的刺激时，这位迷倒广大小学女教师的唐璜[①]突然成熟了。

我不想再继续这段谈话，所以示意阿克塞停止。他疑惑地点了点头，我们又一起转向场内的舞台上。那位圆滚滚的男人正在跟魔术师说他的意识已经有点模糊，而我只想着：“欢迎加入受骗者俱乐部。”

普罗斯佩罗语气浮夸地解释说，他已经将这个腼腆的男人送回他某一个前世的生活中，以便能发觉自己不灭灵魂里的潜能。这位魔术师不断地用手势强调着他的话，仿佛他去克劳斯·金斯基[②]表演派专门进修过夸张的表演一样。普罗斯佩罗拿出一个金色的钟摆，那个胖男人盯着钟摆，听着催眠师的咒语，逐渐陷入了恍惚之中。然后他突然开始说英语，还是扁平口音的那种：“我在哪儿？”

“你叫什么名字？”普罗斯佩罗用英语反问道。

“威廉·科迪[③]。”胖男人回答道。

阿克塞跟我耳语：“威廉·科迪……就是野牛比尔，美国西部的英雄。”

---

① 唐璜（Don Juan）：西班牙传说人物，以英俊潇洒及风流著称，多用作“情圣”的代名词。

② 克劳斯·金斯基（Klaus Kinski）：德国演员，以演出时强烈的情绪及暴烈的性格著称。

③ 威廉·科迪（William Cody）：美国南北战争时期的军人、野牛猎手和马戏表演者，美国西部开拓时期最富传奇色彩的人物之一。

那位矮小的胖男人站了起来，不仅突然开始说外语，走路也不跛脚了。普罗斯佩罗让助手赶紧去取马戏团表演用的道具枪。胖男人拿起两把柯尔特式自动手枪，直接瞄准了观众席。我们所有人都害怕这位助演的人将要进行一场血腥的屠杀，都蜷缩在座位下。在恐慌扩大之前，普罗斯佩罗向胖男人大声呼喊，要求他进行一场射击表演。他居然这样做了！最初只是上靶，之后发发命中红心。然后他射灭了燃烧着的蜡烛，紧接着他又让人放飞了一只马戏团的鹦鹉。这只鸟儿在穹顶之下扑扇着翅膀到处飞,科迪向它射了三发子弹。鸟儿却没有掉到地板上，只是更加惊慌地扑腾翅膀。取而代之的是三片被射下来的鹦鹉羽毛飘飘扬扬地落在马戏场内。

“神枪手看到这个也会震惊，猎人看到这个也会羡慕。”阿克塞尽力开着玩笑，但我根本没有听，这个胖男人身上的转变实在太令人惊叹了。

普罗斯佩罗又让科迪盯着他的钟摆看，让他变回那个跛脚的德国老男人。但与之前的他有一点不同，催眠师问他：“您现在感觉怎样？”

胖男人满意地笑着说：“更有胆量了。”

全体观众开始鼓掌。我也在其中。

这是我人生中第一次羡慕一个超重的人。

演出结束后我和阿克塞走出马戏团的大帐篷，却一直沉默着，可能我们都需要一点时间来找点话说。我还没有决定今晚是否还要跟他做些别的事情。阿克塞当然意识到了我的犹豫，他不太确定地问我，是否我们下一次还能这样约会。这个男人果真想确立一段稳定的恋爱关系。偏偏是他，偏偏是跟我。生活还能更荒谬一点吗？

如果让他继续认为我也想认真地跟他谈恋爱的话，对他来说就太不公平了。

“阿克塞，我能跟你讲实话吗？”

“当然，罗莎。”

“我刚才只想与你度过美好的一晚。”

“好吧……”他深呼吸，“确实是实话。”

“但现在我想还是算了吧。”

“你也太诚实了。”

“因为你要的是一段稳定的感情，如果我们这样做的话对你来说不太公平。”

“哎，”阿克塞有些别扭地笑着，“这点不公平我还是愿意承受的。”

“但我不喜欢这样的不公平。”我轻声反驳着。

阿克塞僵住了。那种受伤的神情打动了我——这位唐璜先生是有真情实感的。这样对他来说也不错。只可惜他有一个致命的缺点：他不是扬。

阿克塞向我道别之后，我先给自己买了一个安慰棉花糖，悲伤地在夜色中沿着马戏场周围散步，然后突然看见那个前世是野牛比尔的胖男人走向一辆马戏车。他看起来很开心很满足。这当然在情理之中：普罗斯佩罗向他展示了他灵魂的潜能。不知道他是怎么办到的。这一切应该是什么戏法，绝对是！尽管如此，我还是希望自己能得到一点这样神奇的魔法：扬就要跟另外一个人结婚了，我的工作带给我的乐趣就像痤疮爆发带给我的乐趣那么多，而且我还不知道我的人生将何去何从，哪怕是想来场一夜情都不能如愿。如果我的这个灵魂真的还有什么潜能的话，我确实需要它带给我一些改变。

10

与此同时威廉·莎士比亚的生活

当德雷克的马停在我面前时，我想，命运一定对给人制造欢乐这件事毫无兴趣。命运一定是一个自得其乐的施虐狂，而我就是他最爱的玩物。

“这次你可逃不出我的手掌心了。”英格兰的大英雄说话的时候，他的手下已经把我重重围住。这种情形下逃跑已经不算是一个选项。

“大人，您在强调显而易见的事情这方面真是天赋异禀。”我回答说。

德雷克并没有被我这句评论逗笑，不过，不管我能否激怒他，对我来说都无所谓了，反正无论如何他都要强行熄灭我的生命之火。

“你可以挑选我们决斗的地点和武器。”他还摆出一副善人做派，给我提供选择。但他不仅是整个王国最好的剑客，还是最好的射手，所以不管我挑选什么武器他都有优势。

“你选什么做武器，小混混？”他想要知道。

“土豆。”我回答说。

德雷克不敢相信自己的耳朵。

“它们对健康很有益处，尤其是在决斗时。”

“我们将要用剑决斗。”德雷克兴奋地做出了决定。

“您会同意我把决斗地点选在印度吗？”

“不！”

"我差不多猜到了……不过，也许我能决定决斗的时间呢。我想还是放在下个世纪比较好……"

"不！"他打断我的话。

"您真不是一位绅士。"

"那也轮不到你这样的社会垃圾来评判！"他的脸因为愤怒变得通红，"我们就在此时此地决一胜负。"

显然，这个时间对我来说为时尚早。

"挑选你的助手。"这位贵族继续说。

我请求他跟我一起到"玫瑰"里去，那里可能有世界上唯一一个愿意给我当决斗助手的人。

剧院里散发着木头的气味以及上一场演出时观众留下的汗味。舞台处于建筑的正中央，演出时观众可以围绕着舞台四周站立，或者从二楼看台座位上往下看。几年来这个剧院就是我的世界。如果我必须死亡的话，那我想在这里死去，在这个舞台上。

只有肯佩和罗伯特站在舞台的边上。罗伯特是一个穿着女装的年轻男子，他刚刚扮演了朱丽叶的角色。感谢议会官员们颁布的一条该死的法案，女人再也不能出现在戏剧舞台上，导致我写的那些情爱场景在我看来都带着一些同性恋的气息。

机智的肯佩直接走向德雷克，希望能在他的盛怒之下拯救我。"大人，请您宽恕。威廉·莎士比亚不过是个卑微的丑角。"

"嘿！"我直接喊了出来。

"但不管怎样他也是我们剧团的丑角，哪怕他的剧本质量再差……"

"嘿，嘿！"

"……也没什么激情……"

“嘿，嘿，嘿！”

“……但就是这些戏剧把观众带到我们剧院，他是我们卑微存在的基础。”

“你知道这对我来说有什么意义吗？”德雷克质问这位肥胖的演员。

“没有任何意义？”肯佩猜测道。

“答对了！”

肯佩垂头丧气地走向我，悲伤地对我说：“原谅我，亲爱的朋友，我已经尽了最大的努力。”

“我宁愿你不要费力去做这个尝试。”我回答说。但我很快又后悔自己说话这样粗暴、直接：肯佩是我有生以来最好的朋友，他曾几次救过我的命。第一次是我内心被忧愁困扰，坐在埃文河畔决定用一把匕首了此残生，这时如果不是肯佩和他的剧团恰好在去斯特拉特福的路上，如果他没有挺着个大肚子还像只臭鼬一样灵巧地夺过我手中的匕首的话，我的生命早就在痛苦中结束了。

“谁是你的助手？”德雷克又一次问道。

“这个男人。”我指向那个男扮女装的年轻人，而他脸上的表情跟肯佩、德雷克和他的手下一样震惊。如果我根本没机会挺过这一关的话，我决定尽可能地激怒德雷克，这样他才可能在决斗中露出破绽。一个可能致命的破绽。

女王的海军中将看向化着装的罗伯特，吼道：“你是来嘲讽我的吧！”

“根据南华克街上的流言说，罗伯特是个很好的助手，更是一位优秀的情人。也许您应该跟他试一试，他绝对不会比您的夫人差。”

德雷克的随从们哄堂大笑。而他眼中只剩下杀戮的欲望。

这样很好！

11

我跟在那个原来是野牛猎手比尔的幸运胖男人背后，保持了一段距离，然后看到他敲了敲一辆马戏车的门。普罗斯佩罗打开了门……他现在穿着牛仔裤和伐木工人衬衫……递给那个胖男人一个小信封。后者立即打开信封开始数里面的钱。

我吓得丢掉了手中的棉花糖，然后轻声对自己说："这种事就不可能是真的。"

普罗斯佩罗注意到了我，显然他拥有不错的听力。他看到，我看到了他。我看到，他看到我看到了他。胖男人看到，普罗斯佩罗看到我看到了他——然后我眼睁睁看着他匆匆溜走。

魔术师先生用愤怒的眼神紧盯着我，但他并没有让我感到害怕。我太想知道这场骗局是怎么进行的，于是向他走过去，开门见山地问道："您是怎么让这个骗局顺利进行的？总不能每次表演都找同一个人上台吧，那也太明显了……"

"这里有太多失业的艺术家。"普罗斯佩罗说。让人惊讶的是他没有为自己开脱，反而自觉承认了。"昨天我找了一位蛇舞女郎，在表演时我们说她曾经在哈里发阿布·伯克尔[①]的宫廷里跳过舞。"

"那她一定在被你催眠、回到前世之后靠跳舞治好了她的性冷淡吧？"我带着嘲笑的口气猜测道。

---

① 阿布·伯克尔（Abu Bakr）：伊斯兰教历史上第一代哈里发，穆罕默德的四大徒弟之一。哈里发是伊斯兰教的宗教及世俗的最高统治者的称号。

“很准确。”他说完就走回自己住的马戏车内。我有些犹豫地在原地踱了一会儿步，然后跟上了他的脚步。普罗斯佩罗住的车内陈设非常普通：床、浴室、一些书。没有什么神秘的东西。只有他那个金色的钟摆被随意地放在一张破旧的木桌子上。墙上挂着几张照片，照片里他和一位穿着僧袍的人一起坐在一间寺庙里。

“一切都不过是骗局。”我感觉智商被侮辱了。在此之前，我确实心存一丝幻想，认为他不是一个江湖骗子。

“回到前世不是骗局。”他反驳道，“佛教高僧确实发现了一种方法，能把人的意识送回过去。”

我忍不住大笑起来。

“您不相信我。”他断定。

“观察得很仔细。”

“天地之间有些东西不是靠学校里学来的知识就能解释的，”普罗斯佩罗微笑着说，“人类对宇宙的理解就跟狗对手机的理解差不多。”

他说的在一定程度上也有道理：毕竟科学家们几乎每个小时都在改变他们的宇宙解释模型。

“我想要帮助人们，而马戏团的表演能把你带到我这里来，这就是我要做那些虚假表演的理由。”他的话听起来竟然很真诚，“观众群里每次都有一些想要获得帮助的人，他们中的一些人第二天就会鼓起勇气来找我。”

“那您就是一位热心肠的骗子。”我语露不屑。

“也可以这样说。”他的回答中丝毫不带讽刺的语气，“您肯定想过，如果您的生活能进入一条新的轨道，那应该是一件多么美好的事情啊。”

我心虚地盯着地板。

“显然我又判断对了。”他微微一笑。这个人读我的内心跟读书一样简单。这本书的标题叫:《我和我一团乱麻的生活》。

普罗斯佩罗语气热络地跟我说:“我可以把您的生活带入新轨道。”

我沉默了。生活进入新轨道不失为一件不错的事情,但前提是新轨道比原来的轨道要好,虽然这应该不是什么难事。

“您想要吗?”普罗斯佩罗问我。我却突然有点畏惧:这个家伙想干吗,催眠我吗?

“我……我……”我吞吞吐吐地说,“我突然想起来家里的熨斗还开着……”

我局促不安地想要离开。但是普罗斯佩罗悄悄地堵住了我的去路,然后关上了马戏车的门……拿起了桌上的钟摆。

12

德雷克站在舞台上，拿着手中的剑，对着空气比画了几下，就像他接下来将要砍断我脖子那样。罗伯特对我轻声说："你能做到，威尔。你比他更好。"

"如果没人细声细语跟我说这些话，我想我会更高兴。"我也轻声地对他说。

德雷克举着剑一顿一顿地逼向我。这时我也被逼得拿起了剑。这是一把很轻的道具剑，是我们的新剧《爱的徒劳》里纳瓦拉王子所用。我脑子里嗡嗡作响。现在我该怎么办？我必须用我自己的武器击败他，用我的语言。如果我成功激怒了德雷克，他可能会露出破绽，这样我就能把握住机会给他致命一击。

"我只有一位情人比您的夫人还要差。"我故意大声喊道。

"谁？"德雷克问，他也很想知道究竟还有谁在床上会比他的妻子表现得更糟糕。

"您的母亲大人。"

德雷克气得满脸通红地冲向我，想要击出第一剑，但我成功地避开了。感谢之前决斗情节的舞台排练让我掌握了一些击剑的技巧。

"我的助手罗伯特也跟您的母亲睡过。他喜欢络腮胡长得比他自己还多的女人。"

"你胆敢再侮辱我母亲一次……"德雷克威胁我说。

"她每天早晨照镜子的时候，就是在被侮辱。"我一边回答，一边躲过了刺向我心脏的一剑。德雷克用他海军作战训练有素的步伐渐渐逼退我，害得我差点掉下舞台。现在就是继续羞辱他的大好时机。

“您的母亲在港口里的捕鱼船上工作。”德雷克愣住了。然后我补充道：“当人肉鼓风机！”

德雷克狂怒。而我继续着这个不正经的游戏。“当她离开港口游到海里时，鲸鱼们都很热情地欢迎她回到家人的怀抱中。”

“我的母亲不是一头鲸！”德雷克大吼，愤怒地举起剑砍向我，重复着刚才的动作。我成功地把他从贵族作风上带偏了，即便他曾经用这种行事作风征服了全英国。

“必须得承认，她比鲸还是瘦那么一点点。”我一直在尝试躲过他愤怒的每一剑。

“啊！”他现在就像一只发怒的猛兽一样大吼大叫。

“您当然可以选择这种充满魅力的表达方式。”我继续挖苦他。

“啊！”

“也可以多变换些形式。”

“啊啊啊啊啊啊啊！”

“停下来吧，否则我都要嫉妒您出色的叙事能力了。”

躁狂的德雷克用剑刺进我的胳膊。没有刺出很大的口子，但伤口里的血就像从一个小泉眼中潺潺流出。看来我失算了。我看向肯佩，他眼中流露出的充满信心与希望的光芒也渐渐黯淡。看起来，死亡终难避免，而且会充满疼痛。我的上帝啊，我多想让别人取代我。

13

普罗斯佩罗站在我对面，手里拿着钟摆，向我解释道："真正穿越回过去的方法跟马戏场上的表演完全不同。"

"怎么不同？"我这样问，但其实心里巴不得赶紧逃走，因为我的好奇和恐惧一样多。

"是一种平静的方式。时间旅行者躺下来进入睡眠的状态。他会在整个时间里保持放松躺着的状态。"普罗斯佩罗说。

"睡眠？"我追问。

"在我们现实世界里并不会睡很久，只是几个小时。但有的时间旅行者穿越回过去却经历了一生。"

"一生？"

"这种现象偶尔会在他们身上出现，他们在过去的世界里度过了几年或者数十年。我自己穿越回阿布赍汗手下当了五年的战士。但实际上只昏睡了两个小时。"

"哦，那是您为了钱帮助他们穿越回过去。"我笑着说，虽然膝盖不断地颤抖。

"我不收钱。"

"那收什么？兑换券？"

"帮助众生是我的使命所在。"普罗斯佩罗回答道，然后拿着他的金色钟摆走向我。

"请您盯着这个钟摆。"

我想把视线移开，无奈它晃动得太优美。普罗斯佩罗的声音听起来也那么舒服。“请您盯着这个钟摆。”

“您的母亲大人只要一现身就能夺去男人的生育能力！”我试图激怒德雷克的行动变得越来越绝望。甚至有几下我的眼皮都没力气睁开。

“这样很好……一直盯着……”普罗斯佩罗轻声说。

钟摆有规律地摇过来晃过去，我的内心变得平静，想着：“其实也不错嘛，这么个钟摆，让人特别放松。”

“您人生中遇到的最大困难是什么？”普罗斯佩罗问。

“是爱情……”我缓缓地回答，让自己完全放松地坐在他的木板床上。

“对大多数人来说都是这样。主要原因是他们不知道真爱的含义。”

我的眼皮渐渐合上。一种无边无际的疲惫席卷了我的全身。就像是谁给我灌了许多安眠药一样。

我还在结结巴巴地说：“您的母亲还能用她的容貌阉割绵羊……”

“现在请您躺下去。”普罗斯佩罗轻声细语地说。

我现在已经完全放松，让自己躺了下去。

“别再想任何事情。”

“呼……不想任何事……听起来不错……”我笑了，然后完全合上了眼睛。

我的眼前终于一片漆黑，马上我就要被德雷克的剑刺死。我脑中浮现的倒数第二个念头是我的孩子们：苏珊娜……朱迪思……哈姆内特……而我最后一个想到的是我一生的挚爱……安妮……我可爱的安妮……

“您现在就将回到过去。”我听到很远的地方传来普罗斯佩罗的声音。“但我必须提醒您，这将会是一场危险的旅行，如果您在过去死了，那么现实世界中的灵魂也会离开肉体死去。请您务必当心。”

如果我没有陷入这样深层的放松状态，他的话一定会引起我的恐慌。

然后我听到普罗斯佩罗轻声说了最后一句话：“当您发现了爱情的真谛之后，才能在现实中醒过来。”

14

我接下来最先听到的话是:“我的母亲没有阉割任何绵羊！”

我接下来最先看到的是一个愤怒的络腮胡男人，他站在我身旁——显然我躺在地上。我看到他穿着一条紧身裤，我脑中径直出现的想法是:“同性恋，或者芭蕾舞演员。很有可能两者都是。”

我接下来最先感觉到的是疼痛。我的小臂特别疼，一阵钻心的疼痛，仿佛在灼烧。我本能地看过去，宽袖子的衬衫——让我想起了《加勒比海盗》中杰克船长穿的衬衫——而且这件衬衫还被撕破了，或者不是,更像是被划破的。被划破的地方是暗红色的——我在流血。

我的天哪，我在流血！

透过血泊我看到我的小臂上长着一层密密的汗毛，部分黑色的汗毛还被血粘在了一起。这不可能是我自己的手臂吧?

不，我保证这不是！

但为什么我能感觉到这该死的疼痛呢?

在我为一切找到合理的解释之前，那个在我面前弯着腰的男人又开始大喊:“我的母亲没有阉割任何人！”

这件事对他来说有那么重要吗?如果在其他情况下一般我会礼貌地推荐他去做心理治疗，但目前看来他很迫切地要解决他母亲的问题。心理咨询太不现实,毕竟他现在想要杀了我……用手中的剑！一把真正的剑！我真的穿越到过去的世界了?

胡说八道……这一定是什么催眠师筑的梦境。普罗斯佩罗在我眼前摇晃钟摆，我因此陷入了恍惚之中。

但这里的一切——这个大吼大叫的家伙，我的疼痛，我的恐惧——感觉比我做过的任何梦都真实，节奏也更紧张，就像现场直播一样，彩色的，三维的。就跟现实生活一样！

不，不完全是，感官上甚至比现实生活更真实那么一点点，可能是因为我身体里分泌的肾上腺素。如果这真是我的身体的话……但这流着血的小臂肯定不是我的！至少我心里希望这不是我的。因为真的很疼。现在就已经这样疼的话，如果待会儿这个疯子用武器把我的头盖骨劈开，该是多大的折磨啊！

那个男人拿起了剑准备给我最后一击。

我开始惊慌，呼吸困难，控制不住地恐惧。我感觉自己就是待宰的羔羊，想不出任何有用的办法。

“快滚到旁边去！”我听到一个遥远的声音在对我喊，“赶快！”

我的身体本能地按照他的话去做。那个男人的剑落在距离我身体十厘米的地方，我甚至都能感觉到他的剑刮起的剑风。如果我没有迅速地滚开，那把剑可能正好把我劈成两半。因为他那把剑正插在我刚才躺着的木板上。是的，我躺在一块厚木板上。难道我现在真的在一艘海盗船上？

那个男人试图把木板中的剑拔出来，嘴里不断咒骂着——他刚才用了那么大的力气砍下去，所以现在拔剑时遇到了巨大的困难。我趁机跳了起来，看见我站在一个类似于舞台的地方，周围全是木制建筑。但这里也不是海盗船，至少不像。

上面围着的一圈是看台吗？随便吧。我继续低头看自己身上：我穿着黑色的靴子和黑色的紧身裤。为什么我大腿中间的裤子有一部分鼓了起来？

“先别想这个事。”我对自己说。

我看着那个嘴里骂骂咧咧的男人，他插进去的剑好像松动了一些，嘴里还在嘟囔着："现在我要阉了你。"

阉了我？这跟我鼓起来的裤子有关吗？

"别想这个事。"我命令自己。

现在最重要的事情是逃脱困境。有那么短暂的一瞬间，我想我干脆就这样等着，直到催眠结束，但胳膊上传来的疼痛一直提醒着我，这一切都是真实的。然后我又突然想到：如果我真的在这里死了，会怎么样呢？普罗斯佩罗已经说了，我的灵魂也会死去。那我躺在马戏车里的身体就会像中风一样瘫着。我要冒这个险吗？当然不！

那个疯子仿佛拥有无尽的力气，已经把插在地板上的剑拔了出来，而另外一把看起来轻一些的剑已经被他用脚踢到我伸手够不着的地方。而且我根本没有打算去捡那把剑，击剑我肯定是不擅长的，用拳头也不行。我上一次有身体接触的争斗还是二年级时，有一个讨厌的胖男孩尼尔斯总是在游乐场上欺负我们小孩子，他那天下午一直唱着"罗莎，罗莎，把尿往裤子里撒"。我突然转过身冲向尼尔斯，把他推倒在滑梯前。他的下巴磕在了滑梯的金属边缘上。他流着血，也流着泪。而我得到了其他孩子持久又热烈的欢呼。

那个疯子越走越近，眼睛里满是杀意。我开始逃跑，我的腿虽然穿着紧身裤，但——我欣喜地发现——居然能跑得很快。我以前从来没能跑这么快，哪怕是青少年时经常运动的时期。显然，我的大腿变得更有力量了。那么我的腿上是不是也跟手臂上一样长满了汗毛？这一切的一切都跟我裤子上鼓起的那一块有关吗？

"先别想这个事！"我又对自己喊道。

我从木板跳到了沙地上，和一个化着装、穿着古代妇女服饰的小伙子擦身而过（这里的人都是同性恋吗）。他旁边站着一个胖胖的男人，身上穿得跟埃尔顿·约翰[①]一样五颜六色（现在已经证实这里的人都是同性恋）。

也许就是这个胖子刚才对我喊让我滚到旁边去。这无疑让他成为整个房间里最可爱的人……或者整个大厅……不管我现在在哪儿。

我的身体近乎痉挛，却一直在找这个可疑建筑物的出口在哪儿。突然，我看见一扇木门，想也没想就跑向那里。

"站住！"那个精神错乱的剑客在我身后喊。

想得美！

"站住！"他又喊了一声，更大声，更凶残。

我头也没回地跑到了门后。门没有上锁，只是轻轻合拢。我完全不知道门后的世界会是怎样的，但最好不要跟这里一样充满暴力。

"站住！"我又听到他的喊声。

我的手已经碰到了门，刚想要掰开那条缝隙，突然听到一声枪响。听起来就像新年的鞭炮声。我身旁的门已经炸开了一部分，闻起来就像燃烧的木柴。那个家伙居然开枪了！真的开枪了！如果这里真如普罗斯佩罗所说是我某一个前世的生活，那么对我来说，现实的生活简直有趣太多了。

我全身都在发抖，慢慢地转过身，看到那家伙手里拿着一把老式的手枪瞄准我，看起来也像是海盗电影必备的道具。如果他现在向我开枪，我只能祈祷别太痛，以及我躺在马戏车上的身体里的灵魂不要死去，尽管普罗斯佩罗曾严厉警告过我。如果我的灵魂放弃了求生意识的话，那么我的余生就要流着口水、穿着尿布度过了。

---

① 埃尔顿·约翰（Elton John）：英国著名流行音乐创作歌手。

那我又能怎么办呢？电影里的主角在这种情况下一般都会冒出一些绝妙的主意，把坏人手里的武器抢过来。比如，用谈话迷惑他。就像詹姆斯·邦德礼貌地提醒那个妄想统治世界的大坏蛋，自己曾经和他女朋友睡过，而他女朋友恰好还跟邦德说过大坏蛋性无能的事情。但此时此刻，我才是那个陷入困境的人。

穿着埃尔顿·约翰马甲的胖子拿了一块木板在手里——他想要用它教训那个潜在的杀人犯。

“漂亮极了！好主意！”我心里不太平和地想着。至少现场有一个人是站在我这边的。

可惜的是，一群穿着华贵紧身裤的男人冲向了那个胖子。他们显然是疯子剑客的手下，他们一句话都没说，只是拿着手中的剑逼退了他。胖子认命地丢掉了手中的木板,木板“砰”的一声掉到地上。然后他满目悲凉地看着我，显然他不想失去我。我对他来说肯定意义重大。如果他是同性恋，而我满手汗毛、裤子上还拱起一团，那我也可能是……

先！别！想！这！件！事！

那个疯子又开始举枪瞄准我，他随时都可能开枪。他的手看起来很稳，这使得他看起来特别冷血，给人一种他身上已经背了多条人命的印象——这应该跟他不太健全的母子关系有关。

我得转移他的注意力，随便做点什么来拖延时间，所以我说出了脑海里冒出来的第一个想法：“您尝试过心理咨询吗？”

疯子不解地看着我，我突然想到，这个时代也许还没有发明心理医生和座谈治疗这个东西。

不过，我已经用这个问题拖延了时间，如果我继续下去，那么我生存下来的概率又会提高。“我的意思是，您有没有想过，跟别人讨论一下您母亲的‘阉割问题’？”

“我的母亲没有‘阉割问题’！”

“所以您才会这样大喊大叫，情绪激动。”我平静地答道。

那个疯子突然愣住了，慢慢放下了手中的枪。现在需要继续展开这个话题。“您的母亲肯定对您特别严厉，从来没有拥抱过您吧……”

“不对！”他强烈抗议道，“她经常抱我。总是，甚至允许我在她的床上睡觉！”

他身后的手下们爆发出一阵笑声。他开始感到羞愧。我尽量代入感情地对他说：“男孩在小的时候跟妈妈一起睡根本就不尴尬。”

“真的不吗？”他狐疑地问，手中的武器已经完全放下了。看起来成功了。他只需要一点赞赏和鼓励。

“特别寻常。”我轻声地说，他脸上的神情逐渐变得柔和，“甚至还对孩子的成长有好处。”

“是吗？”

“当然！”我确认道。

“哪怕男孩已经十七岁了？”

他的手下们哄堂大笑。

疯子明显有点受伤。他愤怒地转过头，手下们赶忙停止了笑声。然后他又恼怒地转过身来看着我。我开始结巴：“现在……十七岁的话可能有……我们说的是可能……有那么一点……不太常见。但是……”

“你想让我出糗！”他吼叫着，又举起手枪对准我，看来他就要扣动扳机了。我深呼吸，努力让自己平静：也许普罗斯佩罗撒了谎，这一切对我来说不会造成什么后果，也许我根本就不会脑死亡瘫在疗养院里，而是完好无损地在马戏车里醒来。然后我一定会把普罗斯佩罗的钟摆摔到它不能动为止。

疯子放在手枪扳机上的手指逐渐扣紧，非常缓慢，非常享受。那个穿裙子的年轻小伙子开始抽泣并大喊："威尔……威尔……威尔……"不知道他究竟想表达什么。

这场回到过去的旅行（或者迷乱的催眠之梦）就要这么迅速地结束了，跟它的开始一样猝不及防，而且很可能是以死亡的方式结尾。我的心瑟缩成小小的一团。

突然，我听到身后的门打开的声音。门扇正好撞上我的腰部，我一下子倒在地上。之后我就听到雄浑有力的脚步声和一个男人的声音："这里发生了什么？"

我睁开眼睛，看到疯子被打断后显得很不高兴。"沃尔辛厄姆，您来这里做什么？"

"我来接这位剧作家。"这个年龄稍长的男人回答道，他长着络腮大胡子，戴了一顶黑色帽子，脖子上围了一圈夸张的白色褶皱花边，这应该标志着他官职很高。这个人身上散发着一种不容违抗的气息，也许违抗他的人根本不可能活下来。他身后跟着一群士兵，他们戴着头盔，穿着金属造的盔甲，看起来就像他们会遵从这个人的一切命令：去战斗，去送死，去跳兰巴达舞[①]……

"这个剧作家必须死。"被花边褶皱领叫作"德雷克"的疯子反驳道。我根据他的话迅速判断出了我们当中谁是剧作家，而且他在对我的称呼前用了阳性定冠词，证实了我最害怕的事情。

---

① 兰巴达（Lambada）：发源于巴西东北部的一种拉丁舞，是一种迪斯科色情舞。

“女王想见他。”花边褶皱领解释说。

女王？我首先想到了那个因为长寿而阻挡在查尔斯王子登基路上的矮小女人。但是这个时代应该有别的统治者，不知道是谁，但显然我回到了英国；此外，根据他们的武器装备判断，应该是很早以前。

我所经历的这一切都太生动太连贯了，完全不像一场荒诞不经的梦。因为从逻辑上看，梦必须由我潜意识里搜集的图像和信息组成。但我在学校里根本没学过英国的历史，也没看过相关的电影或纪录片，我甚至对此没有一丝一毫的兴趣。另外还有一个理由，我现在说、听古英语都很流畅，如同我与生俱来的能力一样。这一切都愈加证明：我确实穿越回前世了。

哦！天哪！为什么我不能穿越到一个更好的地方呢？比如去贝弗利山庄，或者到一个别墅里，当詹姆斯·迪恩[①]的女朋友，而且她还能在詹姆斯外出拍电影的时候跟马龙·白兰度共度春宵。

德雷克一直拿着武器指着我，他就是不愿意听从另外一个男人的话。

我屏住呼吸。

“德雷克，如果你把他杀了，女王会不高兴的。”

我也会不高兴的，我想，但因为心里的恐惧依然没敢出气。

德雷克看了看我，又看了看沃尔辛厄姆，又看向我，又看了一次正板着脸盯着他的沃尔辛厄姆，最终极不情愿地放下了手枪。

我终于开始大口呼吸。

“不错。”沃尔辛厄姆说。

---

① 詹姆斯·迪恩（James Dean）：著名美国电影演员。

"我也这么觉得。"我松了一口气。

结果他们两个人都板着脸看着我——在过去的世界里放肆说话可真不是什么好主意。于是我闭上了嘴巴。德雷克极不情愿地带着他的手下走了，临走还不忘对我吼一句："这件事不会就这么了结的。"

"那可太遗憾了。"我叹息道。

什么时候才会过去呢？该死的什么时候我才能醒过来？普罗斯佩罗是怎么说的来着？有的情况下，有些人会在过去的世界里生活一辈子。我的神啊，我还要在这里待上几年吗？！

当我绝望地思考这个噩梦还要持续多久时，那个穿鹦鹉马甲的胖子喘着气坐了下来，他屁股下的长凳因为承受了他的体重而产生了明显的弯曲。他掏出一块手帕擦拭额头上的汗。看起来他好像全身心地参与到了刚才的危急情况中，有可能他在过去的几分钟里减掉了三公斤的体重，现在称一下最多只有一百四十三公斤。另外那个年轻小伙子却跑向我，然后抽噎着拥抱了我。"你活了下来，威尔……"

现在我明白了，显然我的名字叫作"威尔"。

花边褶皱领沃尔辛厄姆转身对我说："请您跟我来，马上。"

我顺从地点头。我也希望赶紧离开这个是非之地。女王住在王宫里，那里明显会比这里安全得多……对了，这是个什么地方？我第一次安静地打量这个地方：看起来像是一个剧院。我在这里的身份是个剧作家，我的作品应该就在这里上演，而正趴在我肩膀上抽泣的小伙子应该是个演员。

这时我要做的第一件事是傻笑：难怪我小时候那么喜欢写音乐剧，我在前世居然是个剧作家！

但我应该是个不讨人喜欢的剧作家，否则德雷克怎么会想杀我呢。沃尔辛厄姆示意他的士兵把演员小伙子从我身上拉开。小伙子慢慢地走回舞台，还情绪激动地抱怨着士兵的粗暴，虽然从他的眼神可以判断出，他心里肯定觉得这种粗暴行为很迷人。

“我们要出发了！”沃尔辛厄姆命令道，他的权威确实不容置疑。我宁愿跳兰巴达舞，也不愿得罪这个人。哪怕是跳林波舞[①]，或者跳鸭子舞都没有问题。

“女王陛下需要您和您的才华，莎士比亚。”

我以为自己听错了。

莎士比亚？！

扫码试读本书内容

① 林波舞（Limbo）：西印度群岛的一种舞。

15

我是莎士比亚？那位鼎鼎大名的莎士比亚？但最重要的是：直到我脱离困境之前，我会一直是莎士比亚？

好吧，总算好过当卡夫卡。

我开始匆忙总结我对莎士比亚的了解，也许能回忆出什么能帮到我的。我在英语课上从来没有这么专心致志，尽管老师总是对我们说，了解莎士比亚对我们的一生都很重要。但那位德普老师从来没提过是对前世的生活很重要啊。遗憾的是，他还是一个非常无聊的人，说话的声音特别催眠，哪怕台下坐着一位极端激进的仇恨传播者，他也能让他陷入深度睡眠。为了活跃课堂氛围，有一次他带我们去市剧院看《哈姆雷特》，整场演出过程中演员们都全身赤裸地站在舞台上跳来跳去。古旧的台词我一句也没听懂，那天晚上我学到的唯一一件事是——演员真不是什么好职业。

我们在《哈姆雷特》上耗了整整半个学年。每周都需要和那个优柔寡断的家伙上讨论课，他比较喜欢谈幽灵和死人头盖骨这些母题，而不是一些让青少年容易有认同感的角色。很可惜，我们这些不打算持枪进行校园屠杀的青少年不会有认同感。我们几乎没有接触过莎士比亚的其他作品，不过，我对《罗密欧和朱丽叶》还是有些许了解，因为我看过莱昂纳多·迪卡普里奥演的那部电影。通过这些可以判断，莎士比亚是个相信真爱的浪漫的人。跟我一样。

“请您现在就跟我来。”花边褶皱领沃尔辛厄姆用一种生硬的腔调对我说。这个人让我心存畏惧。两个士兵把我夹在中间，另外一个打开了门。我们走出了剧院，温暖的阳光洒在我的脸上——确切地说不是我的脸，只是感觉起来像我的脸——我看到我们正走在一条挤满歪歪斜斜老旧木房子的小巷中。空气中充满尿味，闻起来就跟狂欢节游行结束后的杜塞尔多夫老城一样。街上有很多人，大部分都衣衫褴褛。一个看起来将近四十岁的女人笑着对我说："和我共度一夜良宵只需要二十先令，甜心。"

她嘴里可能只剩下一半的牙齿，残存的那些也摇摇欲坠。她的口腔看起来就像百思特医生[①]的噩梦。

"滚开，婊子！"花边褶皱领沃尔辛厄姆吼道。

"我也能给你带来欢乐，老不死的。你看起来就像很久没人给你口交一样。"

沃尔辛厄姆冷漠地回答："如果我感知到身体有在私处长满疥子的需求的话，我一定会来找你。"

那个妓女仿佛受到羞辱一般躲开了，还一边咒骂着，她希望沃尔辛厄姆的"私处"跟老虎钳亲热。沃尔辛厄姆则在她背后喊道，她两腿之间的部位才是老虎钳。听完这段时间的对话，我丝毫察觉不到这里有《罗密欧与朱丽叶》里的浪漫色彩。

沃尔辛厄姆的士兵把我带到一驾黑色马车上。他坐在我的对面。马车开动，我透过车窗打量着窗外拥挤的小巷。衣衫褴褛的人群发出的噪音简直能把耳朵震聋，他们的表达方式比我们那个时代粗野得多。当我仔细分辨时，好像性病是他们嘴里最喜欢说的话题。我的母亲要是在这里的话，一定能找到跟她一起津津有味讨论阴道真菌的志同道合者。

---

① 百思特医生（Dr. Best）：德国著名口腔护理品牌。

马车到了一个大广场，上百个人汇集在一个高台前，高台上放着一个大木块。沃尔辛厄姆命令车夫停下。我看到一个扛着斧子的男人走到台上。人群在欢呼。有一个人被士兵押解到台上。他戴着枷锁，看起来像是被狠狠折磨过。士兵们把他按倒在木块上，这样他的脖子袒露在木块前方，头垂在前面。很显然，这个可怜的家伙马上就要被斩首。人群欢呼得更加响亮,有的人还在大笑。不得不说，这里的人对幽默的理解似乎跟我不太一样。

囚犯喊道:“西班牙万岁！”

花边褶皱领沃尔辛厄姆挖苦道:“西班牙不管怎样都会活得比你久。”

刽子手已经把斧子举在空中，观众们全部屏息凝神。对我来说，这一刻可能更适合仔细观察马车内的装饰。

我听到一声低沉的声响，随之而来的就是人群的欢呼。

“您怎么没有向外看，莎士比亚？”当马车重新开始移动时，沃尔辛厄姆这样指责我。

我弱弱地回答:“我想，如果我的呕吐物弄脏了您精美的鞋子，可能会比较不礼貌。”

接下来的几分钟我一直保持沉默。对我这颗受过文明教化的心来说，这显然太过了。对我的胃来说也是一样。我想念我的小窝，我的沙发，我的霍尔格……我再也不愿暂停现实生活来这里虚度时间!

那个讨厌的魔术师还说过什么？我什么时候会再醒来？当我发现什么是真爱的时候。但我始终认为,我对扬的爱就是真正的爱情啊。

16

马车在城里走的时间越长，外面的街道就越繁华。街上的马车越来越多，很多房屋的门都用黄金作装饰，空气中也不再有尿味。女人们穿着裙子，那束胸衣看起来就像是极富创造力的施虐狂发明的。所有的男人几乎都穿着华丽的紧身裤跑来跑去，那么这应该不是同性恋的标志——因为如果所有穿紧身裤的人都是同性恋的话，英格兰很快就要灭亡了。不论如何，这种流行的男装款式强烈表明设计师应该不是直男。是从哪个年代开始就流行这样的款式来着？

一个看起来像是僧侣的黑衣男人站在城墙上大声喊道："现在时刻十二点，英格兰国泰民安！"这个家伙应该就是当地打更的人。

"国泰民安？"沃尔辛厄姆又开始挖苦，"这真是一种委婉的表达方式。"

我根本不想追问为什么英格兰国内不太平，因为我目前的状况明显比英格兰还差。

"英格兰国运究竟如何，跟您有很大关系，莎士比亚。"

我吃惊地看着他。国家的命运跟一个剧作家有关？为什么？如果真是这样的话，我藏在莎士比亚的身体里，这对整个国家来说可不是什么好消息。

"如果您不能完成任务，您也不会好过，大概会跟我们刚才目睹的那位先生一样。"

我早该预料到！

马车拐到了一条石子路上，往一个宫殿驶去。不是白金汉宫，因为我在有关戴安娜王妃的纪录片里看到过白金汉宫长什么样。这个宫殿看起来没有那么奢华——这里显然住着一个关注别的东西胜过宫殿装饰的女王。马车停下来，一个身穿蓝红色制服的守卫士兵迎接了我们。花边褶皱领示意他站到一边去，士兵赶忙执行了他的命令——沃尔辛厄姆看上去简直是一个让人避之不及的人啊。我们走进宫殿中高高的大厅，到处都是高大的立柱，墙上挂着巨大的、丑陋的毯子和很多描述中世纪战斗场景的油画，场面激烈到让人不想置身其中。沃尔辛厄姆和我一起走到一扇士兵把守的橡木门前，他停下了脚步，然后对我说："我希望您能为我写一首求爱的十四行诗。"

十四行诗？这是一种诗体，我知道的就这么多了。但是为什么他想要这样的东西？他难道爱上我了？这里的人都是同性恋吗？

"这应该不是为了英格兰吧。"我问。

"不，"他回答说，但他脸上的表情突然柔和下来，"我想要把它献给一个特殊的女人。"

这个人居然是有感情的？他这样的人可能会爱上谁？讨厌的奥兹国西方女巫[①]？

沃尔辛厄姆注意到我怀疑的目光，又恢复了一脸严肃，抓起我的手臂走向橡木门。士兵们迅速地打开门，我们走进了一间大厅，大厅尽头有一位坐在宝座上的女士。她看起来五十多岁，穿了一件巨大的由金色和白色布料组成的束胸裙，头戴一顶王冠。她绾起的头发像火一样红，她苍白的脸像是在说：在我这儿可没什么好果子吃。

沃尔辛厄姆嘴里说着"女王陛下"，同时弯腰行礼。当他注意到

① 奥兹国西方女巫：《绿野仙踪》里的反派角色。

我什么都没做时，用手肘捅了捅我的肋部，我才反应过来并像他一样施了一礼。

“让我们单独说话吧，沃尔辛厄姆。”女王命令道。他显然不太高兴，但还是屈从于她的权威，选择了离开。

“见到你真好，莎士比亚。”女王向我问候，但我却感觉不到她话里所说的那种愉悦情绪。

“谢谢。”我尽量礼貌地回答。

“您介意跟我一起到我的卧室里去吗？”她毫不迂回地问。

哦，我的天！女王想要跟我上床？

17

我醒来之后听到的第一个声音居然来自女王，她说："请您为了英格兰着想。"

我看到的首先是女王本人。为什么我会站在她面前？我是怎么来的？难道不是德雷克要砍我的头？他没有得逞？我根本没有死？

"别担心，亲爱的莎士比亚，我不是想勾引您。"女王笑道。

我脑子里闪过了一个……不是那么谦虚的问题：为什么不呢，我对您来说不具备吸引力吗？

我想要提出这个问题，但我的嘴并不听我指挥，反而听到我的嘴说："那我就放心了。"

但我根本不想说这样的话啊。

这样跟女王说话根本不明智好吗？

"您因为我不想勾引您而放心？"女王冷冷地问，"我不够吸引你吗，年轻人？"

"这……呃……我们俩……不太适合在一起……"我努力澄清这个问题。

"这样啊。哪点不适合呢？为什么不适合？"她想要知道。

我现在应该怎么回答这个问题呢？因为我是一个寄宿在男人身体里的女人，而且还不属于这个时代？那她肯定会把我送到当地的疯人院关起来。可以想见，这个年代的这类设施一般都不太舒适。我开始胡说八道："我对您来说可能太年轻了。"

对女王来说太年轻了——我的上帝啊，我的嘴巴究竟在说什么？绝不应该在女王面前提起她的年龄啊！

我想阻止自己的嘴巴说这些疯狂的话。但我根本没办法，我的嘴好像跟我的意识分离了。我的身体完全不听大脑的命令：我想要逃跑，但身体根本没反应，我也感觉不到自己的身体。就像是另一个灵魂占据了我的躯体。是的，肯定是这样，我的身体被一个幽灵占据了！

女王阴沉沉地看着我。

“呃……我是说，问题出在我身上……而不是您……”我被吓得口吃了。

“不是我的问题？”她追问道。

“不，当然不是……您看起来没那么老。”

“没那么老？”

我的天哪，这个幽灵想要送我上断头台吗？

女王冷冰冰地看着我。我额头上已经开始流汗，只能紧张地继续说：“您根本不老，最多只有五十五岁……左右……”

“我今年五十一岁。”女王淡淡地说。

现在我清楚了，这个幽灵就是想要弄死我。

“呃……当然……我刚才发现了，您看起来完全没有超过五十一岁……”

“但我看起来也不比五十一岁年轻？”女王继续审问我。我的冷汗已经从额间滴落下来。

“也许我应该保持沉默……”我提议。

“明智的决定。”女王也这样认为。

“一个十分明智的决定，幽灵。”我也赞成道，但没有人听到我的声音，我也不能大声说出来，只能在心里想。

“请您跟我来。”女王命令道。我无助地看着我那具被幽灵占据的躯体跟着女王穿过宝座后的一道门，走进了一条通往宫殿隐秘部分的小路。

18

“我们俩都绝不允许再谈论年龄的话题。”当我们走在一条用木板铺就、毫不起眼的小道上时，女王这样对我说。除了前厅等代表性建筑，这个宫殿的其余部分比较朴实无华。墙上挂着火炬，但只点燃了一部分，因为有足够多的窗户提供光照。我发现了一面镜子，然后停在镜子前，好奇地打量着莎士比亚的外貌。我看见一个二十来岁的黑发男子，有一张极富魅力的脸庞——他肯定在女性那里很受欢迎。他还有一双忧郁的眼睛，极易激起女人的保护欲。我自身也有一双忧郁的眼睛，扬以前经常这样跟我说。可能这就是我不灭的灵魂里自带的，一生又一生地忧郁下去。那么，我回到过去的目的是为了终止这个悲剧性的循环吗?

“我们没多少时间可以浪费。”女王催促道，并且加快了自己的步伐。她走得简直太快了，尽管她穿着一条看来跟小汽车一样重的束腰蓬裙。

“您对爱尔兰的情况熟悉吗?”当我正在努力赶上她的步伐时，她这样问我。爱尔兰的情况?在我自己的年代我都不清楚这个东西。“嗯。”我只能这样回答。不给出具体答案只是含糊应对，对我来说就是目前最明智的选择。

“信天主教的爱尔兰人正在叛乱，而且在西班牙人的帮助下就要接近胜利了。如果爱尔兰人胜利的话，西班牙人就会受到鼓励来攻打英格兰。而且这场战争我们不太可能赢。您知道，这意味着什么吗?”

“嗯。”我还是没有一点头绪。

“西班牙人要把我处死。”

“嗯。”

“听起来不像是您对此感到同情的样子。”女王看上去又是不太高兴了。

“哦……我想……当然……当然……我当然会十分同情……”

“很好，我的安危对您来说还是有意义的。”女王用讽刺的语调说着，停在了一扇门前，“我的卧室。”

如果她不想勾引我的话，那是想要做什么？女王打开了门，我们走进一个宽敞的房间，里面放着一张顶上铺着华盖，四周用轻微透光的帷幕装饰的大床。透过帷幕可以隐隐约约看到一个男人躺在床上打鼾。

“这就是麻烦所在。”女王说。

一个床上的男人？嗯，这确实是许多女人的烦恼。

“这位是埃塞克斯伯爵。”女王解释道，“这个时间他本应该带领我们的军队与爱尔兰人作战。”

我看见床边放着一个盛满红酒的壶，然后联想到：“但他喝醉了，找不到去爱尔兰的路？”

“现在他确实找不到下床的路。为了不让宫廷里的人看到他这个鬼样子，我把他藏在了我的卧室里。”

“那他为什么喝酒？”我问。

“他单恋着一个人。”

“您吗？”我想要从女王那里知道。

“不……”她的声音里透露出一丝惋惜。显然，她隐瞒了一些对他的感情。

伊丽莎白似乎猜到了我的想法，严肃地问："您不会认为我对一个男人有感情吧？"

我祈祷着这个幽灵不要回答这个问题。求求你，求求你，幽灵，闭上你的嘴巴……我是说，我的嘴巴！

"不……不……我不是这样想的。"我紧张地回答，"您是女王陛下。"

"对。"

"作为女王，男人在您看来都是一样的。"

"很准确。"她很认同。

"干得漂亮，幽灵。"我松了一口气。

我追加了一句："我敢保证您还是一位处女……"

"我看起来像一个老处女吗？"女王有点被激怒了。

哦，我的上帝啊！

"呃……不……不……您完全不像老处女……您肯定有过许多男人。"我结结巴巴地说。

啊啊啊啊！

"您认为，我在未婚的情况下就失去了我的贞洁吗？"她质问的方式就像是宗教裁判所一样。

我的天哪，这真是一个说一句话都能被置于死地的年代！

这样的谈话方式已经让我厌烦。“请您听我说，说实话，您跟男人睡不睡对我来说都一样！我以为我们本来讨论的是萨克斯风伯爵？”

女王对我的突然爆发感到震惊，却努力掩饰着自己的情绪。

“是埃塞克斯伯爵……”她尽量冷静地纠正我。

“让这个男人如此痛苦的是谁？”

“玛丽亚·冯·沃里克郡男爵。”

“她结婚了吗？”

“没有，但她七年之内不会见任何男人。”

世界上肯定有女人能理解这个想法。

“为什么恰好是七年呢？”我依然想知道。

“因为七年过后刚好丧期结束。她兄长过世这件事伤透了她的心。等这过去之后，玛丽亚才愿意重回世俗生活。”

天！这个时代的人们不仅对说脏话有独特的癖好，还特别喜欢装腔作势。

“您，亲爱的莎士比亚，将要用您无与伦比的语言天赋帮助埃塞克斯。请您替他写情书，请您替他写情诗，请您替他写情歌……请您做任何您能想起来的事情，最关键的是，只要能帮他赢得玛丽亚的芳心。”

“然后他就能幸福地上战场与爱尔兰人厮杀？”

“很准确。需要我再提醒您一次您拒绝的后果吗？”女王问道。

我想起了刽子手，然后说：“不用了，谢谢，我的胃已经开始不舒服了。”

女王点了点头，走到床边，将丝绸的床幔掀到一边。“请允许我为您介绍埃塞克斯伯爵。”

当我看到那个打鼾的男人的脸的一瞬间，我差点呼吸停滞。我几乎晕倒，不是因为他喝了太多的酒精，散发出的味道甚至能麻醉一屠宰场的牲口。不，我是因为另外一个原因而精神恍惚：这位伯爵长得跟扬一模一样。

19

他跟扬的相似度实在令人震惊，唯一不同的是伯爵的头发长到及肩，跟沉迷于毒品的披头士一样。但最让我不解、最让我吃惊、最让我内心狂乱的是：他看起来就跟我与扬相识那天的样子一模一样。在我们相爱的那一天，在我们第一次亲吻的时候，在我们第一次的时候。

在我救了扬之后，他在救生艇上邀请我去参加当晚的一场随性沙滩派对。也就是说，我需要去他父母在坎彭买的那座度假别墅。

当我在霍尔格的帐篷里换衣服时，我简直太激动了，于是我请求自己的小伙伴陪我到坎彭的富人国去。但他很不情愿，因为他在一家叫作“流浪”的西班牙餐厅里认识了一位可爱的西班牙侍应生，他（根据霍尔格的说法）玩响板[①]的时候帅呆了。

我穿了一件短袖上衣、一双凉鞋和我最喜欢的短裤，然后自己开车去坎彭。扬父母的那幢房子又大又美，买这幢房子的钱一定能抵上一两个非洲国家的债务。抵达之后我马上发现，这个聚会上的人对“随性”两个字肯定跟我有不一样的理解——我穿的是自己最好的日常装，这里的女士们却都穿着高级定制连衣裙，男士们都穿着昂贵的品牌T恤衫。在此之前，我人生中仅出现过一次这么格格不入的感觉，那一次我全身赤裸地坐在公交车上，幸运的是那只是一场梦。

但这个沙滩派对是真实的。我本想马上逃走，但扬突然走过来

① 响板：一种木制的敲击乐器，是西班牙民间音乐中重要的伴奏乐器。

跟我打招呼:“我的救命恩人终于来了。”

他把我带到通往沙滩的阳台上，给我拿来了香槟和烤制的高级海虾。这让我逐渐适应下来。虽然在我要番茄酱的时候，他的朋友们气恼地看着我，但大体上对我的态度还不是很傲慢，毕竟我在水里救了他们的好朋友。奥利维亚在那个时候看起来就像是跟扬最登对的女人，她真诚地感谢了我，然后解释说:“你救了一个很特别的男人的命。”

在那个时候她根本没有把我视为竞争对手，因为她根本想不到一个像扬那样的男人会对一个像我这样的女人感兴趣。甚至我自己都认为这不可能。

DJ 打开了音响,开始放电影《辣身舞》里的主题曲《此生无悔》。我特别想跳舞，想要借此缓解自己的紧张情绪。可惜我发现大家都是成双成对地在舞池里。扬和奥利维亚组成了一幅尤其唯美的画面，他们俩的水平甚至可以轻松参加比赛。我多么希望自己站在奥利维亚的位置，躺在扬的臂弯里，可惜我一直学不会狐步舞。我在青年时代曾经上过两个课时的舞蹈课，但那之后就放弃了，因为我不得不承认，那些男孩在挑选舞伴时看到我后逃避的样子，就跟日本人在东京看到哥斯拉时一模一样。

“你不喜欢跳舞吗,救命恩人？”当音乐进入尾声时,扬过来问我。

“噢，我不太喜欢《辣身舞》。”我开始胡扯。我不想向他示弱，告诉他我不仅没他的朋友们穿得那么漂亮，还在跳交谊舞时像个白痴一样。

“那你喜欢什么呢？”扬问道。我看着他那深邃的绿色眼睛，恨不得回答说“热辣吻”。

但我没有，我看到奥利维亚有些恼怒地看向我们俩，而我只有一个愿望：赶紧离开这里。最好带上扬。

“我想去散散步。”我回答他。让我惊喜的是，扬并没有考虑太久就马上回答道：“很棒的提议，Let’s go。”他嘴里说出的“Let’s go”并不像大多数男人说起来那么做作，反而很高雅、彬彬有礼。简直不敢相信：他居然真的为我离开了他自己的派对！我们沿着海岸一直走，月亮努力播洒光辉，仿佛要向我们证明它有多浪漫。四周闪烁着上百颗星星。简直是一幅城里孩子很难看到的美景。

扬和我聊得很投缘，甚至谈起了自己尴尬的经历：他跟我讲有一次在他的英国寄宿学校的灌木丛里小便，而校长刚好从旁边经过，那是一个跟西弗勒斯·斯内普教授[①]一样无趣的人。我则告诉他在我实习期间有一次带小学生出去郊游，我和另外一位女老师不得不藏在灌木丛中小便，这时一个小男孩喊道：“我的新手机可以拍照哦。”

扬和我边聊边笑。据他所说，他从来没有跟人说过这样的事情，更别提和别人一起拿这些尴尬的经历开玩笑。我们笑得越多，我们截然不同的出身就越来越不重要。当我们在海边的沙滩上坐下时，正好看见一只小海豚游过，真是一幅浪漫的画面啊，如果没有叙尔特岛的气候灾难，也许永远不会看到这样的场景。我们看着那只小生灵穿梭在浪花间跳舞，然后动情地看着彼此。他轻轻地拥抱了我，然后亲吻了我。从那一刻开始对我来说就没有回头路了：我无可救药地爱上了他，而他也一样。

现在，一个长得跟扬一模一样的男人躺在我面前，躺在女王的床上。我的手颤抖着靠近他的脸颊，为了让自己确认这一切不是我

① 西弗勒斯·斯内普：出自《哈利·波特》小说系列。

的幻觉，我摸了他一下……然后像触电般地缩回手。这个人是真实存在的，有血有肉。我再一次靠近，温柔地摩挲着他的面颊，然后全身涌动着和当年一样的触电感。

我还从来没有抚摸过男人的脸庞！

“您喜欢男人？”女王震惊地问道。

哦，我的上帝啊，这个幽灵还要毁掉我的名声吗？

“不……不……我不喜欢男人。”我一边发誓，一边把手从伯爵的脸上收回来。

幸亏他不是一个喜欢男人的幽灵。这是一件我必须对他心存感激的小事。

“不喜欢男人是非常明智的。”女王忧郁地说。

她肯定有过什么不好的经历。

紧接着她又给了我一个警告：“亲爱的莎士比亚，还有一件事情可能会给你带来危险。”

“是什么？”

“宫廷里有西班牙王室安插的刺客，他们很想杀掉埃塞克斯。他一直都有性命之忧，如今你也同样置身其中。”

要是我不多嘴问这些该多好。

“请您拯救英国！”女王言毕就离开了卧室。我内心波动太大，以至于忘了跟她道别。我的目光简直不能离开扬……我是指伯爵。他嘴里嘟嘟囔囔着睁开了眼睛，但显然眼睛还没办法聚焦。过了一段时间，他才开始说话：“我……我在哪里？”

我的天啊，他的声音也跟扬一模一样！

“您在女王的卧室里。”我回答他，尽量让自己的情绪不露痕迹。不仅是因为他和我的前男友很相像，还因为我既不属于这个卧室，也不属于这个时代，更不属于这个身体。

“我和那个老太婆怎么样了？”他问。

“没有，您并没有怎样。”

“很好。”他回答，明显松了一口气。我心里想，他这样松一口气的方式肯定会惹怒女王。

“您是？”他又开始问我。

这可是一个目前不太容易回答的问题。我沉思了一下，然后决定给出一个简洁的答案。“我是……莎士比亚。”

“你不是！”我绝望地喊。

“您为什么在这里？”伯爵想知道，“您是女王的情人吗？”

“不，我不是。”

“那咱俩都算是走运的。”他一边回答一边伸了个懒腰。他伸懒腰的方式都跟扬一模一样！

“您在这里做什么？”他又问。

“我需要帮您征服玛丽亚。”

“玛丽亚。”他深情地叹息着，绿色的眼眸里满是相思之意。我确实有一点嫉妒。这可真是荒谬。这个男人又不是扬！

“玛丽亚是我一生所爱。”

“我的经验是，一生所爱一般不可能一生在一起。”我伤心地说。

“那您一定不知道什么是真正的爱情。”他非常不赞同。

“这……这也有可能。”我承认，普罗斯佩罗也说过，我的任务就是在过去的世界里发现这个问题的答案。

“我不知道您要怎么在您不擅长的方面帮助我，莎士比亚。”

“说实话我也不知道。”我无力地回答着,顺便坐在了女王的床上。这张床真硬，难怪她情绪一直不好。在这样一张床上睡觉，就跟身在地狱一样。

“您是诗人吧？”埃塞克斯沉默了一会儿突然问道。

“不，我才是那个诗人！”我喊道。

“我也给玛丽亚写了一首诗。”埃塞克斯解释说。在我回答他之前，他就已经开始吟诵:“哦，玛丽亚，如果我见不到你，我就陷入疼痛里。哦，玛丽亚，我多想陪着你……”

无论如何这位伯爵应该不是诗人。

“哦，玛丽亚，你对我有太大的吸引力……”

他最好还是去玷污爱尔兰吧，而不是我们美丽的语言。

“您觉得怎样？”埃塞克斯不太自信地问我，发现我的情绪并不高涨，所以他没有等我回答就说:“我知道……我知道……我不是诗人。但是在这个疯狂的年代，男人必须要用语言去打动女人，而不是行动。我的天赋在别的方面：我很勇敢，我很健壮，我是一个完美的情人……”

“认为您是一位好情人的男人，一般来说也不是什么好情人。”我反驳道。

“您是从哪里得出这个结论的？”他问。

“我……呃……理论上是这样。”我回答。

埃塞克斯也挨着我坐在床上，他此刻坐得离我很近，这个距离简直让我激动得起鸡皮疙瘩，就跟原来在扬身边一样。

“您能替我跟玛丽亚说话吗？”埃塞克斯问我，“替我向她求爱。也许像您这样能言善辩的先生可以说服她，让她打破自己的誓言，也许您还能为我赢得她的心。”

他恳切地看着我，仿佛赢得这个女人的芳心跟他的一生相关。这让我很不高兴。在这一刻我真的感受到了嫉妒。

“我会试试看能为您做些什么。”我略做推诿。

他的眼中闪烁着希望。他拥抱着我说：“您真是一位好朋友，莎士比亚。”

这个拥抱让我太兴奋了，我感觉就跟我和扬在海边的第一个晚上一样。我根本分辨不出这个男人与扬的差别！

混乱，激动，甚至惊慌地，我逃离了伯爵大人的怀抱。身处在过去的世界和再次试着爱上一个人，让我感觉很不舒服！

我慌忙跑出那间卧室。目瞪口呆的伯爵也跟着我跑了出来，嘴里还强调着，我是他赢得玛丽亚的唯一希望。他还交给我一个里面放着他意中人画像的小挂饰盒，以便我能认出她。我任由他站在原地，自己沿着走廊走到一个拐角处，靠着墙理清思绪：我迫切地希望，这个扬的二重身[1]跟我寻找真爱的任务没有任何关系。

然而我心里清楚，情况已经是这样了。

然后我发现，现在我还有一个很重要的问题要解决：我想尿尿！

---

① 二重身：指面容和声音都很相像的两个人，可能处在不同时间和空间。

20

这个“我存在于另一个躯体里”的问题突然进入了另一个范畴的讨论。我突然想出一个计划来解决这个棘手的问题：我，不管这个方法能撑多久，决定直接憋住。也许在接下来的十五分钟里我就能突然发现什么是真爱，然后突然就在现实世界里醒来。那样我就自然而然地解决了尿尿的问题。但我的膀胱此刻压力真的好大，有趣的是，在这个问题上男人的感觉居然跟女人一样。

我不安地小步跑来跑去。当我从窗口往庭院里眺望时，看到一个潺潺流水的喷泉，我心里明白了：我坚持不了十五分钟。如果我不想尿裤子的话，就必须先找到一个洗手间。至于我怎样以男人的身份去尿尿的问题，我准备等到了那一步再做考虑。

于是我询问了一位迎面走来的老宫女，她穿着一条镶边宽裙子，脸上的妆容十分夸张。“请问您这里的 WC 在哪里？”

“WC？”她疑惑地问。

“洗手间。”我解释说。

“洗手间？”她又问。

“厕！所！”

“每个房间都有一个。”这个女人有些气恼地回答完，就走远了。我希望能找到一个不限性别的厕所。但无所谓了，我又没有别的选择。我顺手打开路旁第一个房间的大门，谢天谢地里面没人。实际上里面只有一张华贵的书桌和一把更加华贵的椅子，看起来像是一间书房。我一眼望去没有发现任何像厕所的房间。但旁边有一扇用皮革装饰的木门。我想，这里应该就是厕所。

我走上前去，激动地打开了门，里面确实有一间中世纪风格的厕所——一个巨大而精美的木头箱子，中间有一个用软垫包围起来的洞，方便人坐上去。我完全可以在这里舒服地小便。

可惜的是，女王已经坐在上面了。

她正在处理一件皇家事务。

她看着我。

而且她并不高兴。

说实话，我宁愿没有看到这一幕。

女王的脸简直冰到了极点，房间的温度也因此降低了好几度。

“呃……这里已经有人了啊？”我尝试着打破僵局。

女王的眼睛眯成一条缝，我突然开始发抖。

“不是您想的那样……”我努力地平息事端。

“我难道不是正坐在您面前的茅坑上吗？”女王冷冰冰地说。

“好吧，确实是您想的那样。”我必须承认。

“您就谢天谢地吧，要不是因为我还需要您来拯救英格兰。”她的声音冷酷得像刽子手的斧头一样，“现在赶紧滚吧，有多远滚多远。”

“已经滚远了！”我一边说，一边关上门，然后尽可能快地冲出房间回到走廊上。

我心里特别清楚：那幅女王蹲在茅坑上的场景一定会伴随我的一生。

当我停下来时，我意识到我的需求在受惊吓之后变得更加迫切！我的目光穿过窗户落到宫殿的花园里，突然想到，我们女人一直羡慕男人能直接在灌木丛里尿尿。于是我决定走到花园里去实施这个想法。走到外面看见的第一个东西还是那个喷泉，潺潺的流水让我更加难以忍受。我赶紧跑到一个灌木丛中考虑我应该怎么处理这个情况：我决定脱下紧身裤，下面的什么也不碰，什么也不看。为了让一切放手去进行，还不让自己被喷射物溅到，我甚至还弯了一点腰。

这位幽灵在放水的时候还挺麻烦。

我正放松自己，突然听到远处一声犬吠。

女王的警卫犬！

听起来好像是狗。

如果幽灵不赶紧提上裤子逃跑的话，那几条狗就会给我的私处咬上几口，这样我以后在剧院里就只能演女性角色了！

听起来狗狗们越跑越近了。我把裤子又提了起来。

“跑啊！”我对幽灵吼道。当然，他不可能听到。

我终于看到它们了，是两条杜宾犬，跟电视剧《夏威夷神探》[①]里的宙斯和阿波罗有点像，只是它们看起来没有那么黏人。突然，我听到一个不知道从哪里传来的声音：

“跑！”

我发现这是个不错的主意，也不管是谁喊的，就开始冲刺，穿过灌木丛，跑到了一条铺着很精致的石子的路上……

我很震惊，这个幽灵居然逃跑了。难道他听到我的话了吗？

我跑啊跑，两条狗在后面追啊追，它们就快赶上我了！快！

“快一点！”我喊道。

这也是一个不错的主意。我跑得更快了。

① 《夏威夷神探》：一部美国犯罪类电视剧。

这个幽灵居然能听懂我说的话！我的嘶吼成功地让他听见了我说的话。

不管我跑得有多快，哪怕我这具莎士比亚的身体比罗莎的身体要身强力壮得多（当然后者也尤其沉重），也逃不掉这个种类的狗的追赶。两个畜生离我只有几米远了，我看到它们露出的牙齿，甚至能看出它们眼中对一盘美味大餐期待的喜悦。极度的恐慌令我几乎不能思考，这时我听到一个声音在喊：

“爬到墙上去！”

我瞟到一堵墙，赶紧冲过去，却被绊倒在地，摔了个四脚朝天。

“白痴！”

两条狗已经快要接近我，马上我就要变成它们的狗粮。谢天谢地！在这种情形下男人的身体里还涌动着肾上腺素的力量。当我的鼻子闻到狗身上难闻的呼吸味道时（它们究竟是用什么喂养的，塔查吉基[①]吗），我用尽最后一丝力气往墙的另一边跳，两条狗狂吠着向我撕咬。其中一条较大的狗咬到了我衬衫的袖子，幸亏只咬住了布料，而不是我的手臂。

这两条狗马上就要撕碎我的身体。我是做错了什么才会受到这样的惩罚？不得不承认，我心里清楚是因为什么。我身上确实背负着深重的罪责。因此我有了一个近乎让我害怕的想法：这个幽灵难道是来复仇的灵魂吗？

① 塔查吉基：希腊饮食文化中的一种酱料，通常由希腊式优格和黄瓜、大蒜、盐、橄榄油、红酒醋等制成。

我大口喘息着爬上了墙。在慌乱中爬到那么高的地方，简直是我用罗莎的身体，哪怕用尽体内所有的亢奋激素[1]也不能达到的成绩。我辗转翻越过围墙，让自己在另一边跳下。我重重地摔在一个柔软的草坪上，听到那两条快到饭点的狗发出失望的叫声。我艰难地喘息着，顺手擦掉额头上的汗珠。

“你能听到我说的话吗，幽灵？”我问道，并尽量掩饰着自己对他可能是一个复仇灵魂产生的畏惧。

我震惊地看向四周，但没有看见任何人。

“我在里面，幽灵。”

那个声音确实来自我的身体。我问他：“你是谁？”

“还能是谁……我是威廉·莎士比亚。”

① 原文指类似于多巴胺、内啡肽之类的自体产生的、在神经通路上有加强作用的成分。

21

我不仅在莎士比亚的身体里，还和莎士比亚本人处在莎士比亚的身体里。事情发展得真是越来越精彩了。唯一的小安慰是，我没有和卡夫卡共存于卡夫卡的身体里。

“滚出我的身体，幽灵！”

莎士比亚认为我是一个幽灵？好吧，对他来说也是符合逻辑的，在他那个时代人们都很迷信，而且他也不像我在普罗斯佩罗那里非自愿地上了一堂关于回到过去的课程。让人惊讶的是，这一切不是一场简单的催眠旅行，不是依靠刺激和唤醒大脑闲置区域，让人回想起以前的人生经历。这场回归的方式完全不一样，像是一场时间旅行。普罗斯佩罗说佛教僧人发现了能把人的意识送回过去的方式，应该就是指这个意思。如果我有机会见到这些僧人的话，我一定要把他们狠狠地踩到他们的僧磬[①]里。

“你听到我说话了吗，幽灵？”

“您说得够大声了。”我在脑子里回答。我把“你”换成了更加尊敬的“您”，毕竟我是在和莎士比亚说话。

“幽灵，我在问你话呢。”

他没有听见我的回答。这就意味着我能听见他在脑子里说的话，但如果我用同样的方式回答他，莎士比亚却不明白我说了什么。显然只有我大声说话才能成功。“是的，我能听见。”

① 磬：佛教寺院中所用的一种乐器或法器，又称颂钵。

“你……你是来复仇的灵魂吗？”

“不……我不是。”

“你发誓？”

我决定减轻他的恐惧，然后解释道：“我向我信仰的一切发誓。”

“感谢上天！”

“我的名字叫罗莎。”我向他介绍自己。

“你居然是个女人？”

“不，是贵宾犬！”我不耐烦地说，“……我当然是个女人。”

“你可真急躁，不过，你真的是一个女人。这也解释了你非传统的撒尿方式。”

“我想，在接下来的时间里我最好还是少喝点水，尽量减少这样的情况发生。”我回答。

“这是什么意思……你……你……你不会离开我的身体？”

“很抱歉，我做不到。”我向他承认。

“你做不到？！这是什么意思？”

“请您相信我，如果可以的话，我马上就这样做了。但那个送我到这里来的男人……”

“什么样的男人？”我打断她。

“呃……大概是一个魔法师……”

“那我们现在必须赶紧去找他！”

“他……他住的地方太远了，没办法去找他。”我吞吞吐吐地解释。这个遥远不仅是指空间上的，更多是指时间上的，但我忍住没说。

在莎士比亚回答之前，走过来一个年轻高大的士兵，粗鲁地问我：“喂，你在这里做什么？”

我抬头仰望他，然后根据事实回答他：“一言难尽。”

“你是来行刺的西班牙刺客吗？”士兵一边问，一边把手放在剑上，准备把剑拔出剑鞘。其余的人也突然警觉起来，变得严阵以待，而我略不耐烦地说：“哪个西班牙刺客会回答‘是的，我是一个来行刺的西班牙刺客’？”

那个士兵看起来像被羞辱了一般，拔出了他的剑。

“幽灵，你真的特别喜欢让我陷入困境。”

“请您闭嘴。”我愤怒地回答他。那个不能听见莎士比亚说话的士兵生气地说：“我……我什么也没说。”

“我不是跟你说话……”我跟他解释道，然后这个士兵环顾左右，不解地说：“这里也没有其他人啊。”

他感觉自己被愚弄了，于是把剑抵在我的喉咙上，我在这一刻才发现我还有喉结。

“我，呃……我在自言自语。”我吞吞吐吐地说。

“自言自语？”士兵很惊讶。

“我在指责自己刚才对你太不礼貌了，”我胡扯道，“没有给予你这样英勇而光荣地为女王战斗的人足够的尊敬。”

这位士兵显然被恭维舒服了，莎士比亚也表扬我：

“还不错嘛，幽灵。”

“谢谢。”我回答说。然后士兵再一次不解地看着我：“我什么也没说啊……”

我赶紧回答：“但我在你的眼里看到了理解。”士兵同意地点点头，然后高喊着“女王万岁”走开了。我深吸一口气，但也只放松了一下，因为莎士比亚问：

“我们现在做什么？”我迫不及待地想知道。

我精疲力竭地思考着：无论如何一定要从这团困境中走出来。只有当我找到真爱之后才行得通。而我目前拥有的唯一的线索是，伯爵大人长得跟扬一模一样。

“你想到怎么回答我的问题了吗，幽灵？”

“您别总叫我‘幽灵’，我叫罗莎！”我激动地说。却听到我身后有一个尖锐的声音惊讶地问：“您叫罗莎？”

我转过身看到花边褶皱领沃尔辛厄姆。我完全没注意到他走了过来，他就像一个无声无息的影子。我不知道应该怎么回答，结结巴巴地说：“呃，我……我……”

“……我在练习一出新剧的台词。”我轻声提醒幽灵。如果沃尔辛厄姆认为我疯了的话，确实不太好。比起伦敦疯人院，伦敦塔的地牢都算得上是天堂。

“我在练习一出新剧的台词。”我用莎士比亚告诉我的话回答沃尔辛厄姆。

“啊哈。”他说。他忍住了没继续深究，然后问：“为什么您在外面呢？”

“呃……我想尿尿。”我如实回答他。沃尔辛厄姆一脸尴尬地看着我，如果有谁能用那样尴尬的神情看着别人的话，那一定就是沃尔辛厄姆。他用手指向附近停靠着的一驾马车，示意马车夫驾车过来。

“这个马车现在把您送回家去，明天再来接您，然后送您到玛丽亚男爵的行宫去。我希望您这次的做媒最好成功。伦敦塔监狱已经关满了英格兰的敌人，我不想那里行刑的人因为您再增加工作量。”

我忍气吞声地说：“我也喜欢正常的工作时间。”

“正常的工作时间……那是什么？”沃尔辛厄姆问道，他的眉毛也不解地轻挑起来。鉴于他看起来并不像是对工会组织思想比较开明的人，我回答说："当我没说。"然后迅速登上马车。在关上马车门之前，沃尔辛厄姆还小声对我说："请您务必记得帮我写一首十四行诗。我提醒您，如果诗写得不好的话，我也一样会把您扔进伦敦塔里去。"

马车缓缓启动，我透过车窗看着这个阴森森的男人，然后叹息道："这个家伙激发别人工作积极性的方式真不友好。"

"你不了解沃尔辛厄姆吗，罗莎？"

"我不是这里的人，"我说，"而且我想真心实意地加上一句'感谢上帝'。"

"沃尔辛厄姆是整个大英帝国最有权势的人，整个特工系统都听命于他。他是女王最信任的顾问，差不多十年里他还曾是她的秘密情人。后来他们之间突然发生了什么。没人知道是什么。也许是更年期吧。"

"或者是埃塞克斯。"我回答说。

"埃塞克斯？"

"女王对他有感情，很容易就能看出来……"

"女王不可能有真正的感情。"

"因为她是一个女王？"

"因为她是一个强大的女人。"

"哇哦，那是您没有跟阿莉塞·施瓦策尔[①]一起辩论过。"

"这位阿莉塞·施瓦策尔是谁，一位迷人的女士吗？"

"一个能把你当早餐吃掉的女人。"

---

① 阿莉塞·施瓦策尔（Alice Schwarzer）：一位德国女记者，创办了德国女性杂志《艾玛》，是德国女权运动的主要代表人物之一。

“我从来不在女人那里吃早餐。”

“从您的观点可以看出，您能被女人邀请都是一个奇迹。”

“女人们都喜欢被恭维，恰好我的天赋就是说漂亮话。”

这个人对女人的看法真是奇怪，显然是一个——如果用那个声母发音不准的小学生的话来说——惹人老怒的人。如果这真的是我前世的灵魂的话，我真不能忍受他。

22

“奉承话就是针对女人的捕蝇网。”

“在我那个时代，人们还以为您是一个浪漫主义者。”我摇了摇头。

“在你的时代？这是什么意思？”我不解地问。

我现在应该向莎士比亚解释我从哪里来吗？这一定会让他的想象力爆炸。我决定撒一个小谎。“我是说在我的家乡。”

“你不是伦敦人？”

“不，我在伍珀塔尔出生……”我刚开始说就被莎士比亚打断了，还没来得及告诉他我现在住在杜塞尔多夫。

“伍珀塔尔，我从来没听说过这个地名。”

“那您也并没有错过什么精彩的事情。”

“那么在这个……伍珀塔尔……人们听说过我吗？”我感觉自己有点得意。

显然这位诗人需要一点自我肯定。但是谁又不需要呢？当扬告诉我他觉得我有多美的时候，大大消除了我的不安全感。但想到他现在要对奥利维亚说这样的话，我受到的伤害就更大。

“伍珀塔尔的人们是怎样说我的？”我问道，很想知道我在世界上的名声是怎样的。

我思考了一下应该怎么回答，然后得出结论：如果我对他说点奉承话，他应该更有可能对我友好。于是我回答说：“大家都很喜欢您的作品。”

“尤其是哪部作品呢？”

“《哈姆雷特》……”我说了中学时仔细读过的唯一一部他的作品。

“可我根本还没写完《哈姆雷特》啊。”我生气地回答。

“这……呃……写完之前作品就已经名声在外了。”我赶紧说。

“有道理，这一定会是一部了不起的喜剧。”

“呃……喜剧？”我很惊讶。

“里面主要讲的是一个不会做决定的丹麦人，”我解释说，“比如哈姆雷特走进一家酒吧，他就想‘红酒或者不喝红酒’，如果他去吃饭，他就思考‘猪肉或者不吃猪肉’……”

显然，莎士比亚现在的进度离他这个作品最终的版本还差得很远很远。他现在还是一个相对年轻的人。我想知道，究竟是什么慢慢改变了他，让他把这部作品从喜剧改写成悲剧。

“……当他和一个女人赤身裸体躺在床上时，他就想‘进去或者不进去’……”

“也许我们不再继续聊这个话题的话会更好。”我请求道。

“如果你希望的话，幽灵……那我不说话了……”她不想了解我的新作品这件事，让我有点受伤。

“好的……”

“我可以像坟墓一样安静……”

“很好……”

“更准确地说，跟我相比坟墓都显得吵闹……”

“不错……”

“而且我……”

“莎士比亚！”

“啊？”

“闭上你的嘴！”

这个幽灵比身染性病的妓女还不懂礼貌。

当莎士比亚终于闭嘴时，马车正好穿过城市的富人区。我手里把玩着那个装着玛丽亚男爵照片的圆形小相盒项链，突然有了一种可怕的想法：如果这个女人跟奥利维亚长得一样会怎样？就跟埃塞克斯长得像扬一样。

想到这里我变得十分紧张，我的手心都汗湿了。

现在这个幽灵也开始出汗了。而且是在我的身体上！

我决定在心里数到三，然后打开小相盒。在数数的时候我思索着：

“一”……最好男爵不是一个长得像奥利维亚的女人。

“二”……如果扬和她在这里依然还是一对情侣的话，我简直不能忍受。

“三”……因为这就意味着，他们的灵魂哪怕过了几个世纪依然彼此相爱。

“四”……在这种情况下，奥利维亚才是他上天注定的真爱，而不是我。

“五”……我已经数过三了。

“六”……我干脆再数一次吧。

“一”……我太害怕打开这个相盒了。

“二”……但放在一边的话，我又太好奇。

“三”……我现在应该怎么办？

"四"……我又得重新再数到三。

"五"……好吧，再从头来一次。

"一"……哎，究竟是怎样？

我打开了那个该死的圆盒子。

照片上的女人长得不像奥利维亚。

不，她看起来像一个更美的、更妩媚的升级版奥利维亚！

看起来真是这样，不单我，扬和奥利维亚都活在这个时代。他们的灵魂也是一世一世经历了世界的变迁吗？有可能他们的灵魂在古罗马时期就已经相爱，或者古埃及时期，甚至在石器时代他们就已经在我们的地球上漫步了。也许扬原来是一个叫"乌尔戈"的石器时代的男人，奥利维亚是一个叫"乌弗塔塔"的石器时代的女人，"乌尔戈"用大棒子给了"乌弗塔塔"头上一下，把她搬到自己的洞穴里和她在那里干了起来。

我应该学到什么吗？真爱存在于两个命中注定的灵魂之间？我们应该给这种真爱让步，而不是像我之前那样去打扰他们？我和扬在一起几年，直到他——用他的话说——和奥利维亚找到了一种"更成熟的、更深层次的、命中注定的爱"。如果我没有从中插脚的话，他可能早就找到这样的爱了。我只是爱的永恒轮回中的一个阻碍物吗？

是的，我想，是这样：两个灵魂之间存在真爱。它能穿越几个世纪，而且它是命中注定的，而且我最好不要插队。我在这个过去的世界里已经学到了该学的东西——一个让我特别痛苦的教训。

现在，我这样想，每一刻我都可能在马戏车里重新醒过来。

但我没有。

我等啊，等啊，等啊，但我还是没有醒。我站起身来，从行进中的马车敞开的窗户里伸出头，看着天空，然后绝望地对着天空喊：“我已经明白了！我的任务完成了！”

这时我脑海中突然想起乔治·W.布什在伊拉克战争时也曾经这样宣布过一次：他的“任务完成了”。

幽灵不仅没礼貌，脑子还有点不清醒，像一条在跟一颗栗子交配的被绝育的狗一样。

我也不知道我在对谁呼喊。对上帝吗？肯定是他想出了灵魂这个主意，他可能还构想出了爱情。还有可能是谁呢？或者灵魂起源时并没有受到更高权力的影响呢？而是通过进化，是大自然的一个简单组成部分？哪些灵魂是命中注定在一起而哪些不是，跟宗教无关，而是涉及生物学的范畴。一种我们人类根本不知道，更不用说理解的生物学。如果灵魂是通过进化产生的话，那我也就不用往天空的方向对神呼喊。显然我的灵魂还没完成任务。那应该是什么呢？关于这个该死的真爱我应该学习什么呢？

23

我必须赶紧摆脱这个幽灵。简直不敢想象如果我的孩子们见到她会怎样。她可能会破坏他们的生活，给他们带去的伤害可能会比他们因母亲而受到的伤害还要多。

可是我应该怎样摆脱她呢？我思考这个问题时，发现自己很疲惫。被一个幽灵占据身体，和她说话，被她驱逐，耗费了我巨大的精力。我的头脑越来越沉重，然而在我昏睡之前突然想到了一个解决目前困境的方法：唯一一个能把我从这个噩梦中拯救出来的人，应该是那位伟大的炼金术士约翰·迪，他对黑魔法的了解比我朋友肯佩对伦敦妓女的了解有过之而无不及。这位炼金术士已经创造过很多奇迹：他让没有生育能力的人变得有生育能力，让有生育能力的人变得没有生育能力。他还发明了一种药物，能让老年人的性生活更有活力。他单凭这项发明赚到的钱比英国国家银行里的钱还要多。然而出于某种不知名的原因，他对此并不感兴趣。据说，唯一能吸引他的是那些远东的国家：他们的宗教、礼节和习俗。如果是因为他对亚洲女人感兴趣的话，我就能理解他的所作所为了。他的嗜好对我来说都无所谓，重要的是他应该能帮到我。唯一的困难是：我应该怎么把这位幽灵带到炼金术士那里去呢？当我用尽最后一丝力气想完这些之后，我终于失去了意识。

我从马车里打量着五彩缤纷的伦敦生活。小贩，行人，穿着破烂衣服在街上乱跑的小孩，他们都比我们那个时代的人更喧闹。他们骂人更大声，说话更大声，笑得更大声……总之他们更有活力。跟他们相比，我们那个时代的人看起来就像注射了镇静剂一样。除了伦敦人的牙齿太烂之外，我简直羡慕他们充满活力的生活。

比起我们现代人，这里的人肯定面临更多生存困难和问题。当然，我们也有很多困难，诸如失业危机、全球化或者气候变化，但跟那些几千年前的人相比——比如石器时代的女人乌弗塔塔、古罗马时期的奴隶，或者成吉思汗的情妇们，我们的生活算是不错的。

另一方面，这样的衬托对人又有什么助益呢？就像我父亲经常说的："我的坐骨神经痛不会因为非洲有人饿死就变好。"

这里的人们根本不抱怨，尽管他们面临着各种困难，取而代之的是破口大骂、大声斥责和大喊大叫。当我观察他们时，不由得想到，在我的那个时代，他们早已死了好几个世纪。他们早已是地里的尘埃，甚至他们的棺材也已经是地里的尘埃，很有可能他们的墓碑也是这样。哪怕他们能活到八十岁，他们的存在于世界历史的进程也只是眨眼之间。存活在我们那个时代，也就是人类历史上第三个千年的人也是一样。所有让我们情绪波动的事情，在时间的长河里都变得毫无意义：金融危机、气候灾难、手机话费套餐……

我们所有人都会消逝。

唯一的安慰是，似乎灵魂在不断重生，哪怕人类自己都没觉察到这一点。看上去灵魂本身是永恒不死的，而别的一切都在不断消逝：不管是灵魂居住过的不同身体，还是那种意识，构成"我"、我们的个性以及我们的个人这些概念的意识。罗莎的那个意识中的"自我"会消逝。留下来的永远是灵魂，一个没有意识的永恒的存在。

我想知道，如果这里的人们知道了我现在所知的一切，即他们的"自我"是多么易逝，他们会不会改变自己做事的方法。那个衣裙褴褛的胖女人还会因为别人想卖给她虫蛀的苹果而如此生气吗？那个穿着过紧的紧身裤的老男人还会任由妻子嘲笑他“生殖器跟李子干一样”吗？如果玛丽亚男爵知道她的生命里总共没有几个七年的话，还会为了她的兄长守丧七年吗？那个正在询问街上行人是否需要雇他帮忙赶家里老鼠的十一岁男孩，如果他更清楚地意识到他只拥有一次生命的话，他会去上学吗？

我会成为小学教师吗？

很可能不会。

这一刻我突然清楚地意识到，我曾经浪费的人生是多么的宝贵。比如我的第一次性行为，还有第二次，还有其他很多次。还有我第一次恋爱，算起来大概占了我生命中一年时间的四分之三，这是我已经浪费且永远找不回来的。

此外还有一堆事情是我生命中没有珍惜但在回顾时希望当初好好享受的，那就是我父母和我在一起度过的时光。我也没有真正地珍惜和霍尔格在一起的时光（我总是想，在我的人生里需要一个真正的女闺密，就跟《欲望都市》里的女孩子们一样，但霍尔格一直陪在我身边：每一次我喝醉酒，他都会把我扶到床上，以免我在洗手间里靠着马桶圈睡一夜）。当然还有我和扬一起度过的时光，那段我这个蠢女人没有好好享受的时光，因为我总是忙着担心他会为了某个更聪明、更美丽的女人而离开我。也许我在这里还应该学到：我应该更享受自己的人生？所谓真爱是对生活真正的热爱？

如果真是这样的话，那我还有一段很长的路要走。

24

马车已经驶入不太入流的区域，正是我今天早上穿越时着陆的那家剧院所在的地方。马车夫把我放在“玫瑰”门前，提醒着明天早上他会来接我去见玛丽亚男爵。虽然我不太愿意去见一个奥利维亚的翻版（或者最好说是前世），但我更不想被关进伦敦塔。于是我对马车夫说：“明天见。”

他走之后，我问：“我们现在需要做些什么，莎士比亚？”

我没有听到回答。

“莎士比亚，您听到了吗？”

他没有说话。要么他还在赌气，要么他已经离开了这具身体。这至少是不幸中的万幸啊。由于没有别的去处，我只能往剧院里走去。这个建筑里涌动着上百名看演出的观众，大部分人穿着破破烂烂的衣裳。在这个时代，剧院不属于有文化的市民阶层，反而像我们那个时代的电影院，万幸的是没有爆米花和蘸酱玉米片，那个酱汁对我们的胃壁所造成的影响，就跟电影《异形》里外星生物体内的酸对诺斯特罗莫号太空飞船造成的危害差不多。

我很好奇并决定跟着这些人，主要是因为我在海报里看到的信息——人类历史上最伟大的喜剧:《爱的徒劳》。从广告宣传文字来看，那时的剧院跟现代的电影院果然差不多。令人咋舌的是，广告行业在几个世纪里进步得确实不大。

“玫瑰”的门口站着一位男扮女装的年轻小伙子，正是我和疯子德雷克决斗时第一次见到的那位。他见到我十分高兴，激动地尖叫道：

“威尔，我们还担心沃尔辛厄姆会把你扔到伦敦塔里去。”

他拥抱了我，同时在我脸颊亲了上百下，就像是嗑了狂舞迷幻药的布鲁斯·达内尔[①]。

“被关进伦敦塔的事情有可能还会发生。”我有点宿命论地说，小心地把小伙子推开。

“嘿，诗人！”我身后响起一个声音，是那位穿彩色鹦鹉马甲的胖男人。他的大手重重地拍在我肩上，我没有因此碎成一千片简直是个奇迹。

“演出之后，”他大声说，“我们一醉方休！”

目前的情况下，喝醉这个主意实在太吸引人，而且我也不愿让这个可爱的家伙失望。我现在最不想的事就是让别人怀疑我不是莎士比亚。于是我答道：“听起来不错。”

“我们还要吃烤鸡腿！”胖子很开心。

我的胃确实在叽里咕噜地响，而且我估计，十七世纪的烤鸡腿跟我们那会儿的吃起来差别应该不大，于是我又回答：“听起来更棒了。”

“然后我们去逛窑子！”胖子的眼睛里闪烁着光芒。

“什么？！”

“我们去找妓女。直到她们满怀感激地付给我们钱。”

“不用了，谢谢！”我赶忙说。

“为什么不？”胖子惊异地问。

“因为行不通。”我回答说。

---

① 布鲁斯·达内尔（Bruce Darnell）：一位美国的编舞者和模特，在德国很多选秀节目中作为嘉宾出现。

“为什么行不通？”

那一瞬间我只想到了我的标准答案。“我有我的原则。”

“你有……什么？”胖男人十分吃惊。

“呃……”我赶紧补充，“我是说，我不睡妓女的原则。”

“你昨天还没有这个原则。”

莎士比亚经常去妓院？我真是越来越不喜欢我的灵魂了。

“我已经给你找了一个妓女，”胖子还在继续说，“她叫贡噶，从遥远的非洲大陆来。她在秋千上能做一些绝妙的事……”

“秋千上？”我不安地问。

“是这样的，她头朝上把自己悬在秋千上，如果男人在她面前解开裤子……”

“我什么都没有问！”我赶紧打断他的话。

“你真的不想一起来吗？”胖子很失望。

“不，不……我特别困。”

“莎士比亚，我一点都不喜欢现在的你。”胖子一边说，一边很忧虑地看着我，就跟霍尔格经常看我那样，简直一模一样！

然后他开始唱一首奇怪的歌，像霍尔格那样。“贡噶，贡噶，在她那里你总是很饥渴啊！”

他押的韵脚跟霍尔格一样差。这个胖子的做事方式跟我最好的朋友一样直接。难道两个灵魂经过几个世纪后不仅可能依然相爱，也可能继续做朋友吗？

“演出开始了。”男扮女装的小伙子喊完之后就跑到了舞台后面。胖子紧随其后，想让我也跟着他们一起去。但一方面我不想继续听他用唱歌来细数贡噶的优点，另一方面我也只想待在观众席上。观众们站在舞台周围，只有楼上的那几个座位是给贵族们预备的。从现场氛围看，不像是剧院，更像是摇滚音乐演唱会。演员们就是这里的明星。演员还没上场时，观众就已经开始欢呼。演出正式开始后，人们感到十分享受，因为他们能在此时忘掉艰辛的生活，让自己进入想象的纳瓦拉世界。在那里，一位年轻的国王和他的朋友们立下神圣的誓言——不见任何女人，只投身于文学和科学的学习中。足以想见，这可不是一个容易坚守的誓言。法国公主和她的女伴们出现在纳瓦拉，扭转了年轻贵族男子们脑中的想法。就像好莱坞喜剧里经常出现的那样，一场疯狂的爱情正在台上上演。剧团只用了一些简单的布景和道具来展示故事发生之地——纳瓦拉王国，在作为现代人的我看来，简直简陋得可笑，但这并没有妨碍现场的观众融入其中。他们不需要恢宏的布景，也不需要耗资成百上千万的特效，他们凭借演员的表演，任自己的想象驰骋，而且他们的确需要很多想象力。出于某种我不知道的原因，剧中所有的女性角色都是由年轻男子饰演，尤其是谈情说爱的场景给人一种仿佛在看《一笼傻鸟》[①]的即视感。

这里的戏剧跟我们那个时代的完全不一样，在这里最重要的一点是娱乐观众，给他们带去激情，而不是什么对文化市民阶层起教化作用的抽象的胡扯。而且观众参与其中：当那些爱得发疯的男人出洋相时，他们会欢呼；当恋人们互诉衷肠时，他们会感伤；当法国国王去世的消息传来，法国公主不得不踏上返乡之旅，因而不能和她最爱的纳瓦拉王子结婚时，他们全都屏住了呼吸。

哪怕是那些在打架时被人用手戳进眼睛也不会哭的粗笨男人，都展露了他们的情感。连我也眼含热泪。不仅是因为我同情那个男

① 《一笼傻鸟》：一部法国和意大利合拍的同性恋题材电影。

扮女装扮演法国公主的男演员，更让我感动的是，上千名观众被这个故事所震撼，忘却了他们日常的烦忧，体会到一种深层的、奇妙的情感冲动。那是一种他们可能在日常生活中都没能体会到的感情。一切只是因为莎士比亚写出的这个戏剧。

我的灵魂如此有才华……简直太不可思议了！

这意味着我也这样有才吗？我拥有更多的潜能？

这难道不奇妙吗？

虽然不一定是真的。

但仍然很奇妙。

25

演出结束后，所有的男人和女人都一致认为，莎士比亚是世界上最浪漫的人，不然他写不出这样的爱情对白。“如果他们知道……”我脑海里突然浮现这句话。

然后我在想：当一个人感受不到爱时，他可能写出这样的爱情告白吗？也许这些人说得有道理：莎士比亚内心深处一定有浪漫的一面。

还有一件事引起了我的注意：《爱的徒劳》是一部幽默的喜剧，但没有圆满的结局。为什么结局这么悲伤？这难道跟莎士比亚自己的生活有关？他被什么所困扰，让他只能在作品里表达自己的浪漫？他是一个受伤的灵魂吗，像我一样？

演出结束后我请那位名叫肯佩的胖子带我“回家”。我完全不知道莎士比亚住在哪里，而且这位诗人也一直不理睬我。肯佩和我一起走出剧院走上街头，天边渲染着晚霞的余晖，被戏剧重新赋予情感冲动的观众们走在回家的路上。

“我们的工作难道不美妙吗？”胖子崇拜地说。

“我……也这样认为。”我同意他的观点。给人们带去幸福感确实很美妙。显然，世界上肯定有把工作做得尽善尽美，并且还能从中获得满足感的小学老师，但我的确不属于这类人。我是那种不会逗孩子们开心的人，而且这种开心是相互影响的。学生们和我处在一个共输的局面。

“能让人们这么幸福，真好……”我自言自语道。

“我不是指这个。”肯佩说。

“不是吗？”我吃惊地问道。

“我是说，我们不用每天去上班，我们可以懒觉睡个够，我们可以在舞台上露屁股还不会被士兵用鞭子惩罚……我们是小丑，有绝对的小丑的自由。如果把生活比喻成蛋糕，那么我们蛋糕上的樱桃就是剧院老板，他同时还拥有一家妓院。你真不想跟我一起去见贡噶吗？”

“不，谢谢……我头疼。”

“那里还有一个新来的叫基蒂。”肯佩这样说，然后又开始唱歌，“在基蒂那里我愿绑在秋……”

“不，谢谢，”在他继续唱下去之前我必须得打断他，“我真的需要休息。”

“那里还有一个新来的叫维基。”

“啊，她们的名字居然还押韵！”

“你变老了，”肯佩叹息道，“虽然你比我年轻十岁。”

肯佩把我送到一个小小的、破烂的木结构房子前，在那里跟我告别，然后去看贡噶跳舞。“贡噶跳舞的时候，我的某个部位就有反应……”

我“砰”的一声关上门，然后打量着这个老旧的木房子，看到一个狭窄的楼梯以及很多房门——显然这里住着很多人。莎士比亚靠他的作品挣不了几个钱，不然他就能找一个更好的安身之处。我完全不知道他住在哪个房间里。我沿着狭窄的、扭曲的楼梯往上走，看见一扇开着的门，从门外瞄了一眼，看到一张简朴的木床，一个沐浴用的圆木桶，还有一张小桌子上放着羽毛笔、墨水和很多写满了字的仿羊皮纸。我走到桌前，看到最上面一张纸上的字迹：“哈姆雷特，一部喜剧。威廉·莎士比亚”。于是我确定这里就是诗人的家，我终于可以躺到床上好好休息了。

我坐在床上，脱掉鞋子，发现莎士比亚肯定患了脚气。

我尽力忽视那股气味，然后躺下。我盯着深色木头做成的屋顶，透过小窗看窗外的星空——天已经渐渐黑了，星星确实很耀眼。跟那时在海边我跟扬初吻的那次一样。美妙的回忆温暖了我的心：这个吻是我人生中为数不多的好好享受过的瞬间，也是我从不后悔、值得一生回味的瞬间。

当我还沉醉在回忆中时，突然听到了敲门声。有那么一瞬间我特别担心肯佩带着贡噶、基蒂和维基一起来，还带个秋千想要挂在房顶上。在我做出反应之前，门已经开了，一个穿褐色连衣裙的年轻姑娘走进房间。她姿色平平，斜视的眼睛出神地盯着我，兴奋地说：“我来了。”

“好……呃……确实是……你来了。”我呆滞地重复了一遍。

她把房间的蜡烛点亮，我回过神试图搞清楚现在的情况。“你……你想做什么？”

“脱衣服。”

“脱衣服？！”

突然，我明白了自己此刻身处在哪种情形中。

“对啊，你的小菲比正在脱衣服。”她又说了一遍，用更加歪斜的眼睛微笑地看着我。然后小菲比开始用行动实践她的话。而且她脱衣服的速度贼快！我显然低估了这个时代的女人们，她们脱掉束胸衣的动作太敏捷。

几秒钟过后这个年轻姑娘已经完全赤裸地站在我面前，然后要求我：“现在该你脱啦。”

“呃……不能这样。”我开始口吃。

“为什么不？”

我慌忙地想找一个借口，然后说：“我……我有脚气。”

“你可以穿着袜子。”菲比笑道。

“但气味会透过袜子。”我试图让自己从这场艳遇中脱身。

“如果我爱一个男人，就会爱他的全部。”她丝毫不动摇，此刻她已经躺在我的身边。我从来没有跟一个全身赤裸的女人靠这么近地躺在床上。而且我永远不会想念这种感觉！

“呃，我的脚确实太臭了。你闻一下。”我说道，然后绝望地把脚伸向菲比。

“我愿意屏住呼吸。”菲比微笑着说，把我的脚推开，开始解我衬衣上的纽扣。

“我……我腋下也很臭。”

她毫不动摇地继续手中的动作。

“而且我今天吃了洋葱碎猪肉。”我恐慌地补充。

“没有什么能阻挡我。”菲比笑道。为了强调她的话，她开始亲吻我的脖子。这对我来说太难受了。在一切失去控制之前，我匆忙地说：“你现在最好离开。”

菲比惊愕地看着我。“但是……你……你答应过我今天要夺走我的初夜。”

莎士比亚脑子有问题吗！

“也许下次吧，”我笨拙地提议，“……等下次我洗了脚的时候。”

“不，今晚就应该是那个美妙的夜晚。”

“哎，你知道吗，第一次根本没有那么美妙，甚至让人恨不能直接跳过……”

“上次你不是这样跟我说的啊，”她打断我，“你说过你算得上是破贞之神。”

莎士比亚简直是蠢猪之神！

在我继续反驳之前，年轻姑娘已经把手伸向我的大腿，直接伸到我紧身裤上隆起的那个部位！

她不能这样做。

她甚至还用手抚摸那里。

不允许她这样做！

她继续抚摸。

不知道我裤子里是什么东西在动。

哦，我的天哪！

她在更动情地抚摸。

它在裤子里动得更厉害了。

哦，我的天哪！

菲比现在真卖力。

裤子开始有点紧绷。

哦，我的天。哦，我的天。哦，我的天哪天哪天哪天哪！

我慌张地从床上跳下来。“别碰那里！别碰那里！”我吼道。

“为什么不？”

“我自己也不碰那里！”我失控地说。

“你自己也不碰那里？那你尿尿的时候怎么办？”

“弯腰。”

“弯腰？”菲比完全惊呆了。

“这都不重要！”我催促她，“赶紧离开这个房间。”

菲比眼里闪烁着泪花，生气地对我说：“你知道如果你把我赶出去是什么后果。”

“我知道，”我激动地说，“避免了一场人类历史上最怪异的性爱！”

她没有理解到这个对她来说很奇怪的评论，只是愤怒地说：“小菲比要告诉她爸爸，你夺走了她的童贞。”

“但这不是事实。”我生气地说。

“我还是会这样做。”

“为什么？”我不太理解。

“因为他的手下会狠狠揍你一顿，然后把你从窗户里扔出去。”

小菲比简直是个大浑蛋！

“如果你现在和我睡的话，小菲比就不告诉她的爸爸你夺走了她的童贞。”她恶狠狠地对我笑着，眼睛更斜了。

如果这个时代的女人都是这样的话，我有点理解莎士比亚心中女性的负面形象了。

“你要躺回我身边吗？”她用斜视的目光催促我，本来那目光应该充满勾引的意味，然而她又把手伸向我的大腿根部。我要么选择死亡，要么选择裤子某个部位翘得能挂一个衣架。

这根本不需要选择。

“请你赶紧离开！”我明确地对她说。

菲比看着我坚决的眼神，眼中已经蓄满愤怒和绝望的泪水。她愤怒的样子让我想起小学生的妈妈听到别人评价自己的孩子“行为表现有天赋”，而不是“行为表现特别有天赋”时候的表现。

“你太可恶了。”菲比吼道。她捡起自己的东西，又以脱衣服的速度迅速穿上衣服。我好像也低估了这个时代的女人穿衣服的速度。

“你会后悔的！”当她的身影消失在门外时，我听到她的怒吼，而我目送她离开。我心里感到不安，但我努力让自己平静下来。也许她只是在吹牛。如果她这么急切地想让莎士比亚夺走她的童贞的话,她肯定不忍心叫人杀了他。这个时代的人在爱情方面比我还疯狂，但是也不至于疯狂到那样的程度。是吧?

我再次躺回床上，深深叹息。在我毫无准备之时，门突然被一脚踢开。三个穿着黑色衣服、黑色裤子和黑色斗篷的高大男人闯进了房间,他们让我想起了三K党。然后我想:“哎呀我去,这可真快！”

26

斗篷男们制住我，把我从床上拉起来。他们的动作特别粗鲁，我在思考如果刚刚任由菲比摸我的紧身裤情况会好一些。然后我自己用一个清晰的“不”回答了这个问题！

“我可以解释……”我开始说。然而应该怎么解释，我也不清楚。菲比肯定跟她父亲说我夺走了她的童贞。如果我现在只说她在撒谎的话，大家肯定不会相信我。

“我们不需要解释……”领头的斗篷男低声说。

“我……我……承认……我跟她确实躺在床上……但我阳痿。”我在惊慌之中只能胡编乱造。也许人们会相信我没有跟菲比睡是因为我不能，这样她还是一个处女。于是我继续说：“我硬不起来。”

我从来没有想过这句话会从我的口中说出。

“那刚好跟我们预想的符合，”第二个斗篷男不耐烦地威胁我，“我们要摘掉你的睾丸！”

我虽然变成男人不久，但这句话听起来实在让人不舒服。我又想了一次，是否满足菲比的愿望情况会好一些。我突然不太确定自己还能坚定地用“不”来回答这个问题。

“然后我们再切断你的喉咙。”第三个斗篷男讥笑道。他是三个男人中最高大的一个，他的声音低沉又雄浑，看起来像他们的首领。为了证实他的话，他还抽出了一把银色的匕首。

哎，早知道就跟菲比睡了！

那个首领拿着匕首逼近我的新喉结，把刃压在我的皮肤上。我感觉到皮肤裂开，很快一小股温热的血液流过我的脖子。我吓得快要尖叫。

“别乱动。”首领低沉地说。

我感受到了一生之中前所未有的恐惧（或者我应该说在我两个人生之中），我简直吓得要尿裤子。

“你要按照我们的吩咐做事。”首领恐吓道。

我没有回答他。

“为什么你不回答？”他问。

我好想告诉他：“因为你这个白痴刚刚说让我别动！”但由于血已经从我脖子上缓缓流到胸口，我决定还是轻声告诉他：“我明白了。”

“很好。”

男人放下了手里的匕首。

我深吸一口气。“我现在就去找菲比。”

“菲比？谁是菲比？”首领不解地问。

“那个我本应该睡的姑娘。”我回答。

又是一句我从没想过会从我口中说出的话。

“我完全不知道你在说什么。”首领解释说，他听起来满腔疑惑。

“你们想杀了我不就是因为我不愿意跟她睡吗？”看他那么疑惑，我决定挑明了说。

“天哪，诗人，你可真是有一堆麻烦事儿啊。”那个男人用雄浑的声音笑着。另外两个斗篷男也一起笑了。

“我知道。”我回答道，但心里更疑惑了：这些人也许根本和菲比没关系？如果真是这样的话，他们想从我也就是莎士比亚这里得到什么呢？

那个男人突然停住了笑声，对我说：“我们的头儿希望埃塞克斯继续痛苦下去。你要对此负责。不然我们会再来！到那时候我们对你就不会这么温柔了。”

然后这三个男人就离开了莎士比亚的小房间。他们不是菲比的父亲派来的，他们有另外更阴险的目的。如果那神秘的头目不想埃塞克斯振作起来的话，一定是跟女王的利益相反。她曾说过什么？如果英格兰打赢了爱尔兰，西班牙人就会大受打击。为了赢得战争胜利，埃塞克斯必须带兵打仗。如果他不去的话，英格兰就会输给爱尔兰。西班牙就会利用这个国力虚弱的时机攻占大英帝国。所以我认为这些斗篷男和他们的委托人应该都是西班牙间谍，他们不希望埃塞克斯在我的帮助下走出苦闷，去征战爱尔兰。

我在过去的世界还没待满二十四小时，就已经深陷到牵涉国家的巨大阴谋之中！

这比匕首抵在脖子上更让我恐惧，因为有一点很清楚：我必须加快进程搞清楚真爱是什么。不然或早或晚这里都有人要杀死我。而且很有可能是早。

27

脖子上的伤口隐隐作痛，手臂上的伤口也在痛。我站起来走到墙上挂着的一面镜子前。镜子很脏，而且挂斜了。莎士比亚显然不是一个强迫症患者——这也让他在我这里赢得了些许好感。

透过镜子我看到脖子上的伤口已经慢慢停止流血。我脱掉衬衫，想看看手臂上的伤口。莎士比亚的上身长得不错，也许稍显瘦弱，但很独特。无论如何比我那具几百年后的女性身体要独特得多。如果我在海滨浴场看到莎士比亚的上身，肯定会忍不住多看几眼。但因为我此刻就在这具身体里，所以我赶紧穿上了衬衫。然后在小房间里紧张地上蹿下跳。我心绪难平，没办法让自己躺在床上，更不用说睡觉。经历过今天的一切之后，实在难以合上眼睛。如果在家的话我会坐在沙发上，啃自己的手指甲，坐在电视机前一直频繁地换台几个小时，找《绝望主妇》《橘子郡男孩》或者《飞跃比佛利》的第X次回放，只为了确定所有播放美食节目的频道或者上面有半裸女人的频道都停播了——她们的叫声听起来就像她们有语言障碍似的，而且总是希望我给她们打电话。由于莎士比亚的国度确实缺少有线电视，我不能用这个方法分散注意力，只能这样在小房间里嘎吱嘎吱的木地板上走来走去。莎士比亚也许生活标准不太高。或许是他靠作品挣不了多少钱，但考虑到有这么多观众，这一点实在难以成立。要么他把钱花在别的方面：妓女，酒精，烟草？我的霍尔格——还有肯佩——肯定会这样评论：世界上一定还有比这更糟糕的投资方式。

我的目光落在墙上一张用红色亚麻布遮住的画像上。我走过去揭掉红布，看到一个可爱的、目光友善的女人。她也许没有让世人倾倒的美貌，但她的笑容能温暖人心。跟这个女人相比，老蒙娜丽莎的笑都显得特别业余。我翻过来看画像的背面，上面写着一行小字：莎士比亚夫人。

莎士比亚已经结婚了。但为什么没有丝毫痕迹表明这里住着一个女人呢？为什么他要把这张画像遮盖起来？也许他离婚了。但那个年代有离婚这个概念吗？很可能没有。我猜测这里的夫妻只能以一种方式分开——那就是用一把刀，事成之后再抹去所有痕迹。

很有可能莎士比亚夫人住在别的地方，因为她已经无法忍受破贞之神的种种行为。

我把莎士比亚夫人的画像再次盖上，然后看向那堆莎士比亚用黑色羽毛笔和黑色墨水写字的纸。《哈姆雷特，一部喜剧》放在最上面。我把幽默的哈姆雷特放在旁边，然后发现下面是一首诗的开头：

你对我来说就像夏天，
因为我对它一样喜欢。

嗯，还不是一首诗。虽然这是世界历史上最著名的诗人写下的句子。显然年轻的莎士比亚距离一个伟大的作家还缺少点什么。

我又仔细地读了一遍，思考着如果把这个基本思想反转一下会不会更好。比如，这位意中人不是跟夏天一样美，而是比夏天更美。

我坐在桌前的小木凳上，拿起了羽毛笔。笔摸起来很自然。手中拿着笔是一种美好的感觉。我把笔放到那个小小的脏脏的墨水瓶里蘸了蘸，开始在仿羊皮纸上书写：

我是否可以把你比喻成夏天？

很快它的光华就会变得黯淡……

这几句诗在我脑子里一气呵成，根本不用思考。而且令人惊喜的是读起来根本不差。我很久没有写东西了，实际上应该是自从我的中学老师告诉我，没人会喜欢女孩和超自然生物相爱的故事那一天开始。

他现在应该去问问斯蒂芬妮·迈耶[①]。

老师就是这样的蠢蛋。

我必须知道，我自己也是其中一个。

写诗带给我难以言喻的欢乐。我继续思考关于这个夏日接下来应该说什么，以便让它显得不如诗中所说的人的美貌。但也不能过于贬低夏日，这样对比就会显得更有力，也能增显意中人的优美。我想到原来我写过音乐剧中的一个场景，狼人先生和他的爱人在一个鲜花盛开的地方野餐，这时一场雷雨就要降临：

狂风把五月宠爱的嫩蕊作践，

这句读起来也不错。用风来稍稍削减花的美丽，但也没有直接忽略花的美。显然我还跟十五岁时一样对庸俗的画面比较有感觉。然而什么跟“作践”押韵呢？

你真是一个乖巧的孩子！

或者：现在听好了，你这个疯子！

再或者：今天的海边闻起来有胡瓜鱼的味道！[②]

① 斯蒂芬妮·迈耶（Stephenie Meyer）：美国作家，畅销小说系列《暮光之城》的作者。

② 在原文中词尾有押韵。

我必须集中一下精神，肯定还有很多比死鱼要好的词：“花瓣”“熔岩”或者“海岸”？但最好是褒义词。“温婉”这个词怎么样？

我是否可以把你比喻成夏天？
虽然你比夏天更可爱更温婉；
很快它的光华就会变得黯淡，
狂风把五月宠爱的嫩蕊作践。

我看着这些诗行，一种奇妙的感觉贯穿全身。这么多年过后，我终于又写了一些东西。而且也不太差。一首押韵脚和节拍的诗。我竟然能完成这样的事。我终于能做成一点事情了！

完成一件事情的感觉太棒了，哪怕只是几行诗。或者说正因为这是几行诗，才让我感觉这样美妙。

我应该在这里认识到我的真爱是写作吗？

28

“你的诗写得也不那么恐怖啊。”

当我听到这几句话时，整个人都震惊了。我是如此沉醉在那首诗中。“您……您又出现了，莎士比亚？”

我醒了过来，虽然还是像狗一样困倦，但确实被这个名叫罗莎的幽灵对我的诗作的改动所吸引：“这首诗这样改动，让人显得比夏天更美，是一个不错的主意。”

这是第一次有人称赞我在纸上写出的东西。这是一种不可思议的感觉，人生中从没有什么东西能让我这样充满自豪。而且称赞我的人不是普通的人，不是我的母亲——虽然在我的青少年时期她曾夸我乐器弹得好，而我的邻居恨不得组织一个动用私刑的暴徒队。是的，这是伟大的诗人莎士比亚本人给我的称赞！

我简直为罗莎带给这首诗的突破而震惊，我已经钻研许久，但没有任何进展。她的改写让我的思维得到释放。“接下来也许可以继续说说夏日的缺点。”我建议说，然后吟咏道：

有时候天眼如炬人间酷热难当，
但转瞬又金面如晦常惹云遮雾障。

“现在我们要想跟‘当’押韵的词，罗莎。”

他不再叫我“幽灵”，而是叫我“罗莎”。这也让我内心充满喜悦，我开始和他一起搜寻押韵的词。“歌唱……”

“……盛放的丁香……”

“……恐怖的紧身胸衣……”

“……勃起的阴茎……”

“对最后一个我可没什么兴趣。”我看了一眼自己的胯部，然后提议，“如果我们这样描述夏日如何：‘美终究会凋零残落’？”

“很好！”我欢呼道，“只是诗行节拍有点问题，这样也许更好：

有时候天眼如炬人间酷热难当，
但转瞬又金面如晦常惹云遮雾障。
每一种美都终究会凋零残落，
或见弃于机缘，或受挫于天道无常。

罗莎用羽毛笔迅速地写下了这几句诗。我打量着这几句诗行，确实很不错。简直太不可思议，太疯狂，太温暖。我激动地说：“我从来没写过那么好的句子。”

“我更不用说！”

“我们俩的关系已经很近啦，完全可以用‘你’来称呼。”我热情洋溢地建议。

“好的……”我回答，感觉自己受宠若惊。很好，他一直用“你”来称呼我，现在我终于也能这样称呼他，“你知道的，我叫罗莎。”

“是的，我知道。”我笑了。

“很高兴认识你，莎士比亚。”

和莎士比亚以“你”相称——每个戏剧研究者都会羡慕死我吧。

“原来你在世的时候，也是一位诗人吗，罗莎？”我很想知道。

我思考着是否现在该告诉他我出生在未来。但我看过太多穿越类型的电影，例如《回到未来》[①]，我太知道如果这样做可能造成一些混乱。如果我向莎士比亚描述几百年后的生活，可能就会改变历史的进程。也许他会像诺斯特拉达姆士[②]一样写一本书，警告下几代人接下来会发生的灾难：战争、空难、迪特·波伦[③]……

这样似乎也不错，但只是在第一眼看来如此。因为从穿越电影中也可以看到：经常有人想要积极地改变未来，但往往不成功，然后就会进入一个完全被改变了的未来。也许现在德国正被埃里希·昂纳克[④]统治，或者是约瑟夫·戈培尔[⑤]，甚至是弗洛里安·希尔贝雷森[⑥]。因此我回避了很多信息，简洁地回答："我是老师。"

"世界上最低级的职业。"

好吧，教师这个职业在这里也得不到什么尊重。只有一点我必须承认，我们确实有太多假期。我稍稍恼怒地反驳道："总会有一两个职业比这个更低级吧。"

"我的死对头马洛[⑦]前段时间被关进了伦敦塔。他被释放之后，

① 《回到未来》：美国经典科幻电影系列。

② 诺斯特拉达姆士（Nostradamus）：法国籍犹太裔预言家，留下以四行体诗写成的预言集《百诗集》，有研究者从这些短诗中"看到"对不少历史事件（如法国大革命、希特勒之崛起）及重要发明（如飞机、原子弹）的预言。

③ 迪特·波伦（Dieter Bohlen）：德国音乐人、制作人、作曲家。

④ 埃里希·昂纳克（Erich Honecker）：德国政治家，也是最后一位正式的民主德国领导人。

⑤ 约瑟夫·戈培尔（Joseph Goebbels）：德国政治家，曾担任纳粹德国时期的国民教育与宣传部部长。

⑥ 弗洛里安·希尔贝雷森（Florian Silbereisen）：德国歌手。

⑦ 马洛（Marlowe）：与莎士比亚同时代的剧作家、诗人。

自负地说，那些施刑的狱吏还没有我的拉丁语老师可怕。”

我应该怎么回答，为这个连我自己都不喜欢的教师职业辩护吗？于是我又盯着那几行诗说：“确实太美了……”

“这首诗虽然没写完，但已让人十分满意。”

“显然我俩是很好的搭档。”我认为。

搭档。真是一个令人惊讶但又完全准确的想法，至少在写作方面是这样。因此我说：“谁能想到呢？！”

“对啊，”我跟莎士比亚一样惊讶，“谁能想到呢？！”

肯定不是我的语文老师。

29

我亲身经历了我们俩共同创作一首十四行诗：一首分为四节、十四句的诗——我们离整首诗的完成还差六行。当我静静倾听莎士比亚的解释时，门外又响起了渐近的脚步声，是男人有力的步伐！

难道那几个斗篷男又来了吗，或者是菲比父亲的手下？他们会相信我的“阳痿故事”吗，或者在我说出“我硬不起来”这句话之前他们可能已经把我扔出窗外？

“噢！真是的，他们肯定是为菲比而来。”我叹息道。

“菲比？”我震惊地问，“为什么他们会为菲比而来？‘他们’是指谁？天，你做了什么，罗莎？”

“这个我之后跟你解释。”我打断莎士比亚的话，因为已经听到敲门声。这敲门声听起来很礼貌，应该既不是斗篷男，也不是菲比父亲的跟班，虽然我还没见过他们，但能大概猜到他们的行为方式。我声音颤抖着问：“谁呀？”

一个美妙、低沉的声音回答：“是我。请允许我进来。”

是扬的声音。

我赶忙打开了门，心扑通直跳，我面前站着埃塞克斯伯爵。那张和扬相似的脸庞让我再次失语。他穿了一件黑色宽袖子衬衫和一条非常讲究的——最重要的是宽松的——黑色裤子。终于出现一个看起来不像跳《天鹅湖》的男人了。

“您什么时候去找玛丽亚？”埃塞克斯有些口齿不清。他又喝了酒。扬在撞见我和体育老师那件事后也喝了不少酒，醉得像一个刚果的雇佣兵或者罗列特海岸[1]刚结束高考的毕业生。这样看来，他的心理状态没我想的那么稳定。

“沃尔辛厄姆想让我明天去找男爵。”我告诉他。

“您能帮我赢得她的心吗？”他不安地问。不安的情绪跟这个身强力壮的男人很搭。我着迷地看着他。

“您为什么这样盯着我？”埃塞克斯很迷惑。

“怎么……怎么……看着您？”我好像被逮到了。

“色眯眯地。”我得到了一个简洁而直接的回答。

我被噎住了。

“你真的像个同性恋一样色眯眯地盯着他看？！”我惊讶地喊道。我根本看不见罗莎的面部表情。

我没有回答莎士比亚，不然埃塞克斯会听见。伯爵接着说：“如果有人像同性恋一般色眯眯地看着我，我会变成飞快逃跑的野猪……”

“他说的肯定不是一只飞奔的同性恋野猪。”

埃塞克斯的表情印证了莎士比亚的猜测。我一边为自己开脱：“我……我的眼睛是因为灯光太昏暗才这样的。”一边点燃了另外几根蜡烛。

“您能为我争取到玛丽亚吗？”埃塞克斯一边追问，一边打开了莎士比亚床边的一瓶葡萄酒。他根本不愿费力去找酒杯，直接拿起瓶子往嘴里灌。高贵如他，行为却像一位B级名流[2]。

---

① 罗列特海岸（Lloret de Mar）：位于西班牙科斯塔布拉瓦的一个度假胜地。

② B级名流：媒体创造的词汇，指存在争议的名人，或者第二梯队的名人。

我现在应该怎么办？如果我不帮助埃塞克斯，女王就会杀了我；如果我帮他，西班牙间谍就会杀了我。我脑海中突然涌现出一个想法：如果埃塞克斯依靠自己去俘获男爵的芳心，那样女王同样会满意，西班牙间谍也没办法把罪过强行推给我，因为我并未参与其中。我点燃了最后一根蜡烛，转向埃塞克斯。“也许男爵直接听到你的声音会更好。”

“听我的声音？”这位贵族问。

“念一首十四行诗怎么样？”我建议。

“那您给我写一首吧，诗人！”他请求我，“或者我去求您的老对手马洛？”

“他只会生产垃圾。”我气恼地说。

我完全不清楚他们所说的那位先生是谁。对我来说也不重要。我回答：“您必须自己写。”

“您已经知道了，我的诗跟您的脚一样。”埃塞克斯皱起鼻子。

“臭？”我猜测道。他点头确认。

“嘿，你们俩在取笑我的脚吗？”

我依然没有回答诗人的话，而是迅速穿上床边的鞋子。埃塞克斯还在求我：“您必须替我写一首诗，臭脚先生。”

“那股气味是因为我的鞋子。”我试图解释，想让他们不要继续探讨这个话题。

“也许您可以用别的方法向男爵表达爱意，”我跟伯爵提议，“您一般在别的女人那里是怎样做的？”

“我把她们抱起来，给她们一个热吻，然后在激情震荡中把她们带去我的房间。”

“啊……好吧。”我回答。我曾预料到扬的灵魂里有一些强有力的部分，在他圆融的表面下沉睡着些许不羁，现在终于看到他有所表露，但我不太确定我应该对此作何评价。

“您在男爵那里也这样做过吗？”我小心翼翼地问。

“我曾经试过，但在我把她抱起来之后，发生了一点小问题……”

“什么样的小问题？”

“她一脚踢向了我的裆部。”

“女士们的这种反应我再熟悉不过了。”

“您的裆部现在没问题了吧？”我混乱地问。

“我想是的。”我被逗乐了。

“没问题了。”埃塞克斯有点气恼，“男爵是故意那样踢的。”

我尴尬地轻咳了一声，想把话题重新拉回正轨。“您不需要写一首完美无缺的诗，准确地说不一定要写诗，重要的是您的话要发自肺腑，不是吗？”

埃塞克斯不是很懂我的话。

“试一下吧。设想一下，假如我是男爵。”我提议。在教师进修时，培训师们一直要求我们进行角色扮演，令人惊讶的是，有时真的起作用。或许我也能通过一次角色扮演让扬有所进步。

“您……您是男爵？”他十分不解。

“是的，我们在演戏。”

伯爵点了点头，他明白了。这个世纪的每个人看起来都爱戏剧。戏剧确实是一种大众传媒。

“请您说说，您对我有什么感觉。”我鼓励他。

“对您？”他十分不解。

“我再跟您解释一遍，”他可真难沟通啊，“此刻我不是一个男人，我现在是您深爱的那位男爵。”

伯爵很不安。“我不知道……”

“试试吧。发挥您的想象力。”

“打仗的军人没有想象力，罗莎。”

埃塞克斯很犹豫。“但……我在说话方面没什么经验。”

“我很确定,您不用写诗也能对男爵表达您的爱。”我继续鼓励他。

伯爵变得很紧张。

“您还有什么退路吗？”我问。

他思考了一下，又喝了一大口红酒，然后把酒瓶放在一边，还说服了一下自己，接着在我面前鞠了一躬。“男爵……”他已经紧张得有些口吃。

他这样紧张时，看起来真可爱。

“嗯？”我回答。这种游戏真欢乐。

他盯着我的眼睛，从内心最深处说出了一句话：“男爵，您是我见过最美丽、最绝妙、最完美的存在。”

我已经多年没听过扬的赞美，因此他的话对我来说太震撼。能听到一个长得像扬，而且身体里甚至住着扬的灵魂的男人说出这样的话，简直太美妙了。

“我……我……”他被自己的情绪淹没，没办法继续说下去。感谢酒精让他如此进入状态。

“您想说什么？”我追问道，并向他走近了一点。我们中间只隔着几厘米。房间里仿佛燃烧着火花。就像第一次约会那样。更准确地说，像第一次美妙约会接近尾声时那样。就像那时我和扬在海边，紧接着就是我们的初吻。

“呃，罗莎……你们到底在做什么？”我惊愕地问。

我已经完全听不到莎士比亚的声音，只听见伯爵说：“我……

我……爱您。”他充满感情地低语，目光中带着痛苦的思念。我渴求了多久，就为再次听到这句话！尽管这句话是在一种最诡异的、所有人想象的场景中说出来的，我也觉得它很美好。

“我……对你也一样。”我回答道，我也完全被自己的情绪淹没，完全忘记对伯爵要用“您”来称呼。

哦，我的上帝啊，我刚才差点没意识到，罗莎深爱着这位伯爵。

我们的脸中间只有几毫米的距离，伯爵醉醺醺地笑着，完全沉浸在这场角色扮演里。“这是真的吗？”

我在内心最深处回答他：“是的。”

“不！！！”

“你也爱我？”伯爵幸福地笑着。他也没用“您”。

“绝无可能！”

看着埃塞克斯的眼睛……扬的眼睛……简直让我沉醉。忘乎所以地，我的嘴唇靠近了他。他没有躲开。他也忘乎所以，因为酒精，因为他对男爵的爱。

“听到你说爱我真是太好了……”埃塞克斯低声说。

“谢谢，我也一样。”我轻声回答。然后我亲吻了他。

“哦……我的……上帝！”

伯爵的嘴唇比扬的稍微硬一些，除此之外感觉一模一样。几毫秒的时间里我一度以为自己置身于极乐天堂。

简直是地狱，我喊道：“啊啊啊啊啊啊！”

莎士比亚的呐喊吓到了我，我也大声喊道：“啊啊啊啊啊啊！”

埃塞克斯也吓得大吼：“啊啊啊啊啊啊！”

但他不是因为被我“啊啊啊啊啊啊”的喊声吓到，而是因为那个吻。

“你吻了我？！”伯爵震惊地喊道，“你在跟我玩什么恶心的游戏？”

“这……”我在脑中搜寻合适的词语，但根本找不到。

“别动！”他的身体越来越不受控制地摇摇晃晃，“我要杀了你，你这个流氓！”

他后退回去，想要去取他的剑，却被桌子绊倒。桌上燃烧着的蜡烛全被碰倒，蜡烛瞬间点燃了桌上的纸。

“哈姆雷特，那部喜剧！”我惊慌地喊道。

“我们的诗！”我喊道。

“对，还有那个！”

我迅速冲到桌子旁，把蜡烛推到一边，把燃烧的纸扔到地板上。哈姆雷特没什么可惜的，莎士比亚早晚都要把那个没有决断的丹麦人的故事改写成悲剧。不幸中的万幸，我的这个动作挽救了我们刚开了头的那首诗。不幸中的万不幸，干燥的木头地板一下子被点燃。在我反应过来之前，我们已经置身于火海之中。

30

对于英国古代这些老房子，有一点必须要承认：它们太易燃。四周燃起熊熊火焰，我陷入无比的恐慌之中：我马上就要被烤焦了！我的脑海里浮现出曾经看过的一部关于圣女贞德的故事片中的场景。电影的开头有一群异教徒被教会人士烧死。当火焰慢慢地、折磨人地吞噬这些异教徒时，他们嘶吼着、呐喊着，大声地恳求神灵将他们从这可怖的折磨中拯救出去。那时我看到这幅场景时，想到了三件事：第一，真是个恐怖的死亡方式啊。第二，这些教会人士对仁慈博爱真是有一种独特的基督教理解方式。第三，什么样的神灵会允许这种事情发生？恶作剧之神吗？

现在我自己也被同样的烈火包围，心中充满难以描述的恐惧，害怕承受异教徒般的痛苦；也害怕我将在这里死去，这样我现实世界中的大脑和躯体都将死去。好吧，目前为止已经明确的是，我的灵魂会继续存在。它将转世到一个新生命中——希望不是在阿富汗、孟加拉国或者布兰妮·斯皮尔斯的家庭中。满足这三个条件差不多就能确保我的灵魂十分安全。但我的精神、我的意识、我的这个“我”将会永远消失！另外我还一直没有找到“真爱”的意义。如果到死都还不知道真爱是什么的话，该是一种怎样的悲伤。

火焰腾起很高，我把手臂挡在脸前，以保护自己的面部。这时突然听到埃塞克斯喊了一声：“呔嗬[①]！”

---

① 呔嗬：狩猎时的吆喝声，示意猎狗发现了猎物。

他裹着一条灰色毯子冲进火堆，用毯子覆盖住我们俩，然后紧紧搂住我的腰，又冲了出去。虽然我的裤脚着了一点火，但火势没有威胁到包裹在毯子中的我们。埃塞克斯显然之前就已经用床边罐子中的水浸透了毯子——我希望那个罐子是一只水壶而不是夜壶。

埃塞克斯就跟所有军队中的男人一样：是一个愚蠢的笨蛋。拥有健全理智的人根本不会听从女王的命令扬帆远航到另外半个地球去，砍下其他种族人类的头，只为了把香蕉运回英格兰。不过，有些时候有这样一个笨蛋在身边也不错。比如现在！如果我刚才没有亲埃塞克斯的话——感谢罗莎，这一刻我肯定愿意这样做！

“我们还没有完全获救。”埃塞克斯对我喊道。他把毯子向上扯了一点，以便我们能找到出去的路，而我看到我们头上的一根木梁已经被引燃。我们开始跑，但那根着火的房梁“啪”的一声掉到我们面前的地上，挡住了逃跑的路。我们身后是火海，眼前也是火海。可恶的是身旁和头顶也是这样。已经无处可逃！

但至少我将死在扬的怀抱里。这一刻我们靠得很近，至少身体上是。我们一起蜷缩在灰色毯子里，而我尽力忽视这股闻起来确实很像夜壶的气味。我凝视着这位出色的男人的脸庞，不能自已：我再一次亲吻了他的嘴唇。

上一刻我真没想到事情会这样发展！

这一次埃塞克斯既不惊喜也不震惊，而是十分迷惘地看着我。他不像几分钟之前那样因为这个吻而想杀了我，他看起来更……内心激荡？他也觉得这个吻有点美好吗？这不可能吧，那样也太疯狂了。比我至今经历过的所有事情还要疯狂。

但是可能，一点点的可能，我们俩的灵魂就是彼此的命中注定，而他在这一刻察觉到了这一点，尽管此刻我被困在一个男性躯体中。这样的话我可能就不是扬和奥利维亚那场永恒轮回的爱中的障碍。也许，奥利维亚才是那个不断破坏两个命中注定的灵魂在一起的人？扬和我的灵魂？

我只想弄明白这件事情，于是又温柔地亲了扬的脸颊。

现在他完全不知道应该作何反应。

他心中的什么东西肯定靠近了我一点。

而这让我（尽管周身被炽热的火焰包围）幸福得战栗起来。

埃塞克斯肯定也没想到他过去的几秒钟会是这样度过的。

这是一个几近浪漫的瞬间，只是火势在我脚下蔓延着。下面灼热的温度让人几乎难以承受。甚至让我不得不上蹿下跳，以躲避地上的火焰。埃塞克斯和我一样。我们就像在希腊海滨浴场边忘记穿拖鞋的游客那样跳来跳去。火烤灼着我的裤子，上面的布料已经变成黑色，我身上随时都可能会着火。我在恐慌中越跳越高。此刻的一切都跟浪漫没有一点关系，我脑海中只涌现出这样的想法："早知道这样，我应该跟阿克塞上他那辆旧汽车，也好过跟着催眠师上他的马戏车啊。"

在火苗的嘶嘶声中，我突然听到"咔嚓"一声。声音的来源是我们脚下烧焦的木头——我们惊慌的跳跃让地板渐渐断开。

“我们必须停下来！”我慌乱地对埃塞克斯说。

“那我们身上会着火的。”他回答说。

“但这样的话地板会被我们跳塌。”

话音未落，地板“轰”的一声裂开。我们已经处在空中，我对着埃塞克斯声嘶力竭地喊：“救命啊啊啊啊啊！”

我们重重地摔在楼下房间的地板上，这里的主人早就因为火势逃走了。我直接倒在可怜的埃塞克斯身上，他的身体减缓了我的摔坠。然而我还在对着他的耳朵吼：“啊啊啊！”

他呻吟了一声，声音中略带痛楚地对我说：“请您停止嘶吼吧，不然我们会……见鬼！”

“你会‘见鬼’？”我开始用“你”称呼他。

“不，”他一边回答一边指向头顶，“屋顶就要塌下来了。所以刚才我喊‘见鬼’。”

“见鬼！”我看见顶上一块燃烧着的木板已经开始剥落！

埃塞克斯沉着而果断地推着我滚到一边，而那块木板正好跌落在距我们半米远的地方。

这次是埃塞克斯躺在我身上。而我又一次凝视着他，我的救命恩人，充满爱意地，这让他更加迷惘。“如果你不这样一直看着我，我会很感激你。”

“这样妨碍到你了吗？”我问。

“奇怪的是，没有……”他轻声回答。

但妨碍到我了！

“不知道什么东西把我引向你……”埃塞克斯一边若有所思地说，一边出神地看着我。如果我现在是女儿身的话，我敢保证他这一刻一定会吻我。我的心狂野地跳着——毫无疑问，我们的灵魂之间确实存在某种联系！一种哪怕跨越了各种时代依然存在的联系，甚至跨过了性别的界限。

31

在极端状况下，人们的反应当然会比较极端。如果我们能从这里安全脱身，就我来说我也会允许埃塞克斯吻我。他甚至可以像个傻瓜一样用舌头舔我的脸。但此时此刻并不是做这件事的正确时间点！于是我喊道："我们必须离开这里，罗莎！"

莎士比亚说得有道理，但却让我很不高兴，他破坏了这个充满魔力的时刻。

"我们应该站起来。"我对埃塞克斯说。他认同地点了点头。我们挣扎着爬起来，从空荡荡的房间跑到走廊中，这里同样已经火光熊熊。到处都冒着黑烟，几乎看不清任何东西。我们踉跄地沿着楼梯往下走，但呼吸越来越困难。空气中的烟味越来越浓，仿佛堵塞了我的肺部。令人惊讶的是，埃塞克斯似乎比我更难受。

一个每天在舞台上用自己的身体诠释灵魂的演员，身体素质比任何一个军人都要好。

我扶着逐渐丧失意识的埃塞克斯。然而我自己也几乎不能站稳，因痉挛性咳嗽而颤抖着。但我不能扔下埃塞克斯不管，因为我深爱着他——或者说扬……或者说他的灵魂……我喘息着扶着失去意识的扬下楼。我在滚滚浓烟中隐约地看到了门。我走完了最后一个台阶，离自由只剩几米远。但空气却越发浓稠呛人，我痛苦地咳嗽着，有一种咳出了小焦油块的感觉。我头晕目眩，逐渐丧失了意识。我用最后一丝力气走到了门前，在浓烟中摸索着门把手的位置。我的手掠过木头门板寻找着把手。木头已经非常灼热，我的手指感觉到厚厚的、黏黏的煤灰……我终于摸到了门把手！我想用最后的力气按下去……却发现我已经没有任何力气了。我昏倒在地，昏迷中的埃塞克斯还在我的怀中，正好在门前，距离逃生通道几厘米的地方。我们俩将要一起窒息而死，或者被烧死。不管发生什么，我最后一个想法是：像一出盛大爱情悲剧里的一场死亡。

如果忽视身上毯子散发的气味的话。

如果这两个蠢蛋不在深情凝视上耽误那么久的话，我们就能得救，而不是悲惨地死在门后。但不幸中的万幸是：因为罗莎昏迷过去，我突然又能重新感知到自己的身体。我惊喜地试着动了动自己的手指……成功了！我又能控制自己的四肢了！太令人激动了！尽管四周炽热，尽管身处险境，我还是很高兴不用被囚禁在自己的脑袋里。我在回光返照中居然浪费着自己宝贵的时间，兴奋地反复伸缩着自己的手指，像一个在背朗朗上口的乘法口诀的小孩子那样，这简直是命运的讽刺。当我想用尽全力站起来时，浓烟再次夺去了我的意识，我也倒下了。距大门几厘米远。这是我最后的思绪，我的生命将会这样终结，在一个军人的怀抱里。这可不是什么伟大悲剧的结尾，也不是什么伟大喜剧的结尾。因我这愚蠢的行为必须产生一个新的概念：这是一出蠢剧！

32

“威尔……”我听到远处有人喊。

“威尔！”喊声变大了。

“威尔！”

我不敢睁开眼睛。我在哪里？在普罗斯佩罗的马戏车里吗，或者转世到布兰妮·斯皮尔斯的家庭？但普罗斯佩罗和布兰妮都不会叫我“威尔”。而且我感觉很热，不能呼吸，我还在这个充斥着浓烟的走廊里。我命令自己的眼睛睁开，在浓烟中隐约看到一个高大、肥胖的身躯：是肯佩！他撞开了门，扶着我的手臂从地板上站起来。

“我把你扶出去。”这个胖男人呻吟着。

“救……扬。”我断断续续地说。

“谁是扬？”肯佩不解地问。

这时我又昏迷了过去。

当我再次醒来时，我已经躺在起火的房子对面的街上，我身边躺着依然昏迷的扬。而我面前站着那个胖胖的演员，他身上的鹦鹉马甲已经完全被烟熏黑。

“你救了我的命。”我有气无力地说。

“这已经成了我的一种习惯。”他回答。

“一种习惯？”

“已经是第五次了。”他笑道。

“什么？”

“我可算着呢。第一次是你想自杀的时候。”

“我想自杀？”

“因为你妻子给你带来的苦恼……”

莎士比亚因为他的妻子而饱受爱情苦恼，而且他曾想因此结束自己的生命？现在我开始真正同情他了。他在内心深处并不是一个自负的、瞧不起女人的人，他对女性群体的恶意是源自内心深处的伤痛。跟我之前猜测的一样，他有一个受伤的灵魂。跟我一样，甚至有可能胜过我，因为我从没想过为了扬去自杀，而只是浑浑噩噩地浪费着自己的人生。

莎士比亚现在在哪儿？他没说话。我不相信他消失了，我依然能觉察到他存在于我的（对不起，是他的）身体里。他也失去意识了吗？

“第二次救你的时候，”肯佩继续说着，“是你对伍斯特郡伯爵表达了你的猜测，你说他的父母肯定是一对兄妹……第三次是剑桥女修道院的院长想杀死你时，因为你向她的两位修女展示了禁欲是多么胡扯。”

他大声笑了起来。他的笑容和我的朋友霍尔格一样暖心，而且他对莎士比亚来说是一位真正的好朋友，就像霍尔格对我那样。每次我崩溃的时候，都是他来安慰我。每次我因为扬而哭着入睡时，都是他在一旁照看我。每次我在洗手间里发现自己忘记买卫生棉条的时候，都是他来帮我。

虽然霍尔格没有为此冒生命危险，但总因此错过了一两次一夜情的机会，无论如何，一夜情总比跑到加油站向男售货员打听卫生棉条更有趣。而我是怎样感谢他的呢？从来没有。我总认为这是理所当然的，也从来没有告诉他，尽管他们属于我生活中不同的方面，但对我来说他跟扬一样重要。难道我应该学到的是，真正的爱是关于友谊?

“第四次是我刚救你那一次。”肯佩的笑声打断了我的思绪。

“我以为刚才是第五次。”

“不，现在才是，我的朋友。”

我目瞪口呆地看着肯佩。

“亨斯洛的手下想要杀了你。菲比跟她父亲说你夺走了她的童贞。”

“但那不是事实！”我反驳道。

“那你不仅没享受到之前的乐趣，还要承担他愤怒的后果咯。”肯佩同情地笑着说。

“真幽默。”我恨恨地说。

“藏在剧院里吧。”肯佩建议道。

“他们不会第一个就想到那里吗？”我问。

“他们已经去搜过了，所以应该不会再去第二次。然后我再使上一点障眼法，引他们到妓院里去，有几个我已经付过钱的女士在那里等着他们，分散他们的注意力……用梅毒让他们乐和乐和。”

“你真是一位好朋友。”我舒了一口气，对他说了这句我早该对霍尔格说的话。可惜霍尔格不在这里，于是我拥抱了肯佩，紧紧地。我希望以后还有机会这样紧紧地拥抱霍尔格一回。

“你跟个摔跤运动员一样要把我挤碎了。”肯佩笑着唠叨。

“出于爱。”我微笑着回答，显然让他大吃一惊。

“我可不想再次见证摔跤运动员的爱。”他微微一笑。

然后我的目光落在依然昏迷不醒的埃塞克斯身上。他躺在那里，浑身都是煤灰和火燎过的窟窿，看起来那么无助。

“我们拿他怎么办？”我担心地问。

“我们把他背到‘玫瑰’去。”

到了剧院后，我们俩用力抬起埃塞克斯，把他平放在舞台上。肯佩跟我告别去执行他的梅毒计划。莎士比亚到现在也没说一句话。于是我一个人孤独地站在剧院里，这里的氛围跟之前截然不同，很安静。那些傍晚时跟台上演员们一起激动，被逗乐、被鼓舞的观众早已进入梦乡。月亮和星星透过敞开的屋顶绽放着光芒，如此明亮，我从未见过，哪怕上次和扬在海边见到的也比不上。如此景象只能存在于这个没有环境问题的世纪吧。唯一的空气污染来源于我被浓烟熏过的衣裳，我必须马上换掉它们。考虑到给我这具男性身体换衣服应该跟之前放空膀胱一样有趣，我决定暂缓这件事。于是我深呼吸，想要理清自己的思绪：我在这里已经学到很多关于爱的东西，世界上存在跨越不同时代依然彼此爱恋的灵魂。尽管我还没弄清楚扬究竟是注定要与我还是与奥利维亚在一起。目前明确的是，我跟扬的灵魂不管怎样都存在某种联系。但我仍想知道：我究竟是他的真爱还是他寻找真爱路上的阻碍？还是一个只会在极端情况下打扰他的人？比如在叙尔特岛，他被淹死之前，以及如今在莎士比亚的房间里，他死于火灾之前。

我还认识到，我没有向我最好的——也是唯一的朋友表达过足够多的爱。人生过于短暂，必须好好珍惜。虽然我还不知道应该如何有意义地度过一生，但显然关于真爱我认识到的还不够多，还不足够让我回到现实世界。

我叹息着，环顾了一下周围，然后走到舞台后面，看到那里有一张书桌，上面摆放着蜡烛、羽毛笔和墨水。跟莎士比亚房间里一模一样。很有可能他偶尔也在这里修改他的作品。我俯下身去读桌上的纸，只看到一些书写潦草的句子，像“地狱空了，恶魔降临”。

我微微一笑，想起自己还认识到了一件关于爱的事情，那就是我爱写作。

我从衬衫口袋中拿出那张被拯救的写着十四行诗的纸，纸的边缘虽然被烤黄了，但别的部分完好无损。我点燃蜡烛，把那张纸展开放在桌上。一点点烟灰从我的衬衫缓缓飘落到纸上。我突然听到：

“纸被弄脏了。”

“天！”我受到了惊吓，骂道，“你真是特别喜欢给人制造惊吓。”

“惊吓，惊吓，究竟谁给谁惊吓？我可没有跟一个男人接吻！”

“好吧……其实如果深究的话，你已经这样做了，”我考虑道，“这是你的身体。”

“我不认为我还想再回忆起这件事。”

“是你先提起的。”

“所以我马上停止这个话题。”

“好主意。”

“如果你再也不亲任何男人的话，我会很高兴。”

因为我没办法跟莎士比亚承诺这件事，我沉默了。过了一会儿，他建议道：

“我们应该把衣服换了。”

“什么？”

“我们应该把衣服换了，再洗个澡。”

“我是一个女人，根本想不到要给一个陌生男人脱衣服，哪怕我自己就住在他身体里。”我澄清道。

“但我们也不能衣着如此邋遢地出现在玛丽亚男爵面前去完成我

们的任务吧。如果我们不能完成任务，就会被关进伦敦塔。”

“我听说这个后果还没有去上学那么恐怖。”我尖酸刻薄地说，但心里完全清楚他说得有道理。我应该洗个澡，换套干净衣服。我坚决地宣布：“但我不脱内裤。”

“什么是内裤？”

“为什么这么问？”

“我从没听说过这个词。”

“你不知道什么是内裤？”我难以置信。我居然穿越到了一个还没发明内裤的世纪！

“究竟什么是内裤？”我又问。

我思考了一下，想着如果我向莎士比亚泄露内裤这个秘密，应该也不会改变历史进程，于是我跟他形容了这个人类历史上优秀的发明。我说完之后，他深感震撼地说：

“有了这样一条内裤，就可以避免紧身裤上那块部位变成棕色了。”

如果这样看的话，内裤甚至算得上人类历史上最伟大的发明。但这个发明并不能帮到我什么。如果我想换一条内裤的话，我必须脱到全身赤裸。所以我宁愿不换内裤。

“你真的不想给我脱衣服吗？”罗莎看上去是一个体面的女人，世界上这样的女人可没剩多少。我慢慢地想到，如果不是罗莎的话，可能会有更恐怖的灵魂附在我身上：比如阿提拉[①]的灵魂，那个匈奴人，或者恺撒大帝的灵魂——更不用说我那个残暴的母亲的灵魂。

① 阿提拉（Attila）：古代欧亚大陆匈奴人最为人熟知的领袖和皇帝，史学家称之为“上帝之鞭”。

如果她要给我脱衣服的话……我简直不敢想象这样的噩梦。我赶紧将注意力转移到眼下这个问题上："有一种方法可以解决我们面前的两难困境。"

"如果你现在说你可以叫一个女人来为我脱衣服的话，我会打你的。"

"那你就是在打自己。"

"那也值得。"

罗莎简直是屁股上粘着胡椒——当然这是个比喻的说法，因为我们在谈论的其实是我的屁股。然而我却很高兴，因为我欣赏有性格的女人。我告诉她："我刚有了一个新发现。当你睡着或者失去意识时，我就能重新接管自己的身体。"

这让我很震惊。不过，这看起来确实是一个不错的解决办法，这样我就不需要亲自给莎士比亚的身体洗澡。而且经历过这一切之后我确实已经累得像条狗。

"听起来像是一个不错的计划。"我对莎士比亚说，"我现在很愿意睡过去。"

我走到一个躺椅边，它在一个堆满像旗帜、长矛、木马之类的道具的角落里。这个躺椅看起来像古罗马时期的样式，就像是皇帝会躺在上面喊着"纵酒，给我纵酒！"的那种。我躺在上面，却毫无睡意——血液里还充满着很多肾上腺素。而且我身上散发着一股恐怖的烟味。

"怎么了？"我问。

"我睡不着。"

"我也许可以帮你。如今每个英国孩子都喜欢听一首几年以前流行起来的新摇篮曲。一首真正的流行小调。也许对你入睡有所帮助。”

“你不是说真的吧……”我笑道。

“睡吧，小孩。睡吧，你的爸爸守着羊群……”我开始唱歌。

“哦不！”我大笑。

“妈妈在抚摸一根小鸡鸡……”

“说实话，听起来很不体面。”我明白过来。

“但很写实。”

“既然爸爸在看守着羊群，”我微笑道，“那么问题来了：妈妈究竟在抚摸谁的小鸡鸡。”

“只能猜想这里说的是另一个男人的小鸡鸡。一个闻起来没牧羊人那么刺鼻气味的男人。”

“也许是小叔子的。”我猜道。

“或者是牧师的。”

“所以这位妈妈才那么急切地希望孩子睡着。孩子如果发现了他们俩的奸情，就会对上帝产生不好的看法。”

“每个人或早或晚都会有这样的看法。”

“比如那个还在牧场上、对小鸡鸡之事一无所知的爸爸。”

“那个可怜的男人此时一定在羊群里也得到了满足。”

“谢谢你,脑中想着这个场景我现在肯定更睡不着了。”我笑着说。

“我认为最可怜的是牧师。”

“因为他因偷情一事在教会高层那里获罪？”

“不，主教们本身都沉溺于偷情。”

“那是为了什么？”

“因为他只有一个小鸡鸡，而不是鸡鸡。”

我忍不住放声大笑。有一点必须承认:莎士比亚确实很有幽默感。

“在这种情况下，我认为那个女人更可怜。”我回答说。

我忍不住放声大笑。有一点必须承认：罗莎确实很有幽默感。

在过去的世界里我第一次感受到真正的快乐。准确地说，这是我很长时间以来第一次感受到真正的快乐。

我很久都没有感受到这样令人舒畅的愉悦。诚实地说，是自斯特拉特福那场灾难以来第一次感到真正的愉悦。

我也许应该喜欢自己的灵魂？

33

罗莎和我继续臆想和扩展着这个牧羊人、牧师和小鸡鸡的故事，此外还认定了“牧羊人幽会”[1]这个概念现在具有一层新的兽奸内涵，这给我们带来了很多乐趣。随着罗莎睡意渐浓，我们的欢声笑语也渐渐变成沉默的笑容，最后她终于满足地睡过去。我想知道，如果是罗莎本人作为一个女人躺在这张躺椅上睡觉的话，她看上去会是怎样的？她很迷人吗，或者动人心魄？会跟她丰富的内在一样动人心魄吗？

然而我驱散了这些想法，我不能再一次失去这样宝贵的时间。我重新获得了身体的控制权，脱掉脏衣服，赶紧去洗澡，在剧院的箱子里找一身新衣服，然后踏上拜访炼金术士迪的路。我漫步在夜里的南华克，街上几乎没什么人。这个时间点只有社会垃圾中的垃圾才会出现在街道上和妓院里：小偷，强盗，税务官员。我匆匆经过亨斯洛妓院紧闭的大门前。嫖客们在街上晃悠，有的甚至还在抓挠自己的私处。我思考着自己是否也应该先绕道去趟妓院……我们演员在那里能拿到折扣，而且哪怕在打烊后也能得到服务……但喝得醉醺醺的肯佩和亨斯洛手下的几名打手正晃晃悠悠地从那里走出来。为什么他和那群下三烂的流氓混在一起？为什么他们在感谢他的盛情款待？而且最重要的是：为什么他向我挥舞着手臂示意我赶紧

---

① 这个概念出自十八世纪的法国田园牧歌和牧羊人诗歌中，指牧羊人和少女幽会，现指男女之间私会的柔情蜜意时刻，暗指男女性交。

离开?

肯定是什么坏事，我猜想道，一定是罗莎和菲比发生了什么。要么是她跟那个小畜生睡了一觉。要么是她没有顺菲比的意。考虑到罗莎在给我的身体洗澡时那番羞涩的情形，那么问题一定出在她没有顺菲比的意上。面对这样一个相较之下没什么意义的难题时，我选择下一次找个机会完成这件事。不过，肯定是在罗莎离开我的身体之后。

我离开妓院，穿过空荡荡的街道，向泰晤士河方向走去。我在那里借了一艘小船，沿着被火把照亮的泰晤士河溯流而上，到了一处诺曼人统治时期修建的砖石建筑。这里就是炼金术士迪的住所。我轻敲铁门，几秒钟之后有一个长着小胡子的矮小中国人开了门，他戴着一顶黑色便帽，穿着一件绿色长袍。他问:“您赏做什么？”

“我想见约翰·迪。我的名字叫威廉·莎士比亚。”

当这位亚洲人听到我的名字时，他的眼中闪过一丝光芒。“莎士皮亚？我喜欢《爱的徒劳》。”

他是我作品的爱好者！我一直都知道我的作品被各个国家和民族的人们喜爱。

“您具体喜欢这部作品的什么方面？”当我们走进那间用巨大的石块铺成的门厅时,我问他。我总喜欢听人们说关于我作品的恭维话。

“里面漂亮的棱们都特别蠢。”

是的，这就是写出好故事的秘诀之一：人们都想看到比他们更漂亮、更富有的人也会有不如意的生活。因此我总描写统治者们的畏惧、伯爵们的痴情游戏和国王们的乱伦之爱。

这位亚洲戏剧之友将我引到一间摆满星相图的房间，在这里迪向那些贵族（根据人们的私下议论，甚至包括女王）展示星象占卜。

墙上挂满了亚洲风格的毯子。显然这些（包括那位矮小的亚洲人）都是迪到远东那趟神奇的旅程中带回来的纪念品。这位炼金术士本人正在一张石质的书桌前弯着腰拿着放大镜观看一张羊皮纸，上面绘着一张星空图。也许他能借助亚洲智者的知识来做出星相预言。迪很老，眉毛很浓密，看起来不像一个除科学以外还会对其他方面感兴趣的人。

“和盛，何事让你胆敢来打扰我？”他轻声地问那个亚洲人，眼神没有离开那张星空图。

“威廉·莎士皮亚来了。”

“你想做什么，诗人？”他问我，却依然没有从羊皮纸上抬起头来。

“我的身体被一个幽灵占据了，因此需要您的帮助。”

“我不感兴趣。”我得到这样的回答，这位炼金术士还做了一个让我离开的手势。

“我……恳求您……”我绝望地请求道，“这个幽灵是个女人……”

“对我来说都一样。”

“……她来的那个地方叫作伍珀塔尔……”

我话音未落，炼金术士放下手中的图，睁大眼睛看着我，震惊地问：“伍珀塔尔？”

34

迪站起身来，像审讯官一样问我对罗莎以及伍珀塔尔所知道的全部。因为我所知甚少，他显然对我的答案不太满意。然后我问这位炼金术士:“为什么您对这个伍珀塔尔感兴趣？”

“因为这个地方在很遥远的未来才会出现。”他回答说。

我震惊地看着他，心中仿佛有成百上千的疑问，但迪抢过我的话命令我说:“后天晚上再来找我。不要太早，也不要太晚。我会让你摆脱这个幽灵。一劳永逸！”

“你……你要把她毁灭吗？”我问。我突然有点担心，紧接着心里产生了一些对罗莎的同情。

“有这样的可能。”

我忍住了想说的话，但炼金术士觉察到了我的不安，解释说:“刨子刨过的地方，就会落下木屑。”一句在伦敦语言宝库中新出现的流行语。

我一想到罗莎的灵魂可能会被毁灭，就忍不住战栗。但如果她留在我的身体里，我也没办法继续生活，于是我也轻声地重复道:“刨子刨过的地方，就会落下木屑。”

我离开了炼金术士的房子，在晨光熹微中回到南华克。剧院前面果然已经停着一驾接我去见玛丽亚男爵的马车。我还没完全在马车上坐好，就又失去了对身体的控制，因为罗莎醒了……

……有一秒钟我希望自己是在普罗斯佩罗的马戏车里的床上醒来，希望整个时间旅行只是一个噩梦。但当然没有如愿。有点颠簸，还能听到马蹄嗒嗒声。我睁开眼睛：我又在马车上，穿了一件棕色的宽袖衬衫和一条绿色的紧身裤。我感觉到里面有什么东西，伸到口袋里发现了一个圆形小相盒。但里面的照片并不是长得像奥利维亚的讨厌男爵，而是两个年龄相仿的孩子，大概七八岁。小女孩穿了一件端庄的白裙子，看上去美丽且光芒四射。小男孩穿着紧身裤、宽袖衬衫，戴着褶皱领，看起来忧伤、敏感甚至柔弱。

“哈姆内特和朱迪思，我的双胞胎。”

“你居然真的有孩子。”我说。我已经逐渐习惯莎士比亚突然在我脑中跟我说话。

“你难道怀疑我的性功能吗？”

“我对你的性功能不感兴趣。”我回答。

“别的所有女人都对此感兴趣。”

“我现在不属于‘所有’。”

“是的，在我看来也是这样。”

莎士比亚没有带着轻蔑的语气，而是很友善。他对我的恶意消失了吗，就跟我逐渐发现他很可爱一样？我重新谈到他的孩子。“只是因为你住在一个小房间里，那里显然住不下一家人。”

“我的孩子们依然生活在我家乡的小镇，埃文河畔的斯特拉特福。”

“那为什么你在伦敦而不是在斯特拉特福？”

“可惜我的家乡几乎不需要剧作家。我在那里只能靠做手套勉强维持生活，就跟我父亲一样。如果世上有我不喜欢的事的话，那就是变成我父亲那样。”

我完全可以理解，我也不想变成我母亲那样。我好奇地追问：“那么，你经常去看你的孩子们吗？”

“很少。”

他努力克制着自己声音里的悲伤,但没有成功。我深感同情地问:“你很爱他们，不是吗？”

“只有野蛮人才会不爱他的孩子！”

“你离婚了吗？”

“离婚？是什么意思？”

啊呀！对啊，这时候还没有出现离婚这个概念，更不用说婚姻协议、赡养费和争夺抚养权。我修正了自己的问题。“我是说，你的妻子怎么样了？为什么她不想跟你一起到伦敦来？”

“你太好奇了，罗莎。”

“对不起……”我回答。他说得有道理，这一切跟我毫无关系。我只是一个偶然占据了他身体的幽灵，不是他的朋友。

这样生硬地驳斥罗莎的话，让我感到歉疚。显然她很真诚地表达了她对我的生活感兴趣，也是除了我忠诚的伙伴肯佩之外世界上唯一一个想参与到我的生活中来的人。我应该跟罗莎讲安妮的事吗？

莎士比亚沉默了,而我的直觉告诉我,他其实想要说出他的感情,但又不敢。典型的男人!

“有些时候说出自己的感受也不错……”因此我向他提议。

说出自己的感受，我心里想，这是一个多么奇怪的主意。

“我知道，这对你们男人来说很难。但说出心里的感受就跟呕吐一样。”

“呕吐？”

“最开始很不舒服，但之后就会感觉很放松。”

“你在打比喻方面很有才能。”我被她逗笑了。

“谢谢。”我微笑着说。

有很短的那么一瞬间我在思考，我是否真的不敢做这件事。毕竟多年以来我从没跟别人谈论过心底的伤痛。除了那一晚，我向妓女索菲吐露了心头萦绕的烦恼，因为我知道她已经完全喝醉正在打鼾。同样，尽管我快要相信罗莎的话，认为倾诉内心的忧愁能让自己更轻松，但我始终没有鼓足勇气，向任何一个人说出命运的故事。

“那么，你想说吗？”我小心地问。

“我很累。我想要休息。”

从那之后莎士比亚没有再说一句话。我们之间远远没有达到互相倾诉感情的程度。也许这完全没有必要，完全不相称……如果认真想这个问题，也有点荒谬：为什么伟大的莎士比亚需要向我这样一个人倾诉他的烦忧呢？

也许因为我们拥有相同的灵魂。

想到这里，我又感觉到一点小小的希望：莎士比亚和我在情路上都很坎坷，也许有可能在某一刻我们能互相帮助，也许我们能一起找到真爱的答案。

35

马车穿过城市，驶在去往男爵住处的路上，我只能祈祷着西班牙刺客没有跟踪我。这时我也意识到，埃塞克斯没有跟我们在一起——他还在剧院吗？我一直忙于处理莎士比亚和自己的事，甚至几乎忘了他的存在。这是多年来第一次我醒来时没有想着扬。

马车渐渐接近了士兵把守的城门。路上迎面走来一些看上去很贫穷的农民，他们从城外赶到城里，身后拖着装着粮食的车……显然，马匹没办法承受这个重量。他们看起来特别瘦削，如果他们拿到欧盟农业补贴的话，肯定会很高兴。当我们穿过城门时，我看到了很血腥的东西：两颗被砍下、穿在长矛上的人头。我从未见过如此恐怖的场景，感觉随时都会呕吐，但显然莎士比亚的胃要比我的坚强。他可能已经习惯了这种场景。我对他的同情又加深了一层。

他还是一言不发，也许他已经在我的……他的……我们的……大脑深处沉睡了。这是他应得的，对于他来说，跟我相处的时候肯定也很紧张。我只是希望，昨夜剩下的时间里他真的只是用来洗澡和换衣服，而不是用来破贞。

马车离开城里，空气马上变得好多了。草地上绽放着黄色和红色的小花，它们应该庆幸，酸雨和一氧化碳排出物还没有被发明出来。这片草地的景象看起来太美了，转移了我停留在被砍人头上的注意力。遗憾的是，这个景象勾起了我的想象，如果我和扬/埃塞克斯在上面漫步，该是多么美妙。当然，在我的想象中我是处在罗莎的身体里。不然这个场景就会带有《断背山》的意味。

在这样美丽的景色中行进了几公里之后，我们终于停在一个小宫殿前。那是一个真正的宫殿，而不是简·奥斯汀电影中出现的那种英式乡村庄园。我们驶过吊桥，穿过敞开的院门，经过其中一个由矮树篱围成的美丽的迷宫式花园。整个设施看起来很吸引人。我想：如果我是男爵，我也会想要这样一座宫殿。

马车停在大门前，我走下车，敲响了沉重的橡树门。一段时间后，一位老先生打开了门，他身着白色衬裤、蓝色上衣、红色马甲，戴着一顶帽子。他的帽子让我想到《在欢歌笑语中，美因茨依然是美因茨》[①]里人们戴的帽子。这个人看起来很冷淡，说话带着浓浓的鼻音。“我的名字叫马伏里奥，我是庄园的总管。”

“好吧……”我回答说，心里完全不清楚总管这个词是什么意思。

“那么您是谁？”他问。

“我叫威廉·莎士比亚。”这是我第一次毫不犹豫地从嘴里说出这个名字。

“那么您想做什么？”他问。

“我想见男爵。”

“很好。只是您需要一点耐心等待。”

“多久？”

“七年。”他笑着把门关上。

七年？这个女人还真把誓言当真了，为了纪念去世的兄长，她要在这段漫长的丧期内不见任何男人。

---

① 《在欢歌笑语中，美因茨依然是美因茨》：德国西南广播电视台和德国电视二台轮流放送，记录在玫瑰星期一前的星期五晚上美因茨狂欢节盛况的直播节目。

我环绕着城堡走了一圈，发现了一扇敞开的窗户，然后爬了进去。里面可没有花园那么令人舒适。墙上挂着的无头动物躯干比蒂罗尔小酒馆里的还多。在这所有的动物尸体中间挂着很多油画，画的全是一个年轻的、看起来有点矮壮的男人。仔细观察油画的内容，会发现其中有他打猎、击剑或者奇怪地凝视着远方的场景。很有可能这就是那位让玛丽亚如此伤心的去世的哥哥。我希望这不是一段兄妹恋情，就是那种受过文明教化的人称为“可恶的乱伦”的感情。

在走廊的尽头我发现了一扇敞开的门，通向别墅后面的一块区域。突然我听见身后传来总管的脚步和喘气声。我赶紧冲出门去，走向一块长满睡莲的池塘。总管没有跟着我，他根本没有听见我的声音。我刚松一口气，就又听见一阵脚步声，这次的更轻快一些。我看向四周，发现男爵走了出来。她长得跟奥利维亚一模一样，头发高高盘起，手里拿着一块浴巾，但最重要的是：她浑身上下一丝不挂。显然她想在她的池塘里沐浴。此时，她并没有发现我的存在，如果她看到我的话，肯定会大喊着求助。那样她肯定不会答应我的请求，然后特务机构的首领沃尔辛厄姆就会把他的威胁变为现实，勒断我的脖子。

另一方面，埃塞克斯将会名花无主，我们又能一起亲吻……我的上帝啊，我究竟在想些什么？！

我想要赶紧消失，但去哪儿呢？我惊慌地看向四周，只发现了唯一一条出路：我跳进了池塘里。躲在睡莲下面几乎不会被发现，但我认为，在我的生命中肯定还想出过更好的主意。我肯定不能在水下坚持那么久，直到男爵沐浴结束。我看到我身旁出现了一只赤裸的脚，然后是另外一只。

当我醒来时，我在水下看到一对女人的美腿。这是我醒来时难得一见的美好画面。

男爵在我身边很近的地方站着，水只没到她的腰身，但因为睡莲的遮挡她没有看到我。

此外我还看到一个让我兴趣暴涨的美臀。

为了不引起男爵的注意，我不能有半点动静。但我肺中的空气就要耗尽，我的嘴里渐渐冒出气泡。水面上传来男爵模糊的声音，她惊奇地喊道："气泡？……我根本没有放屁啊。"

她的声音也跟奥利维亚一样。虽然在水下听起来很走样，但她们的语调、音高完全一样……

"我要，"我听见男爵说，"跟管家说清楚，我再也不要吃扁豆。"

越来越多的气泡冒出水面。

"也不要吃洋葱炖豆子。"

我再也忍不住嘴里冒出的气泡。

"也不要喝酵母啤酒！"

我完全不知道自己现在应该做什么。

"罗莎，我不想对你不礼貌，逼着你浮上去，我也想继续欣赏男爵美丽的臀部和双腿……"

莎士比亚真是岂有此理。

"……但我不得不说：我不想被淹死！该死的！"

莎士比亚说得有道理，如果我继续在水下待着，我们俩就会被淹死。我听到男爵愤怒地说："这些气泡是哪里来的？我完全没感觉到我在放屁啊。”

我鼓起所有的勇气站了起来。

在赤裸的男爵面前。

就跟我想的那样，她受惊大喊道：“圣母玛利亚！”

但在这句喊叫声之后，男爵镇定下来，遮住了她的胸部，然后问我：“您在这里做什么？”

我只是努力吸着空气。

“您为什么要到我的池塘里来？”

“欣赏美景。”

“我……我是埃塞克斯伯爵的使者。”我试图解释。

男爵对此认为：“伯爵已经是个纠缠不休的人了，但没想到他的使者更讨厌。”

“我是来向您转达他的话的。”我对她说。

“什么话？”

我现在也在问自己同样的问题。我要为埃塞克斯争取到这个女人，因此我肯定不能提到他那些糟糕的诗歌。当我急切地思索答案时，莎士比亚来帮忙，提醒说：

“念我们那首十四行诗的开头。”

我就这样浑身滴水地站在池塘里，面对着一个跟我情敌奥利维亚长得一模一样的女人，吟诵道：

我是否可以把你比喻成夏天？
虽然你比夏天更可爱更温婉；
很快它的光华就会变得黯淡，
狂风把五月宠爱的嫩蕊作践。

男爵显然被这首诗吸引住了，在我继续说话之前，她把手指放在自己的嘴唇上，示意我不要说话。

“这……这肯定不是伯爵写的，是吗？”她问。

“是他……是他。”我撒谎道。

“不，这首诗有一个不一样的灵魂，一个不好战的。”她悲痛地说。

“诗人比军人更适合做爱人。”我补充道。但可惜的是，美丽的男爵听不到我说话，罗莎也不会向她转达我的话。

“我想，这首诗是您所作，我的先生，”男爵猜测道，“您叫什么名字？”

“呃……威廉·莎士比亚。”

“请您原谅，莎士比亚大师，我想，我从没听说过您的名字。”

该死的！我早就知道：我无论如何得写出更优秀的作品来传播我的美名。也能让这样美丽的存在知道我的名字。

“莎士比亚大师，我必须请求您现在离开我的池塘，然后立即离开我的城堡。”

我想要抗议，但她严厉地说：“立刻。”于是我湿漉漉地走开。

“罗莎，我们还不能走！”

我不能当着男爵的面跟莎士比亚对话，不然她肯定以为我是个疯子。因此我对她说：“请原谅。”然后走到一棵树后面。我一边甩掉身上的水，一边轻声对莎士比亚解释说：“她想让我们离开。”

“是这样。但很多事情不允许我们离开这个地方。其中之一就是沃尔辛厄姆和女王要残忍地惩罚我们，如果我们放弃的话。”

“是这样。”我不得不承认。

“另一方面我也很享受跟赤身裸体的男爵待在一起。”

“但我不！”

“你也是女的。”

“现在不是！”

“男爵确实是个美人。”

“你也认为她很美？”

“我很愿意跟她上床。”

“什么？！”

“当然是在你离开我的身体之后。”

“在你身上完全可能发生。”我讥讽道。

“跟我共度一夜良宵后，男爵肯定会忘掉兄长去世的悲痛。”

“多么舍己为人。”我嘲讽道。

“我现在就是这样，舍己为人且魅力四射。”

“如果有人相信的话。”我叹息。

“男爵肯定会相信。而且对我来说，这样一段私情还能带来利益。”

“利益？怎么说？”我不解地问。

“每个剧作家都梦想拥有一位富有的女资助人。如果男爵爱上我的话，当我有意无意地提及，也许她会资助我建一家属于自己的剧院。一家能上演任何我喜欢的剧目的剧院，无须向任何妓院老板妥协。对此我梦想已久，而且我都想好了剧院的名字：‘寰球剧院’！”

我完全没法理解他的构想。我只想着一件事：让我很不舒服的事——莎士比亚喜欢男爵！

36

如果我还处在自己的女人身体中的话，此刻我一定会偏头痛。值得庆幸的是，莎士比亚的身体并没有。至少还有这个优点。

我必须说服莎士比亚，让他不要对男爵产生兴趣。“女王希望男爵和埃塞克斯在一起。”

“我知道。”

“如果我们反抗她的意愿，她就会——如你刚才所说，残暴地惩罚我们。”

“你说的也是事实。”

“所以勾引男爵是最不明智的选择。”

“是这样。”

“那么就不要用这件事来烦我了。”

“不。”

“什么？”

“我的意思很明确：她应该资助我的剧院。她是我迄今为止遇见的第一个富有且美丽的女人。她的脸庞很完美，她的身体毫无瑕疵……”

“说到这个，”我反对道，“男爵腿上有一些疤痕。”我激动地打断了他的话，尽管我并不是很确定。在我们那个世纪的奥利维亚上臂皮肤上有一些橘皮，我在和扬的朋友们同作一次浴场游的时候发现过。虽然她远没有我脸上那么多皱纹，但很容易判断出她也不是如此完美。

“我没有注意到她腿上的瑕疵。相信我，我也看得很仔细。男爵真的有一个让人印象深刻的外表，就像神灵塑造了她的身体一般，而且我说到的神灵，是指尤其有能耐的神灵……”

“啊啊啊啊！”我大声地喊道。我不能再忍受这一切。

“您现在哪里不舒服吗？”我听到男爵担忧地问。

我转过身，她站在离我几米远的地方，周身用那块大浴巾裹着。那不是我们时代那种漂亮的、柔软的彩色浴巾，只是一条灰色的、粗糙的亚麻布，跟监狱里的被子很像。看来这个时代的女人要忍受的不仅是紧身胸衣。

“您……您听了多久？”我问男爵。

“从‘男爵腿上有一些疤痕’开始。”她回答说。

如果我现在能掌控自己身体的话，我会恨不得挖个洞钻进去。

“我……呃……指的是另外一位男爵。”我并不是很肯定地说，当然她不会相信我的话。

“现在您应该赶回伯爵身边去了。”她催促我。

我点了点头，但莎士比亚在我的思想里极力反对：

“继续朗诵我们的诗。”

“我不会继续朗诵。”我非常倔强地回答。男爵却冷冰冰地回答说：“莎士比亚大师，我也没有期待您会继续。”她也可以表现得像奥利维亚那样高傲。我加快了脚步，但莎士比亚并没有放弃：

“如果你不对她念完那首诗，那我就在你脑子里一直唱《天佑女王》[①]。”

① 《天佑女王》：英国及其领地作为国歌或皇家礼乐使用的颂歌。

“什么？”

“天佑我们仁慈的女王。”我开始唱。

“你不是认真的吧。”

“祝她万寿无疆，上帝保佑女王。”我唱得更加跑调，用一种能让每一个音乐爱好者自杀的音调。

“如果我们不是同处一个身体之中，我会揍你一顿。”

“常胜利，沐荣光……”

“也许我就这样揍你算了……”

“孚民望，心欢畅……”

“好吧，好吧，你赢了。”

没有比一意孤行地完成一件事情更有力的武器。这也是英国国教成功的秘方之一。除了严刑拷打之外。

我再次转身走回到男爵身旁。她听到了我的话，不得不承认我整段时间都在错乱地自言自语。因此她同情地看着我说：“您是否参加过战争，是否战场上的事情影响了您现在的精神状态？”

“不，我没有参与过战争。”我回答说。

“那是什么让您的精神如此混乱？”她担忧地问。

“解释这个恐怕会耽误您很长的时间。”我叹息道。然后我按照莎士比亚的吩咐，念出我们完成了一半的十四行诗：

我是否可以把你比喻成夏天？
虽然你比夏天更可爱更温婉；
很快它的光华就会变得黯淡，
狂风把五月宠爱的嫩蕊作践。

有时候天眼如炬人间酷热难当，
但转瞬又金面如晦常惹云遮雾障。
每一种美都终究会凋零残落，
或见弃于机缘，或受挫于天道无常。

这些诗句让男爵眼中满含泪水。朗诵过程中她心醉神迷地说："您的舌头真是善于辞令。"

"它在别的方面技术也很高超。"我喊道。

这句话我最好不要跟男爵转达。我端详着她那张悲恸的脸庞，感觉特别意外——我竟然让我最大的情敌如此陶醉，而且还是用我参与写作的诗中的语言。

我现在真的想离开，莎士比亚可以唱任何他想唱的歌，对我来说都无所谓了。于是我对她说"再见"，然后鞠了一躬。这时我发现，这样鞠躬居然显得彬彬有礼，而且是非常男性化的姿势。难道我的新身体已经渐渐影响到我的行为？如果我在这里待的时间很久的话，我有一天会变成男人吗？变成没事总是摸自己裆部的那种人？

我连忙赶走这种想法，因为男爵在身后激动地对我喊："您能把我的话转达给伯爵吗？"

我转身看向她，问道："什么话？"

"他可以再派人来给我传一次信。"

她看起来很紧张。我不太明白发生了什么：她本想七年之内都不见男人，清静地过日子，现在又想见伯爵？

"我会转达给他。"

"谢谢。但有一个条件。"

"什么？"我问。

她用颤抖的声音回答道："只有您才能来给我传信，莎士比亚大师。"

真相大白了：她不是想收到伯爵的信，她是想见我，只见我。更准确地说，她想见那个把她比作夏日的人：莎士比亚。那个人正在兴奋地庆祝：

"哦感谢，神灵们！"

如果男爵现在爱上了莎士比亚，而我却对埃塞克斯情根深种，但他又想得到男爵，那么我们这里简直就是爆发了一段四角恋。

一段三具身体的四角恋。

37

在我分析清楚事情的发展如何让我们这段三具身体的四角恋更加复杂之前，马伏里奥总管已经愤怒地站在我面前。“如果你让男爵因此疏远我，我就把你的脖子拧断！”

难道每个男人都对这个蠢女人有好感？

“放心，我对她没有兴趣。”我试图安抚他。

“但我有！”

“我想，我们必须马上谈谈。”我十分严肃地对莎士比亚说。

“谈什么？”马伏里奥问。

“我不是跟你说话，笨蛋。”

“呃……那是跟谁？”他看向四周，没有发现任何人，然后疑惑地问。

“另外一个笨蛋。”我一边说一边从那里离开。我心里很明白，在这里没办法和莎士比亚安静地交流。我加快脚步走出整个建筑，看到那个矮树篱围成的迷宫，我想这正是进行一场不被打扰的谈话的绝佳地点。只是几分钟之后就被证明这是一个完全错误的想法。

我走进迷宫，在一条条相互缠绕的路上穿行，很快我就明白为什么有些富人喜欢在豪华的庄园里建一个这样的东西：身处其中的人瞬间就会感觉到跟寻常世界剥离开来。就像是处在另外一个偏远的国度里。

在一排修剪整齐的树篱旁立着一条木头长椅。不是我们公园里那种常见的简陋长椅，而是一条手工制作的长椅，上面全是绘有男爵兄长画像的装饰，甚至给人一种这里死的是基督耶稣的感觉。我坐了下去，先深呼吸一次。在稍微理清思绪之后，我对莎士比亚说：“我再跟你说最后一次：你必须忘掉这个女人。”

“你知道我渐渐发现了什么吗，罗莎？”

“不知道，但你马上就会告诉我。”

“你很嫉妒男爵。”

“我需要嫉妒她吗？”我生气地喊道。

“你爱埃塞克斯，这简直显而易见，否认也无济于事。”

我沉默了。

“你亲了他！而且很动情！”

他特别激愤地指责我，几乎能让人感到他也嫉妒埃塞克斯，就跟我嫉妒男爵一样。

我的话太不礼貌。但我就是无法理解为什么女人们总是被像埃塞克斯这样无聊的白痴所吸引。尤其是精神世界尤其丰富的罗莎。因为她一直沉默着，我继续揶揄道：“你简直恨不得跟他上床。”

这时我不愿继续保持沉默，抗议道：“我才不想跟埃塞克斯上床！”

“这句话听起来让人很欣慰。”一个冷淡的女性声音评论道。我震惊地抬起头，看到站在我面前的是……女王。该死的女王！

“操！”我脱口而出。

“这可真粗鲁，莎士比亚。”女王叱责道。她穿着一件蓝金色的裙子，头上戴着一顶日常普通的王冠。

“罗莎，”我惊恐地解释道，“女王可因为很多微不足道的小事活埋过人。”

活埋？我打了个冷战。我必须要为自己辩解一下。“我……我……我没有说‘操’……”

“那你说的是什么？”女王问。

好问题。

在我苦苦思索的时候，女王把头微微偏向一边，像一只猛禽一样盯着我。“呃……我是说巴松很嘈杂。”我小声地说。

“巴松？”

“巴松？”女王也疑惑地问。我弱弱地解释：“那种乐器……”

“她知道巴松是什么。”我叹息道。

“我知道巴松是什么。”女王尖刻地说。

“我说了吗？”

女王现在看上去不仅要把我活埋了，而且还要给我的棺材里放进一堆虫子作为赠品。然后她提了个并不是全无道理的问题：“这里放眼望去也没看到巴松管啊。”

“呃，”我结巴着说，“我是指……我想要吹巴松。”

“您看到我之后的那一瞬间喊着想要吹巴松？”女王脸上挂着一副“你当我是傻子吗”的表情。

“呃，是的……为了赞颂您。”我低声回答。

“您希望吹巴松来赞颂我？”

我用僵硬的微笑作为回答。

“您还想到了什么更好的说辞来掩饰自己说的脏话？”

“我刚才也想问这个。”

“可惜没有。”我更小声地说。女王把头又倾斜了一点，怀疑地看着我，甚至让人担心她的王冠随时可能掉下来。

“我知道你想把我送进坟墓，罗莎。”

女王眼睛眯了起来，她张开了嘴，而我等候着她把迷宫外的近卫队叫过来，让他们找个最近的树林把我草草掩埋。我准备着赴死。然而女王却开始笑。大声地笑。

居然来了点惊喜。

女王的笑真挚而轻松，甚至有点可爱，仿佛她冷酷的表面下藏着一个内心欢快的女人，只是被规则和习俗囚禁了起来。但我依然没有丝毫放松，也许她的笑只是因为想起了一件比活埋我更有趣的事情而已。

一定是她想到了什么关于巴松管和我的肛门的下流事情……

女王挨着我在长椅上坐下来，擦掉了眼角的泪珠。“您知道吗，莎士比亚，如果任何人敢当着我的面骂这样一句话，我肯定会把他处死。但您却让我开怀大笑。您知道上一次我这样笑是什么时候吗？”

如果通过她那下垂的嘴角纹路判断的话，我想，应该是很久之前了。但我最好不要这样回答，于是我说：“不，我不知道。”

“我也不知道。”女王叹息道，看起来罕有地温柔慈祥。她在年轻时候是怎样的呢？没有公务操劳的时候？假如当她还是个年轻姑娘的时候，像其他所有人一样，欢快地进入青春期，酗酒，把她的皇室父母气得抓狂，经历了初恋和第一次爱情烦恼？能跟她谈论这些吗？

很有可能不应该，因为她已经又控制住自己的情绪，进入工作状态。“我来这里是为了看看您是否让事情有所进展。”

我现在应该怎么向她解释呢？说莎士比亚爱上了男爵，男爵爱上了我，而我爱上的是埃塞克斯？这肯定是通往坟墓的最便捷之路。

“呃……是的……我有所进展……但不是很快……说到进展……像婴儿一样微小的进展……”

“那为什么你要喊你不想和埃塞克斯上床？”她打断我的话。

“我就在害怕这个问题。”

“因为我不想和他上床啊。”我坦言，因为找不到一个更明智的答案。

“我知道了，”女王笑着说，“你是弯的。”

“弯的？”我不解地问。

“‘弯的’就是说喜欢男人。现在女王认为我喜欢男人！而这一切都是拜你所赐，你这个笨蛋！快解释清楚。马上！”

我不喜欢莎士比亚的腔调，而且我还在为他之前狂妄而嫉妒的废话生气。因此我想应该给他好好上一课。我要给他看看，谁才是这具身体的主人。于是我说：“是的，我是弯的。”

“什么？”

“我只喜欢男人。”惹莎士比亚生气真有趣。

“罗莎，你在毁我的名声！”

女王说：“我早就想到了。您看起来有一点女性化。”

“等一等！”

“确实很娘。”我证实。

“我要杀了你！”

“有时我会穿女人的衣物：高跟鞋，裙子……”

“……我要慢慢地折磨你到死！”

“……尤其喜欢涂我的脚指甲。”

“不管你是不是想要教训我，罗莎。我很乐意提醒你，我们国家的教会要把同性恋男人烧死的！”

我噎住了，而这时女王笑着说：“那些教会人士当然希望把所有同性恋都扔到火堆上去……”

“我警告过你了！”

也许我刚才应该想别的办法来灭掉莎士比亚。但我完全没想到的是，女王解释道：“但是别担心，我喜欢和同性恋男人相处。”

“我当然赞成。”我松了一口气，突然想到我的朋友霍尔格。

“和同性恋朋友能很好地倾诉自己的痛苦。”

“您究竟有什么痛苦？”我问。

她没有回答，她肯定不会和随便一个同性恋谈论自己的烦恼。

“请原谅，我的女王，我刚才过于好奇。”我说。

“不，不，尊敬的莎士比亚，还好。让我们谈谈。我需要一个人来倾吐我的心声。”

“好的……”

“但我必须警告您。上一个跟我谈心的同性恋男人在宫廷上传播我的秘密。”

“那他后来怎样了？”

“我们不需要知道！”

“我让人把他从舌头那里吊起来了。”女王笑了笑，我却在颤抖。

“我怎么跟你说的，罗莎，我们不需要知道这个。”

“我现在跟你说说我内心的烦忧，”女王开始说，“一个女王永远不被允许有私人空间。她不被允许陷入爱河，最多只能爱上有皇室血统的男人。您知道追求我的是哪些男人吧？”

“不，我不知道。”

“丹麦国王是个粗笨的男人，他在一场宴会上向我吐露说，他喜欢在床上同时宠幸多个侍女，然后问我是否愿意成为他充满传奇色彩的男性功能的见证者。相反，瑞典国王已经没办法控制住自己的膀胱，而意大利王子喜欢把自己装扮成女人。”

哇噢，我心里想，女王的选择简直比我在精英真爱网站上遇到的还糟糕。

“而我爱上的那些贵族男子，对我来说都是禁忌。”

“就像埃塞克斯。”我轻声说。

她没有回答，但她忧伤的眼神证实了我的话正中靶心。我现在真的很同情她。

我隐约记得，大概是1930年左右，有一位英国王位继承者放弃了王冠，选择娶了他的平民爱人。于是我有点单纯地问：“如果您退位的话会怎样呢，把您的王冠传给别的人？”

“这样的话我那同父异母的妹妹玛丽亚就会继承王位。她会把整个国家交到西班牙人的手里，而我的英国就会失去它的伟大、它的尊严和它的骄傲。那将是一场堕落！”

可以从她脸上厌恶的表情看出来，这种想法对她来说是多么难以承受。

“您爱英国超过了您自己的幸福？”

“是的。”她坦诚地说，声音中充满了尊严和骄傲。

我看着她。这个女人深爱她的国家，她找到了自己生命的意义，因此她的生命比大多数人拥有了更深刻的内涵。当然也包括我。

我应该从她身上学习吗？学到真爱不仅是指爱一个人，也是一个更高层次的东西？

“我甚至已经准备好，”女王继续说，“把我爱的人送到爱尔兰去，送到战争中去。为了英格兰，我愿意拿他的生命做赌注。”

有那么很短的一瞬间她的声音颤抖起来，但很快她又找回了那份自制，坚定地宣誓：“为了英格兰，我心甘情愿地做这件事。”

她准备好牺牲她的爱情。难道真爱意味着牺牲？

我心里抗拒着这个想法。用尽全力！我不想像女王那样终了一生，当一个不幸的女人，为了一个崇高的目标牺牲自我。一定还有另外一条路，一条更美的路，一条更充满欢乐的路。

“男爵现在愿意去见埃塞克斯并且爱他吗？”女王的提问终于把一切拉回了正题。

“肯定还需要一点时间。”我并没有向她泄露更多内情。

“但我们没有时间了。我们在爱尔兰的军队就要被击溃。埃塞克斯必须马上去带领他们，否则英格兰就吃定败仗了。我马上命令我的近卫队把男爵请来。”

“请她来？”我十分不解。

“我要强迫她嫁给伯爵。”女王一边解释，一边从长椅上站起身来。简直难以置信：女王不仅要把她的爱人送到战场上去，还想让他娶另外一个女人！

“但是，”我问女王，“如果男爵不愿意嫁人会怎么样？”

“如果她没有准备好的话，我会处死她。”

“罗莎，我们……我们不能允许这样的事发生……”

这次我的观点竟然和莎士比亚不谋而合，他刚才肯定在自己的想象中看到他未来被男爵资助的“寰球剧院”轰然崩塌。我虽然不是特别同情这个女人，但无论是被逼婚还是被绞死都不是她应得的结局。

于是我小跑着追上女王，喊道：“请您再给我一点时间。”

女王的目光压迫着我。过了一会儿她回答说："我欣赏您，莎士比亚。两天之后我将在德雷克中将舰队的战舰上举行一场盛大的庆典。庆典之前您必须成功，否则我将在那里让埃塞克斯和男爵完婚。但我警告您，千万不要让我失望！"

"我当然不会，"我喋喋不休地说，"我一点都不喜欢失望，失望的情绪太让人失望了……而且……"

"我明白您的意思。"女王声音尖厉地打断我的话，然后拖着飘动的裙裾疾步走出了迷宫。我再一次坐在长椅上，轻轻擦拭掉额头上的汗：我（至少暂时地）救了男爵一命。我不由自主地想到我现在也不完全是那个落入俗套剧情中的女人：哪个好莱坞浪漫喜剧的女主角会为无辜的情敌说话？天，难道我应该通过这段时间旅行变成一个更加成熟的人吗？

我带着这种美好的想法，抬头望向天空，透过树篱望向大树，盯着树梢。真是一个美好的夏日，天空很蓝，空气很暖，吹着恰到好处的和煦微风，让人不至于热得流汗。树枝上栖息着唱歌的鸟儿、蹦蹦跳跳的松鼠和带着弓箭的黑衣男人……

我很快就认出了他们，那些西班牙刺客，他们曾经在莎士比亚的房间里威胁我，如果我帮女王让埃塞克斯和男爵在一起的话，他们就会杀了我。

唉，在过去的年代真是没有一点点的短暂休息啊。

38

“那些在树上蹲着的是什么人？”我很好奇。

“嗯，肯定不是什么鸟类学家。”我简洁地说，但心里怕得要命，害怕他们随时把弓箭瞄准我。

“什么是鸟类学家？”

“观察鸟类的人。”

“该死的，为什么会有人去观察鸟类？”

“对那些人来说是一种业余爱好……”

“谁会那么蠢，有这样无聊的业余爱好？”

“呃，有一个作家叫乔纳森·弗兰岑[①]，然后……哎，现在说这些都没什么用！”

“或者你指的是：观察那种‘鸟’的人？反正我们这里不把这种人叫作鸟类学家……”

“我们可以集中注意力解决眼下的问题吗？这些人想要杀了我们，他妈的！”

“哦，”我说，“这样的话我还是更希望他们是‘鸟类学家’。”

我粗略地跟莎士比亚解释这些人是西班牙刺客以及他们为什么想要我们的命。但他并不是很吃惊，毕竟他在政治动乱年代生活的经验比我丰富。我问莎士比亚，谁是这群人的首领，他只回答说他不知道，很难从我们的角度去理解这些阴谋诡计。

---

① 乔纳森·弗兰岑（Jonathan Franzen）：美国小说家、随笔作家。

“试图理解政客的人，最终难免堕入疯魔。”

莎士比亚安慰我说，女王近卫军在场的情况下，这些人不敢轻举妄动来杀我们。因此我走回城堡，找到了另外一个出口，就这样从一个远离那棵刺客藏身的树的大门离开。他们不可能看见我们，但他们肯定会监视通往伦敦的路。那么问题来了：我们现在应该去哪里？留下来太危险了。回到伦敦城甚至更危险。这时莎士比亚建议说：

“有一个我们肯定能藏身的地方：埃文河畔的斯特拉特福。我的家乡。”

39

傍晚时我们抵达了埃文河畔的斯特拉特福，一个街道很少但看起来很整洁的小地方。这里的小房子房顶上铺着芦苇，看起来很神奇。如果在这里拥有一座度假小别墅的话，一定很美妙——至少比叙尔特岛上的坎彭好，而且肯定也便宜。

“我们在哪里过夜？”我问，“在你妻子那里吗？”

莎士比亚没有作答，只是指引着我的双脚走向一座小山上的修道院。当五月的太阳渐渐落下，整个如画般的小城笼罩在一种如临画境的光线中时，我们敲响了修道院的门。一个看上去很随和、身着僧衣的大胡子男人，手里拿着一瓶酒，给我们开了门。如果他还是一个小伙子的话，他看起来肯定跟迪士尼电影《罗宾汉》中的塔克兄弟一模一样。

“威尔！”那个僧侣惊喜地喊道，然后拥抱了我，湿吻落在我的脸颊上。

“罗莎，我也许应该早点儿跟你说，洛伦佐曾经在年轻的时候爱过我。”

是啊，这肯定是个很有用的信息，我想。

在洛伦佐在我脸上印上足够多带着酒味的吻后，他把我带到了修道院里面。里面看上去很简陋、昏暗，墙上挂着耶稣受难十字架和火炬，但我几乎没有注意这些，因为这里很显眼地有很多年轻男子跑来跑去，男孩子气十足，看上去很俊美。我的闺密霍尔格，一个十足的无神论者，恐怕也愿意在这里当一个僧侣。他经常这样说：

“如果真的有上帝的话，他为什么会允许有阳痿这件事存在？”

当洛伦佐走向他的僧侣们，让他们给我准备一餐饭时，莎士比亚用一种认可的音调对我解释道：

“洛伦佐弟兄的修道院比起当信徒的避难所来说，更适合当同性恋的庇护所。”

“这让这座修道院更可爱。”我认为。

“这个认知让你变得很可爱。”我真诚地回答。

“你认为我觉得修道院很可爱而觉得我可爱这件事，让你也变得很可爱。”我笑道。

“你觉得我很可爱？”我微微一笑，感觉心里很受用。

“看起来你也觉得我很可爱。”我笑开来。

“说说看，罗莎，你在撩拨我吗？”

这真是一个令人吃惊的问题，更让人吃惊的是，他说得可能有点道理：我们的拌嘴和争辩似乎确实逐渐演变成了调情。我已经很多年没有和任何人调过情，而我现在居然在跟莎士比亚做这件事？实话说我并不想这样，他不应该有这样自大的幻想，毕竟他已经足够自大。因此我说：“不，是你在撩拨我！”

“我在撩拨你？”这真是一个让人惊讶的说法，而更让人吃惊的是，罗莎说得可能有点道理。但说实话我当然不想这样。她不应该有这样自大的幻想，毕竟她已经足够自大。因此我问她：“为什么我要跟你调情？”

“你跟我调情，是因为我跟你平时相处的那些女人都不一样，那些妓女，那些菲比，我不是精神上的阿米巴，那种低等生物。”我回答。和他这样小小地斗嘴，让我感到很有乐趣。

“这很有可能。因为那些女人拥有一个跟你完全相反的身体。”

“这恐怕是她们唯一的优势。”我反驳道。

“但男爵身上还有一些别的优点：学识、财富、高尚……”

这时突然变得没趣起来。我感觉自己跟男爵相比又一次完全处在下风：她很富有，她可以资助他建一座剧院，而且她还有一具属于自己的身体。我恼怒地说：“那个蠢女人可没有你们所有人想得那么完美。”

“你很嫉妒男爵，跟刚才的事实说明的一样。”我从罗莎的爆发中断定。

我沉默了，这太显而易见。

“但是，”我脑子里很混乱，“你对她这样是因为埃塞克斯还是……因为我？”

因为莎士比亚而嫉妒她？这个想法可真是扯远了。这种想法也就他这样自负的人才会有。我根本不喜欢莎士比亚，尽管偶尔跟他打嘴仗让我很开心……但其他所有超过这部分的事情，都感觉特别荒谬……我们俩根本不合适，什么来自不同的世纪，有不一样的人生观，我们甚至没有可以开始一段关系所拥有的最基本的两具身体。拥有的唯一一个共同点是我们的灵魂……还有对写作的热爱……对耍嘴皮子的热爱……实际上有很多……比我生活中遇到的很多其他男人都多……这我必须承认……但这就是爱吗？

我爱的是扬啊。

或者？

在我想出能扯开话题的回答之前，洛伦佐弟兄把我带到了一间他平时住的简陋小室，解释说：“马科斯弟兄准备在他的房间给我挪点位置。今晚我在他那里过夜。”

他向我眨了眨眼睛，于是我据此猜想他平时应该也经常在马科斯弟兄那里过夜。跟他告别之后，我一个人走进房间，吃了一点僧侣们给我准备的东西，他们自己烤制的面包和红酒，沉默地躺在干草床上。莎士比亚疲惫地跟我道晚安，然后睡着了。我也困得要死，但在我闭上眼睛之前，洛伦佐走进了房间。显然他看见了我脸上震惊的表情，然后说："别害怕，我不想勾引你。我们接吻的那些日子已经过去了。"

"我们接吻？"我太震惊了：莎士比亚和洛伦佐居然在一起过？

"你不需要否认这个，威尔。已经过去太久了。那时我们还是小男孩。"

莎士比亚在年少时就已经偷尝禁果……谁能想到？

我观察着这个僧侣：如果他不像之前那样吧嗒吧嗒地吻别人的脸的话，他还是一个可爱的家伙。而且他认识莎士比亚，那么肯定也知道他妻子的故事。如果莎士比亚不想透露他的婚姻出了什么问题的话，也许这个人能告诉我。因此我开始尽量不刻意地问他："呃，我的妻子过得怎样？"

"安妮还能过得怎样？"僧侣那张欣喜的脸突然变得愤怒，"她还跟原来一样长眠于地下。"

40

我的喉咙突然干涩难受：莎士比亚的妻子去世了？

洛伦佐下意识地合拢双手，仿佛他想为她祈祷一般。“她是那样一个可亲可爱的人。她在世的时候，我甚至忘了自己是一个同性恋。”

我不由自主地想到莎士比亚房间里挂的那张画像，上面的莎士比亚夫人笑得真的很可爱。她身上……她叫什么名字来着？安妮？……发生了什么？她是怎么过世的？我想要，也必须知道更多。因此我请求道：“洛伦佐，这一刻请把我当作一个陌生人，跟我讲讲安妮和我之间发生了什么。”

“为什么我要做这种蠢事？”洛伦佐忧虑地看着我。

“因为我真诚地请求你。”

这个僧侣很茫然。

于是我又恳求道：“看着我，你就会知道我没什么恶意。”

洛伦佐审视了我一遍，从我的眼睛里看出我这个请求背后没有什么恶意。

“你想知道，一个局外人怎么描绘你们的爱情悲剧，甚至像你的职业那样，像作家那样去描述这个故事？”

“是的……求你……”我声音沙哑地说。

“那么我就来跟你讲讲这个斯特拉特福甚至全英国有史以来最伟大的爱情故事。”

他说这些话的语调简直让我浑身战栗。

“斯特拉特福原来有两户人家，一家是鞋匠莎士比亚，一家是农庄主哈瑟维，两家都是名门望族，因为世仇而相互敌对……”

“世仇？是什么世仇？”我打断他。

“世仇就是一种人们根本不知道具体是什么的东西。”他讽刺地说。

听起来有点像《阿斯特里克斯在科西嘉》[1]，或者像巴尔干半岛上的情况。

洛伦佐继续着他的故事：“在这种敌对状况中，两个年轻人之间萌生了爱情的幼芽。我悄悄地为这两位恋人举行了婚礼，违逆了他们家族的意愿，在这里，在这间修道院中。我曾经抱着这样的愿望，希望以此了结两个对立家族之间的恩怨。而且我可以自豪地说，我成功了。但这份和平却被安妮的堂兄蒂伯尔特所破坏。一个安妮从小当作兄长来崇敬的男人。出于某种错误的傲慢，蒂伯尔特一直言语上对威廉不利，认定他对安妮不忠。”

这听起来又像《豪门恩怨》[2]了。

“莎士比亚这时只是巧舌如簧地嘲笑这位堂兄，称他为‘一个通过骑高头大马来掩饰自己生殖器短小的男人’。蒂伯尔特越来越充满仇恨，不断用新的谎言让敏感而单纯的安妮不安。最后他想向他的表妹证明莎士比亚是个多么花心的浑蛋。这时的莎士比亚不可能做出什么出格行为——因为他深爱着他的安妮——于是蒂伯尔特收买了四个高级妓女去勾引他。”

“然后莎士比亚被勾引了……”我轻声说。莎士比亚的经历应该跟我和体育老师阿克塞的经历一模一样。我们俩愚蠢的灵魂真是在

① 《阿斯特里克斯在科西嘉》：法国系列漫画《阿斯特里克斯历险记》中的一部，由编剧勒内·戈西尼和漫画家阿尔伯特·乌德佐共同创作。

② 《豪门恩怨》：一部美国黄金时段电视肥皂剧。

每个世纪都会做相同的蠢事啊……

“没有！”洛伦佐抗议道，“他很坚定。哪怕是那个无赖蒂伯尔特都能看出这一点。”

我完全震惊了。莎士比亚这个花花公子居然比我还忠诚？

“你曾经说过，”洛伦佐解释道，“没有爱情的性交对你来说就像把睾丸伸到荨麻丛里。”

对莎士比亚来说无爱的性交是没有意义的，他居然是这样一个男人。这让人对他好感倍增。这个可怜的家伙恐怕现在只剩下无爱的荨麻丛性交了吧。

“那些妓女使尽浑身解数去勾引他，而且她们确实有很多招数。但莎士比亚不为所动，但我这里指的不是他的生殖器。”

我不由自主地低头看自己的紧身裤，然后慌忙移开视线。

“那些高级妓女自此之后心灰意冷，都进了修道院。但我不得不提到，那家修道院从那天以后就经常被很多贵族男士光顾，而且这些男士还为修道院捐助了很多钱。”

如果本笃十六世教皇处在这个时代的话，肯定会得疱疹。

“蒂伯尔特因为他的奸计没有得逞而非常生气，但不想放弃。他偷偷地在莎士比亚的衬衫上喷香水，向安妮报告这宗‘显而易见’的丑闻，趁妓女们还没进修道院之前让她们做证——当然他给了她们不少钱——而可怜、单纯而脆弱的安妮哭着跑出了家门，到了我们镇上的教堂，想在那里为她备受折磨的灵魂寻求庇护。莎士比亚追随着她，陪她坐在教堂长凳上。他苦苦哀求她相信他，但不管他说什么，她都无法相信。家族之间数十年来的恩怨还是胜过了对莎士比亚的信任。她爬上高高的钟楼，翻过栏杆，想要结束自己的生命。”

这个世纪的人确实都是戏剧迷。不过，这个女人之所以自杀，是因为她以为自己失去了一生的挚爱。当我失去扬的时候，我只是暴食巧克力，暴饮利口酒，所以扬根本不是我的真命天子？因此我才会想为了体育老师而背叛他？无论如何莎士比亚从没想过背叛他的安妮……

“莎士比亚爬上塔楼奔向他的安妮。他哭着请求她从护栏上下来，不然他自己也要跳下去，但她根本听不见他的话，因为这时正好整点的钟敲响了。莎士比亚意识到自己没办法用话语将她从忧伤中拉出来，于是从她身后慢慢接近她。他想要迅速地拉到她的手，在最后一刻阻止她跳下去，但在最后一次钟声敲响后，她跳了下去……坠入深渊……”

我的呼吸凝滞了。

“莎士比亚跑向她，看到她的脖子如何摔断，可爱的脸庞如何破碎。他将再也看不到她温柔动人的微笑。他茫然失措地走到埃文河旁，想要追随安妮而去，但这时正好一个戏班路过——我坚信这是上帝的安排。一个叫肯佩的滑稽戏演员阻止了莎士比亚的轻生行为。”

我这样理解，肯佩不得不一直拯救莎士比亚的性命，因为他心里依然深种着寻死的念头，这让他一直处在一种有生命危险的处境中。

“谁在照顾他们的孩子？”我想知道。

“蒂伯尔特的妻子把他们带到自己的农场抚养。”

“他们和那个可恶的家伙住在一起？”

“他的妻子很善良。而且他自己也因为巨大的罪恶感而精神失常。他日日夜夜都跟院子里的猪待在一起。”

“为了饲养它们？”

“为了跟它们交配。”

“可怜的猪。”我顺嘴说道。

“可怜的猪们。”洛伦佐这样认为。

“确实是。”

但最可怜的猪是这个被我占据身体的男人。经历过这样的事情之后他应该再也不会向别人敞开心扉。现在我又学到了一点关于“真爱”的东西：真爱可能会错失，甚至是永远。

“现在，我已经像个傻瓜一样跟你讲了一遍这个你早已熟知的悲剧，”洛伦佐弟兄说，“你也要帮我一个忙。”

“我会尽力而为。是什么样的忙？”

“告诉我这个悲剧里我不知道的部分。”

“什么？”

“别装得这么无知！你最虚弱的时候曾经跟我说，你在钟楼上犯了错，但没有告诉我究竟是什么。从那之后我每天都在思考这个问题，究竟是什么样的错。你从没有背叛过安妮，而且你也想要救她……因此我现在想听你说：你究竟犯了什么错？”

我也很想知道。

41

当我醒来时，罗莎还在打盹儿。我离开了修道院，漫步到哈瑟维的大农场边。我不安地等在庄园门前的路上：安妮死后我从未去看过她，这一次我要去她的坟上看看吗？需要带点鲜花吗？我好像没有这么多力气。也许我可以试试等罗莎醒来的时候再去，这样我就不是一个人。另一方面，这样就是罗莎去给安妮扫墓，而不是我。此时此刻我多么希望罗莎不是一个幽灵，而是一个实实在在的人，希望她能陪我去扫墓。

当我沉浸在这样的思绪中时，一头猪尖叫着从我身边跑过去。它在惊慌地逃亡。

下一秒我就看见精神恍惚的蒂伯尔特追在猪的身后，兴奋地喊着："等等，我的爱人！"

曾经有很多时刻，我恨不得给蒂伯尔特裤子里放上一条毒蛇，而且要赶在他哭嚷着多么难受之前狠狠扼死他。但此刻我开始羡慕这个疯了的浑蛋：他不用像我一样终日被恐怖的罪恶感折磨，甚至还能和猪在一起幸福地生活，尽管猪们看起来并不觉得幸福。

这时房门开了，一个柔弱的金发小男孩走了出来——哈姆内特，我的儿子，他背着自己的书包。哈姆内特向我这个方向走来，我很庆幸此刻罗莎还在睡觉，我得以亲自拥抱他。小孩看到我，兴奋地喊："爸爸！"他把书包扔到一边，从石子路上跑向我。

我的内心充满了喜悦：我终于可以再次抱到我亲爱的小儿子，我要久久不放手。哈姆内特离我只剩几步远。我张开了双臂，幸福地期待着，他也张开了双臂，同样陷入幸福的期待中，然……

“啊……我睡了多久？”

……罗莎又控制了我的身体。罗莎大概真的不会分辨时机。因此我有点发怒。

“你为什么情绪这么激动？”我打了个哈欠。话音未落，我感觉什么东西跑到我的腿前。

“因为这个。”

我低头看到一个金发小男孩，跟莎士比亚小相盒中的一模一样，只是这次有颜色而且会动。他满脸失望地看着我。

“抱抱他……”

我没反应过来。小男孩悲伤地看着我说：“你很久没有来看我了，爸爸！”

“快抱抱他……”我苦苦哀求。

我当然愿意帮莎士比亚这个忙。于是我迅速地拥抱了小男孩，他一边低声说：“我特别想你。”一边紧紧贴在我身上。我很清楚我应该说什么：“我也很想你……我也很想你……”

这时他贴得更紧了。

“谢谢，罗莎……”

莎士比亚说这话时，他的声音都在颤抖。我从他的声音里听到哽咽了吗？很有可能，此刻莎士比亚感受到的是真爱：对他孩子的爱。

扬和我曾经考虑过孩子的问题，但实际行动却一直推延到不确定的未来。在三十岁出头的时候，我们都认为自己还太年轻。如今他将要和奥利维亚有自己的孩子，而我的身体却在不断向我敲响警钟。我很快意识到一件事情：如果我没有挥霍自己宝贵的时间的话，可能我早就已经当妈妈了。

“求你……求你……不要再离开我……”小哈姆内特低声恳求，泪珠从他双颊上滚落。

我现在应该怎么回答？

如果我此刻能控制自己身体的话，我又应该怎么回答？回答我只能在伦敦挣钱，但又不想让他和他的兄弟姐妹们在大城市中的罪恶之地长大……小孩子不可能理解这些话……

“我……我深爱着你，不管我在哪里。”我只能这样对眼前的小不点儿说，因为不知道怎么直接回答他的问题。这算不上说谎，因为我的灵魂深爱着这个小男孩，而且我也确实对这个脸色苍白的小男孩有点恻隐之心。

“是个不错的答案。”

莎士比亚现在肯定在流泪。相反，哈姆内特却平静下来：他从眼中抹去泪水，小大人儿样十足地拿起了他的书包。他非常清楚我那句“我爱你”的含义，就像孩子们其实一直都能准确感知大人的意思一样。哈姆内特知道，这句话代表着“我爱你，但我不能留下来”。这个小不点儿走了几步，然后又一次回头，满眼泪花地对我说：“我也爱你，爸爸。”

这时我自己都恨不得大哭起来。

42

我对莎士比亚感到十分抱歉，因为我的缘故他没能抱到他的儿子。过去一段时间里，我一直抱怨着情况对我来说有多糟糕，但对他来说，一切应该更可怕。因此我对他说："对不起，我占据了你的身体。"

"这不是你的错，不是吗？是一个魔法师把你送到我这里来的。"

"但，这……我们暂且把这叫作'魔法流放'……只有等到我懂得什么是'真爱'之后才会结束。"

"这是怎样一位无聊的魔法师，才会提出这样的条件啊？"

"我没有考虑过这个问题。"

"那么，你有没有懂得什么是'真爱'？"

"我明白了一些：它可以穿越几个世纪，人们可以爱自己的国家、孩子，或者人们可以爱上写血腥的故事，像你写《哈姆雷特》那样……"

"《哈姆雷特》是一出喜剧，不是什么'血腥的故事'。"我纠正道。

"暂时还不是。但是当你想到'生存或是毁灭'可能是一句关于自杀的话时……"

"自杀？……这可太绝妙了！"

"是你想出来的。"

"不，我没有啊。"有一瞬间我很蒙。

"只是还没有而已。"

"但这句话让我脑洞大开。"我兴奋地说，"我把《哈姆雷特》改成悲剧，然后他在和他母亲扭打着玩的那一幕里，真的和她上床了……”

“先锋派的话剧导演们肯定特别喜欢……”我调笑道。

“而且观众也喜欢。人们永远喜欢看乱伦。”

是的,《图片报》[①]的记者们也知道这一点。

“然后哈姆雷特亲爱的奥菲利亚就会精神失常……但哈姆雷特只是装疯……然后宫廷小丑约里克死了，只剩下一个骷髅，哈姆雷特对着他说话……这从戏剧学上来看非常不错，因为演员既能进行一段独白，又能有说话的对象……但看起来跟其他独白差不多，就像是他在自说自话……”

这大概就是创造力迸发的过程。角色和情景的创作，让莎士比亚从悲痛中转移了注意力。编写故事情节对他来说比毒品、酒精或者我那个由利口酒和巧克力组成的疗伤食谱都有效。

“……没有比在舞台上自言自语更奇怪的了……”

“围观你的创作过程真是太有趣了。”我打断了他的思绪，“但我之前想说的是：你能不能帮我理解什么是‘真爱’？”

对我来说这不能称之为问题。我的生命中只有一个真爱。于是我悲伤地回答罗莎：“安妮……一直都只是安妮……”

“那么‘真爱’就是悲剧性的？”我问。

尽管我没有得到答案，但这在莎士比亚身上就是事实。

如果真是这样，那么我马上就要在普罗斯佩罗的睡榻上醒来。

我等待了一会儿……

……但我没有离开莎士比亚的身体，也没有在马戏车中醒来。

“肯定还有别的答案……”我这样认为。

①《图片报》：德国著名的大众媒体报纸。

“爱情总是以悲剧收尾，罗莎。问题只是以何种形式。”

莎士比亚语气肯定地说，而我试着去反驳他。“如果这就是答案的话，那我现在已经离开了。”

“你如果想离开我的身体的话，可以不用找到真爱的答案。”

“可以吗？”

“是的，还有另外一个选择……”

“什么？”

“去见炼金术士。”

43

傍晚时我们踏上了返回伦敦的路。因为我们推断，西班牙刺客肯定会在城墙的大门处蹲守，于是我们（因为没有更好的选择）躲在一个农民为王宫花园拉粪肥的车里。当我从车中爬出来走向炼金术士住的石屋时，全身臭得可怕。敲门时我的心里对是否真的能在这所阴森森的宅子里获得帮助没有半分把握，但莎士比亚很确信。走进去试试又能有什么害处呢？一个矮小的亚洲人开了门，他看起来就像《丁丁历险记——蓝莲花》中的配角。闻到我身上的味道之后，这个男人皱起鼻子。“您闻上去就像脑鼠。”[①]

“脑鼠？”

“是的，脑鼠。”他强调。

“啊……您是说拿铁……玛奇朵？”

“玛奇朵？我不认识玛奇朵！我是说您像一只脑鼠一样发臭！”

他是在影射什么吗？

“我讨厌脑鼠！”他评论道。

显然这人性生活不太顺利。

“如果我看到脑鼠的话，我就会打它们。”他语气激烈。

我觉得这就有点极端了。

“直到它们倒下。”

① 原文此处想表达亚洲人带口音，由此造成了误解，原文中亚洲人将“老鼠”发成了“拿铁”的音。

好吧，每个人都有自己的观点。

“然后我就拿一个火把，把它们烧了。”

“这就有点太过了。”我还是没忍住，脱口而出。

“那您看到脑鼠的时候会怎么做？”亚洲人问。

这取决于这杯拿铁属于谁。

我觉得这个问题有些轻率。一般这种问题我只会跟我最好的朋友霍尔格谈论，于是我回答说：“这跟您无关。”

那个中国人愤怒地看着我说：“您请进乃吧。”

“进乃？”

“进乃。为什么没棱听得懂我说话？”那个中国人愤怒地原地跳了起来。

这时我终于明白过来，笑着对他说：“没必要僧气。”

小亚洲人盯着我，仿佛想把我做成炒杂碎[①]一般。于是我赶紧微笑着说：“对不起。”

他目光阴沉，把我带到一间摆满亚洲物件的穹顶房屋中。一个眉毛浓密的老人从一张摆满星相图的大书桌旁站起来，示意那位老鼠厌恶者回避，然后愉快地走向我。

“你好，罗莎！”他问候我。

这个炼金术士居然真的叫我罗莎，他相信了莎士比亚的话，知道我藏在这具身体里。但为什么这位炼金术士这么轻易地就消化了这样一件虽然真实但却疯狂的事情？为什么他毫不怀疑？

“你来自伍珀塔尔？”迪两眼放光地问道。

“是的……我是。”我有点惊讶地回答，莎士比亚肯定跟他讲过

① 炒杂碎：一种著名的欧式中国菜。

我在那里出生。他也发觉了我出生在未来？莎士比亚都不知道这个。

“那个城市看上去怎样？”

“你不会想知道。”

“那里肯定特别奇妙。”迪喜形于色。

“也许奇妙不是那个正确的词语……”

“充满想象力？”

“嗯……如果‘充满想象力’指的是‘远低于平均水平’的话……”

“你必须跟我描述伍珀塔尔的一切！”迪很有可能是整个人类历史上唯一一个说出这句话的人。

“我本来不想跟你说这些。”我小心翼翼地回答。

“你不想？”他非常震惊。

“我认为……这太危险了……”我试图解释。

炼金术士思考了一会儿，然后点了点头，说“也许你说得有道理。这太冒险了。不管是对我（我可能利用这个知识统治全世界）还是对伍珀塔尔。”

现在很清楚：他知道我来自未来世界。但他是从哪里知道的呢？

“伍珀塔尔反正不可能变得更糟糕，”我说，“但我很高兴您能理解这一点。”

“你很聪明，罗莎。”炼金术士这样认为。因此他也成为人类历史上第一个对我说这句话的人。

但……如果我真的很“聪明”的话，那我显然不再那么深陷俗套。这让我有一点自豪。

“我现在要把你和莎士比亚大师分开。”炼金术士宣布说。

“呃，能仔细说说您要怎样把我从莎士比亚的身体里分离吗？”我这样问，是因为我不太确信他有这个能力。

“我曾经和佛教僧人们一起生活多年，”他回答说，“因此我得知，这项古老而高超的穿越技术可能会出现问题。”

哦！我的天哪，他居然认识那些教导过普罗斯佩罗的僧人！他知道穿越的事！而且还知道在穿越时可能会出现困难，就像我如今穿越到莎士比亚身上一样。可能那些僧人还记录过那些知道未来的人，甚至画过我们那个时代的地图，伍珀塔尔也曾出现在上面。我顿时心潮澎湃：这个炼金术士也许真的能够帮助我！佛教僧人曾经告诉过他，来自未来的灵魂能穿越回过去。

“我现在去取钟摆，把你从这具身体中解放出来。”

他离开了房间，走到旁边的小隔间中去取钟摆。我特别激动地对莎士比亚说：“我想这个人真的能救我们。”

但莎士比亚没有回答我。

我一直保持沉默，是因为我备受良心折磨：我在让罗莎承受生命危险，因为上次和炼金术士会面时他告诉过我，整个过程中罗莎的灵魂完全有可能灰飞烟灭。我只能为自己这样辩解：如果她的灵魂一直占据着我的躯体，我根本没办法在我的孩子们面前尽到父亲的责任。尽管我此刻还不是一个好父亲，就像亨利八世[①]不是一个好丈夫一样，但我下定决心，在接下来的日子里好好对待我的孩子们，这样也能为罗莎灵魂的毁灭作更好的辩护。

我敏感地觉察到，莎士比亚不是在打瞌睡而是单纯地没说话。我想要鼓舞他，不管用怎样的方式，让他从安妮之死的悲伤中走出来。

---

① 亨利八世：都铎王朝的第二任君主，英格兰和爱尔兰的国王。

在这场通往过去世界的旅行中，我学会了看事情的新角度，如果现在真的要离开莎士比亚的话，我想在这离别之际与他分享我的收获。比如，浪费人生在世短暂的岁月真的不是一个好主意。于是我对他说："自从我来到这里遇见你，我学到了很多人生经验。"

"具体是指哪个方面？"我有点好奇。

"人生苦短，把生命浪费在悲伤中实在太奢侈。"

"听起来很明智，"我不得不承认，"有点陈腐，但很明智。"

"不要把你的时间浪费在悲悯过去上。"我要求他。

罗莎说的难道不是真理吗？也许我真的应该试试忘掉安妮，为我生命中的另外一个女人腾出空间。为一个像罗莎这样的，或者像男爵那样的？究竟该何去何从呢？

"享受你的人生，用好你的时间。"我并没有提到他在我生活的年代早已经去世多年。

"在来到我的身体之前，你做到过你说的这些吗？"

"这……呃……"我哑口无言。

"我早就猜到了。"

"那又是另一回事……"我想要为自己辩白，"我还怀抱着希望，认为我能夺回我的挚爱，认为我们俩的灵魂是经过几个世纪但依然命中注定要在一起的。"

"你的挚爱不会碰巧就是埃塞克斯吧？"

"是的……不是……我希望是……"

"听起来很没底气。"

要跟莎士比亚解释这一切太复杂了。不仅是因为担心他知道我来自未来之后可能引起的纠葛，而且我也害怕他告诫我扬并不是那个我命中注定的人。

“曾经有人跟我说，倾诉和发泄心中的感受对人来说很有好处……”我讥讽道。

我感觉自己被踩住了痛脚，我无法忍受这种感觉，于是我冲动地说：“如果你愿意跟我分享你的感受的话，我也乐意与你分享。为什么你有深深的负罪感？”

“什么？”我震惊地问。

“洛伦佐弟兄跟我说了，你认为你要为安妮的死负责。但没人知道你犯了什么样的过错。”

“洛伦佐应该滚去跟他的上帝交谈！”我破口大骂，因为感受到了修士的背叛，“我希望在他过世之后，生活在一个只剩女人的地狱里。”

“你可以信任我，威廉。”

“我保证不会在你面前发泄自己的情绪。”

“我没有恶意……”

“我们应该安静地等着迪！”我赶紧打断了她的话。

这是一个明确的宣告：如果炼金术士真的马上能成功把我们俩分离，那么我和莎士比亚再也没有机会走那么近，再也没有机会彼此信任。

这让我感到悲伤。非常悲伤。

这时迪拿着一个钟摆重新回到房间。那是一个小小的金色钟摆，跟普罗斯佩罗拿的那个一模一样。我的悲伤变成了兴奋的期待：这个人真的要把我送回家了！他请我躺在躺椅上。然后我从迪的口中听到了我穿越之后听到过的最美的一句话：“请盯着这个钟摆！”

“乐意之至！”我整个人都因喜悦而闪闪发光。

“你的眼皮会变得很沉重。”炼金术士继续说。

“对此我已期待许久！”

“而且会越来越重……”

“世上没有比这更好的事情……”

现在罗莎可能就要灰飞烟灭。我对她的愤怒逐渐被内疚所替代：她是一个好人……或者好幽灵……都差不多……而且她对我从来没有恶意。我们俩之间的距离那么近，自从安妮去世后没人曾经离我这么近。当然，这跟她本身就在我的身体里有关，但尽管这样……我突然大吼：“不要那样看着那个钟摆。罗莎！”

“那我要怎样看！”我对莎士比亚说。然后迪指示我：“现在闭上眼睛。”

“不要那样做！”我恳求道。

当然，我闭上了眼睛……

“罗莎！”

我感觉自己在慢慢飘动。

“罗莎啊啊啊……”

这是我在过去世界听到的最后一句话。

44

“呐，有位女士的睫毛终于又开始颤动。”这是我在现实世界听到的第一句话。我闻到的第一股味道是马戏车里的木头气味。这是真的吗？我真的已经回到现实世界了吗？无论如何我不再臭得像只老鼠。而且我听到的声音不是炼金术士约翰·迪的，而是魔术师的！我睁开眼睛，然后看见……穿着内衣的普罗斯佩罗。我只想赶紧合上眼睛。

“请原谅，我正准备上床睡觉。我马上穿衣服。”催眠师一边解释，一边迅速套上一件紫色浴袍。我却赶紧跳起来，冲到车里的一面全身镜前，然后看见……我！真的是我！完好无损的我：脸，胸，肚子……我亲爱的小肚子！

“你终于明白了什么是‘真爱’？”普罗斯佩罗问。我重新看到小肚子的喜悦之情，被他误解为一切进行得很顺利。我终于从催眠中醒来了。但他的问题让我很不安：我没有找到“真爱”的答案，而是在迪的帮助下作了弊。尽管我从开始就没有想要靠自己找到“真爱”的意义，从而回到现实生活，但我依然因为没有成功而失望。

“您怎么看起来有点不高兴。”普罗斯佩罗惊讶地发现。

“您把我送入了一段非自愿的、危险重重的旅行。而且是在一个男人的身体里。我应该感激地向您献上热吻吗？”

“我理解您的不满。”普罗斯佩罗同情地说，“我有一次穿越回去成了卡里古拉[①]的情妇……我跟您讲他是怎样对待我的，他曾经用

① 卡里古拉：罗马帝国的第三任皇帝，卡里古拉是他的外号，他被认为是罗马帝国早期的典型暴君。

蜂蜜和一根胡萝卜……”

“……我不想知道。”

“但您现在理解‘真爱’的意义之后，感觉应该好多了吧？您也终于了解到自己灵魂的潜力……”普罗斯佩罗不安地问。他其余的催眠对象显然比我更感激他。

我完全没有兴趣跟他说话或者跟他争吵，径直离开了他的马戏车，留下一脸惊愕的他。

我漫步在夜晚的城市，身边经过喧闹的汽车、路灯和戴耳机的年轻人。令我惊讶的是，对我来说，这个可以被称为家乡的城市居然比中世纪的伦敦更模糊。有一点像刚从电影院走出来的人问自己：嘿，为什么我们的世界不能像银幕上那样更多姿多彩，更生动活泼，更激动人心？

到家之后，第一件事是上厕所。坐着。这个行为从未让我如此快乐。

然后我美美地洗了一个澡，当水花噼里啪啦冲到我身上，我在想：回到过去的这趟旅程也不是毫无结果，我学到了一些东西。我必须珍惜自己的生活，还有我喜欢写作。我已经浪费了太多的时间在错误的职业选择上。明天我就要辞职，跟小学生、学生家长和教育改革说拜拜。说到这儿我想补充一句：想要找到教育改革的意义的人无异于自寻死路。

刚做完这个决定，在擦干身体的时候，我想到了很多可以写下来的故事，感觉很多年来的封锁顿时全被打破。故事的灵感全部来源于我的想象：有童话，灰姑娘、白雪公主和莴苣公主发现她们嫁给了同一个王子；有职业女性的故事，她发现自己变成了一只蚂蚁；有开膛手杰克的故事，而且是改编的音乐剧版本（我可没说只有好故事）。我拿着一个草稿本和一支圆珠笔坐在厨房桌边，写了一整夜，早上用很多杯咖啡让自己清醒过来，踏上了去学校找校长辞职的路。这个老女人曾经非常蔑视我，因为在很多她看重的方面我毫无天赋：准时、守序、心算——最后一项尤为悲剧，因为我刚好教这一科。

当我踏进她的办公室时，这位女士正埋首在文件中。实际上她一直埋首在文件中。跟这位女士相比，我在这趟旅程中认识的伊丽莎白女王在工作上都显得尤为散漫。我一直猜测她上一次笑大概是在 1972 年。

我告诉她，我想辞职，因为我想写作，我的身体里住着一个作家的灵魂。而且在我激情洋溢的讲话中，我不小心透露了那是莎士比亚的灵魂。

当我的演讲结束时，这个严肃的老女人突然扑哧一声大笑起来。其间还穿插着这样的句子："这可真是太滑稽了""我简直笑得停不下来""1972 年之后我就没有这样笑过"，还有"哦该死的，我笑得把裤子都尿湿了"。

这让我决定再也不把这件关于莎士比亚的事告诉别人，霍尔格也不行。我不想再被这样嘲笑。我离开了教学楼，深深呼吸。一种难以言喻的幸福感贯穿了我的全身。我终于找到了勇气去追寻自己灵魂中艺术家的使命——写作。这让我充满了干劲。我那么陶醉地走在街上，那种感觉就像被亚伯拉罕·林肯解放后离开田地的奴隶一样。

当我正沉醉在幸福感中时，我的手机响了，电话那头是霍尔格，在他说话之前，我想起在我这次旅行中发现自己曾经多么忽视他。于是我连忙开始唠叨。我告诉他，他是我最好的朋友，我之前没有好好珍惜这份友情，如果他以后晚上再来找我，告诉我他的"人生至爱”为了一个俄罗斯铁饼运动员而背叛他，我再也不会拒绝他。

当我的演讲结束时，霍尔格感动得哭了，他在电话那端抽噎着说类似这样的话：“真好”“我也爱你，罗莎”“那不是俄罗斯铁饼运动员”“事实上他来自阿尔巴尼亚”“但他的某个部位真的很壮观”“这么壮观的我从来没见过”“他赋予了‘壮观’这个词一个新的定义”……

我静静地聆听着一切，再一次安慰了他，给了他一些建议，这种感觉很不错。对朋友的爱，以及对写作的爱，让我的内心充满了喜悦。我终于做出了改变。再见，俗套剧情！

霍尔格用一块手绢擤了擤鼻涕，然后问我：“我们今天下午几点出发？”

“出发？”

“去参加扬的婚礼。”

又来了，俗套的生活。

45

自从这趟旅程回来之后，我一直在压抑的东西突然一下子又回来了：扬和奥利维亚今天要结婚，我还一直都不确定，是否他们俩的灵魂穿越几个世纪依然命中注定，或者我和扬是否被永恒的爱联系在一起。虽然昨天（对我来说因为经历了穿越旅程所以显得尤其长）扬在牙科诊所清清楚楚地告诉过我，他和奥利维亚才是天生一对，还跟我胡扯了一堆"成熟的爱情"。然而成熟来成熟去——埃塞克斯，或者说扬的灵魂，在过去的世界里却想吻我，尽管我处在一个男性躯体中！所以还有那么一丝丝的希望，我和他的灵魂才是上天注定的一对。

我请霍尔格顺路来接我。关上手机，开车回家，美美地给自己沏了一壶茶，把自己打扮得漂漂亮亮去参加婚礼。这时我倒希望听听莎士比亚的意见，尽管在拜访炼金术士时我很怕听到这个。他会怎么建议我：我应该和扬在一起吗，或者奥利维亚才是他的命中注定的妻子？我特别想跟一个经历过这些还能做出理智判断的人聊聊。当我如此迫切希望和他闲扯的时候，我才意识到我有多想他。

当我还在过去世界逗留时，尽管这位诗人认为我是幽灵，但我们之间距离很近。好吧，这主要是因为我们俩处在同一个身体中，但和他在一起，我人生中第一次没有感到孤单。哪怕是和扬在一起的那些日子，我也经常感觉很孤独，因为我总感觉自己达不到他的水平。

我的目光落在我昨夜疯狂写下的故事上。莎士比亚会怎么看呢？

也许我们俩能一起续写这些故事，或者我们的夏日十四行诗？一瞬间，我的脑海中涌现出一个想法：如果我们能更清楚地知道我们要把这首诗献给谁，那个让我们认为比夏日还动人的人，也许在最后几行还能有更大的张力。到现在为止还没有明确的对象。谁有这样动人？扬？

这时我真的特别希望莎士比亚在我身边，可以和他聊所有的事情：聊写作，聊爱情。

但有句话说得好："要当心那些你思念的人。"

当我努力把自己挤进黑色礼服裙，在门厅中穿上我唯一一双高跟鞋时，我的眼前突然一黑，失去了意识。

46

我醒来后的第一个感觉是脚下非常不稳。我低头看时发现自己穿着一双带着细高鞋跟的鞋，而我的身体裹在一条裙子里。太令人惊愕了。谁把我打扮得如此可笑？是那个炼金术士吗？但是，为什么他要这样做？我还在他的房子里吗？

我看向四周：我已经不在迪的房间里，而是在一个带有异域风情的房子中。墙上挂着一张奇怪的画，一个赤裸的男人在泛着波光的蓝色海浪中翻滚，从文字上推断，这个男人应该叫“大卫杜夫[①]”。谁会在墙上挂这种不正经的画？

我本想继续观察周围，但刚迈出第一步就崴了脚，整个身体都摔倒在木地板上。我大声地咒骂：“该死的，谁发明了这种讨厌的鞋？”

喊完这一句之后，我惊讶地发现我的声音不像我自己的。它听起来很高，甚至有点……女性化？

我疑惑地坐起来，想要脱掉这双魔鬼的鞋子，看起来好像是伦敦塔中的狱吏制造的一样。难道我现在身处在人类历史上最臭名昭著的监狱中吗？沃尔辛厄姆已经把我抓了？或者这只是个恐怖的噩梦？

我脱掉鞋子，发现我的腿被一条黑色紧身裤包裹着，这条裤子远不及我之前所穿的保暖。最主要的是我注意到这不是我的脚。我的脚没有这么瘦小，尤其是我的脚指甲没有涂成红色，除了有一次

① 大卫杜夫：瑞士奢侈品牌。

和同性恋朋友们宿醉之后。

我心里升起一种巨大的恐慌。我用手抚着剧烈跳动的心脏，发现我胸前居然有一块奇怪的隆起。准确地说是两块隆起。

我在心里默默概括了眼下面临的事实：我穿着一条裙子，我的脚指甲涂红了，而且我胸前有两块隆起。我把这几点归结起来得到一个结论："圣母玛利亚！"

我用尽全身力气让自己冷静下来，可能我的概括是错误的。我仔细地抚摸了自己的胸部，因为我本人在女性解剖学方面完全是个学术权威，我毫不犹疑地得出了这样的结论：我确实有一对女性的胸部。它有一点下垂，但在这一刻根本不重要。重要的只是这样的结论："我的天老爷啊，我居然有胸部！"

我苏醒之后说出的第一句话是："莎士比亚，你能不能别摸我？"

说完我才意识到，我没办法控制自己的身体。好像又出了点什么问题，这一次出在炼金术士身上。那些该死的佛教僧人真应该尽快完善他们的钟摆穿越计划。

"是……是你吗，罗莎？"

"不，我是弗兰克－瓦尔特·施泰因迈尔[①]。"我幽默地说。

"弗兰克－瓦尔特·施泰因迈尔？"

"我当然是罗莎！"我回答说。当我刚占据他的身体时，也这样难以搞清楚状况吗？

"我……我在你的身体里？"

① 弗兰克－瓦尔特·施泰因迈尔：一位德国政坛人士及政府阁员，是德国社会民主党内的重要人物。

“是啊。”我确认道。只能在自己的身体里以声音的形式出现，什么也抓不住、什么也感觉不到的状况太恐怖了。我感觉特别无助，而且这种难受的感觉让我甚至不敢想过去莎士比亚也曾经有过这样的感觉。

“你有镜子吗？”

威廉看起来还很新奇，他显然还没意识到事情的严重性，当然，这也不是一件一下子就能反应过来的事情。莎士比亚站起身来，把我的高跟鞋脱在一边，而我指引着他走到走廊尽头的宜家穿衣镜前。我们俩在镜子中打量着我的身体，它经过了化妆和衣服的修饰后显得挺完美。因为我没有对身体的控制权，我只能从他观察我的角度观察自己的身体:从上到下。就像是从别人手中的相机里看自己一样。

看到罗莎的那一刻，我的惊恐消失了。一方面她长得和我想象中的差不多：她看起来很聪慧，从她的眼中可以判断出她有一种莽撞的、大胆的幽默。但另一方面我又很吃惊：她的脸庞看起来那么脆弱,甚至有点害羞。根本不像我印象中的罗莎那样是一个强势的女人。我观察着这具身体，被一种奇妙的感觉所淹没。“罗莎？”

“嗯？”我此刻非常想知道他在观察我之后会说些什么。

“你的胸部有点下垂。”

“呐，谢谢你！”我回答，“我简直不明白我为什么会想你！”

“你想过我？”我有些惊喜又有些得意地问。

“是……我是有过……”我承认道，语气中的愤怒渐渐消失。

“我完全可以理解。”

“你可真谦虚。”我讽刺道。

“我确实没别的意思，”我回答，“因为我也特别开心能重新回到你身边。”也许是因为知道罗莎的灵魂没有被毁灭而松了一口气。如果怀着对罗莎之死的负罪感，我完全没办法继续生活下去。和对安妮之死的负罪感相加，我可能最终会因为良知上的沉重负担而崩溃。

我感觉很满意。如果身体还属于我的话，我的脸一定会变红的。“我现在真想拥抱你。”

“可惜现在行不通。但我愿意用另外一种方式。”

“什么？”我好奇地问。

“我想把衣服脱掉，更近、更仔细地观察你的身体……”

“什么？！”

“还要抚摸它。”

“抚摸？！”

“我一直都很想知道，女性的高潮是怎样一种感觉……”

“如果你想试试的话，你就死定了！”

“但这样会对我描写作品中的女性角色有很大帮助……”

“你死定了。”

“我不知道你要怎样杀死我，因为你此刻连身体都没有……”

“这就是我们的问题所在！我连自己的身体都没有。而你也没有自己的身体！”直到我说完这句话，莎士比亚才意识到事情的严重性。他低头看看自己，然后呆掉了：

“我真的在一具女人的身体中……”

“确切地说，是我的。”

“而且……我的小威利也不在了……”

“你把你那玩意儿叫‘小威利’？！”我惊讶地问。

“我的母亲一直叫它‘尿尿大师’。”

“那还不如叫‘威利’。”

“我母亲也这样说。”我叹息道。

“也许我们可以换个话题，想想我们现在应该怎么办。”我提议。

“同意。”

我给莎士比亚指了去卧室的路，请求他（也就是我）坐到那里的沙发上，以免他在听我解释现在的处境时吓得摔到地上。莎士比亚显然被我的住处搞得很困惑。这种困惑不像扬当时震惊于怎么会有人能在这种混乱的地方生活得下去，而是一种“咦，这个发光的盒子是什么”那样的困惑。在我给他解释电视机的原理之前，我必须先向他坦白他已经穿越到未来世界。

“你……你……”我试图寻找一种最委婉的方式告诉他事情的真相，却说，“你……你在未来。”

好吧，也许还能找到更委婉一点的方式。

我告诉他那些关于普罗斯佩罗和时间旅行的事，以及他现在身处人类历史第三个千年的事实。我等着迎接他提出关于现代世界的上百万个问题：人们是否知道他？他的作品是否出名？如今的观众喜欢看哪些戏剧作品？有战争吗？医学有什么进步？为什么发光的盒子上播放着奥利·盖森[①]让失业救济金领取者做验孕测试的画面？什么是失业救济金领取者？什么是验孕测试？谁是奥利·盖森？但实际上莎士比亚只问了我一个问题：

“那……那么我的孩子们早已经死了？”

---

① 奥利·盖森：一位德国电视节目制作人、主持人。在他的节目《奥利·盖森秀》中曾出现过验孕测试环节。

47

莎士比亚悲伤地沉默了一会儿，我的身体在沙发上蜷缩成一团。他在现代世界中的处境比我在过去世界中要艰难得多。因此我也必须赶紧找到把他送回去的办法，必须借由普罗斯佩罗的帮助。但我们怎样才能顺利找到普罗斯佩罗呢？作为一个古代人，莎士比亚走上公路几秒之内就可能被一辆汽车轧扁。

他必须睡着，这样我才能再次控制自己的身体。但我怎样才能让他睡着？以他现在的情绪状态，我肯定不能跟他唱“睡吧，孩子，睡吧”，然后跟他开“牧羊人的兽奸”玩笑直到让他睡着。而且，跟我在过去世界所经历的一样，他睡着的时候随时都可能会醒过来。如果我坐在汽车里操控着方向盘，突然莎士比亚醒过来，然后接管了我的身体，会怎么样？我的眼前闪烁着一连串画面，像傀儡乐队[①]的 MV 中实验失败一样，有爆炸的汽车，有惋惜我英年早逝的急救医生。

我没有别的选择。如果我们俩还想活下去，我必须让莎士比亚适应现代生活。但我应该怎么做？如果我借助电视里放的下午节目向他介绍现代世界的话，他一定会认为自己穿越到了疯人院。

我应该上网找一部电影给他看吗？但我已经能想象到他会提出什么样的问题：“什么是因特网”“这是怎么运作的”，或者“什么是浏览器”。哪怕我每天都在上网，我也不知道该怎么回答这样的问题。

---

① 傀儡乐队（Crash -Test-Dummys）：一支加拿大乐队。

我甚至不能在精神没有崩溃的情况下成功连上 DSL 路由器。于是我决定直接把莎士比亚带到窗前。他应该用自己的眼睛去观察这个新世界。

我所有的心思都在孩子们身上，因此一开始我忽视了罗莎让我站起来走到窗边的请求。直到她急切地强调说，熟悉周围环境对生存下去至关重要，我才站起来走了几步，打开窗帘，看到一个完全陌生的世界呈现在我眼前：在街上，距我几米远的地方，很多奇怪的东西以惊人的速度飞驰过去，让人联想到马车。罗莎向我解释说人们把这种东西叫作汽车，挡着它们的路将会是个非常糟糕的主意。她还给我指了几样我必须当心的疯狂东西：叫作“有轨电车”的长形厢体，叫作“交通灯”的能让人迷惑的灯光和一种最危险的存在：自行车邮递员。

这些新奇的印象占据了我的思想，让我忘记了悲伤。在罗莎的指引下，我打开了窗户，想要闻闻这个未来世界的味道。但只有臭味！空气中充斥着粉尘的味道。罗莎把这股臭气叫作“汽车尾气”，我闻着这股味道的时间越久，越想回到伦敦那些散发着尿味的街道上去。汽车尾气的臭味和这个美丽新世界上很多其他事物一样让我感到震惊：天上飞的铁鸟是什么？人们贴在耳边对着说话的小盒子是什么？几乎所有的人都在自言自语，就像哈姆雷特对着骷髅头说话那样。他们都跟我设想中的丹麦王子那样寂寞而忧郁吗？

而那个被罗莎叫作“越野行走者[①]”的奇怪的人群又是什么？

---

① 越野行走者：指把滑雪杖改制成适合步行和登山的手杖用于徒步的人。

令人惊讶的还有，很多来自遥远国度的人走在街上：他们有着黑色、褐色和黄色皮肤。他们是怎么来到这里的？他们在这里做什么？

有一点非常明确：如果我回到我的那个时代，如果我跟别人讲述我此刻的见闻，他们肯定会把我关到疯人院里。哪怕在我的戏剧作品中我也不能用到这些见闻：我不能让哈姆雷特在舞台上对着这样一个小盒子说话。我不能让麦克白的军队坐在这样奇怪的电车里驶向战场。而且“玫瑰”的观众们肯定对斧头和鬼魂比对自行车邮递员更感兴趣。当我依然沉浸在这种思绪中时，我突然听到身后出现一个声音：“罗莎，我们必须出发去参加婚礼了！”

48

啊，我的天哪！兴奋之余的我居然完全忘了婚礼这回事！霍尔格开车来接我了。他已经站在玄关处。他原本就有我家的钥匙。

我现在应该怎么办？我能成功让莎士比亚睡着——找到普罗斯佩罗——把莎士比亚重新送回过去——然后准时到达婚礼现场去搞一场破坏吗？这个计划大概和建立一个稳定的世界金融体系一样难以实现吧。

或者我要先破坏掉这场婚礼再去找普罗斯佩罗吗？这样虽然对莎士比亚不太公平，但总归要现实一些。可是在这个计划中，他必须先睡着。

“罗莎？”霍尔格这时已经走进卧室。他穿了一套粉色西装配紫色马甲。莎士比亚看到霍尔格之后突然变得兴致勃勃，他直起身子，对霍尔格的着装评价道：

“我的先生，看您一眼差点让人变成色盲。”

霍尔格显然蒙了，他从来没听我说过这样老式的称呼。他小心翼翼地说：“你看起来美极了。这条裙子让你的臀部曲线展露无遗。”

“啊……真的吗？”我好奇地问。

莎士比亚试着想瞄一眼我的臀部。他拿起我卧室桌上的化妆镜，从里面看到了我的臀部，认可地说：

“确实……一条完美的曲线。”

这句话让我感觉很受用。莎士比亚确实在讨女人欢心方面见长。

“我很想看看这个臀部赤裸的样子。”

“你敢！”我喊道。

“我很想知道你有没有长斑纹。”

霍尔格听不到我说的话，因此为我奇怪的行为而担忧。“罗莎，你是不是又因为婚礼喝多了？”

“什么婚礼？”我很好奇。

“还能有什么？”霍尔格从外套口袋中拿出请柬，递到莎士比亚眼前。请柬上印着扬和奥利维亚的照片。

我从这张照片上看到的东西简直让人难以形容：美丽的男爵和莽夫伯爵。他们换了个发型，穿着滑稽的衣服，但他们的脸……毫无疑问……他们的脸和原来一模一样。

“他们……他们俩会在将来结婚？”我声音颤抖着，而那个穿粉色西装的胖男人回答说：“是的，而且是不久的将来。如果我们还想准时到的话，该死的必须抓紧时间。”

威廉没有回答霍尔格的话，他此刻完全愣住了，被突然倾泻而出的信息淹没。因此我轻声对他说：“我会跟你解释一切，但你得先自然地把我朋友支使出去。”

莎士比亚思考了一下如何才能得体地、礼貌地把霍尔格请出门去，然后他说：

“请你离开房间。我要尿尿。”

“在这里？你不想去洗手间吗？罗莎，你究竟是怎么了？”霍尔格更加担心了。

“哦，是的……”我轻咳一声，“洗手间……多么棒的主意。”

威廉看向四周，发现了一扇门，于是穿着高跟鞋一瘸一拐地走过去打开了门。

“那是你的杂物间。”霍尔格说。

莎士比亚有点尴尬地笑了，又一次看向四周，终于找到了通往浴室的大门，他转身锁上门。这样一间像二十世纪七十年代那样铺着瓷砖的老式浴室，对他来说已经足够未来主义。他问我：

“我猜测，这个东西是个马桶？”

“不，这是个坐浴盆[①]。”

“什么是坐浴盆？”

“跟内裤一样造福人类的发明。”我简短地向他解释了为什么女人那么喜欢这个东西。

“我根本不想知道这么详细。”罗莎解释完之后我回答，然后猜测道，“旁边那个陶瓷的器具应该就是马桶？”

“是的……但你不是真的想要尿尿吧？”我问他——不知道自己究竟想不想尿尿，真是太奇怪了。

“当然，膀胱要爆炸了！”

“该死的茶！”我骂道。如果我没有一口气喝掉整壶茶就好了。我试图让自己冷静下来，语气坚定地说：“威廉，现在有三条你必须遵守的原则。”

“什么？”

“第一，你不许偷看。第二，你必须坐着！”

“坐着尿尿？怎么会有一个这么奇怪的规矩。”

“可惜我们这个时代的很多男人也会这样做。”我叹息道。

“他们是贵族？”

“我们的叫法不太一样。”

① 坐浴盆：又称妇洗器，专为女性设计的洁具产品，外形与马桶相似。

“怎么叫？”

“白痴。”

“我们也这样叫贵族……第三条是什么？”

“你必须脱衣服。”

“不管脱的是什么衣服，我都非常乐意效劳。”

尴尬的几分钟过后，莎士比亚再次站起身，给我穿上衣服，叹气道：

“这简直是我生命中最奇怪的经历。”

“深有同感。”我回答。

“我才不想知道。相反我只想用沉默掩饰整件事情。”

“我也想掩饰。”

“不错。”我笑了。

紧接着我向莎士比亚解释了“脱衣服”具体指的是什么。他照我的话做了，在享受水的冲洗的同时，感叹着人类在清洁卫生技术上可喜的进步。然后他谈到了婚礼，我告诉他关于永生灵魂的一切。一些灵魂总是在相同的躯体中来到世界上，就像埃塞克斯和玛丽亚，而另外一些灵魂则出现在相反性别的身体中，就像我们俩这种情况。但所有人的记忆都会被刷新重置。听完莎士比亚沉默了。久久地。然后他语气生硬地问我：

“你是不是认为你和埃塞克斯是命中注定的一对？”

“呃……是的，我希望是。”我回答道，心里很讶异他反应如此强烈。

“但埃塞克斯却不可能是你的有缘人。”

“为什么不是？”我很害怕那个答案。

“因为如果那样的话，安妮就不是我的有缘人。”

“呃……怎么说？”我没有理解。

“安妮和我是命中注定的一对。因为我一直深深爱着她，一直只爱她。如果你关于灵魂不死的说法成立，那么她的灵魂也会存在于当前这个时代。她的灵魂居住的那个身体，就是你的有缘人。”

如果我现在有个下巴的话，它一定惊讶得掉下来了。

49

这个说法太有逻辑性。太，太，太有逻辑性。安妮的灵魂应该也生活在这里，也许在一个男人的身体里。他应该就是我的真爱。

但我确实曾经爱过扬。难道他就是我生命中一个美丽的错误吗？可能是吧。因为如果我和他确实命里有缘的话，仔细想来，在过去的世界里，埃塞克斯和莎士比亚就应该是一对爱侣。毕竟那是我和扬前世的化身。

他们俩相爱这件事确实不太可能。但真的能把这种情况排除在外吗？埃塞克斯确实亲吻过我这个“男人”。他身上完全有可能潜藏着同性恋倾向。而莎士比亚，当他还是少年时，曾经和洛伦佐弟兄厮混数周，这样看来，也不能排除他再次喜欢上一个男人的可能。我现在至少抱着这样的希望。如果我的这个设想成立，而我和扬的相爱也不是错误的话……这就意味着安妮和莎士比亚的相爱是个错误。因此我决定：“无论如何我还是希望去参加婚礼。”

“为什么？那个新郎不是你的有缘人，而是玛丽亚男爵的！”

“但也有可能他是。”我坚持己见。

“不，根本不可能！”

“嗯，有可能……”我鼓足勇气说，“有可能安妮不是你命中注定的妻子，而埃塞克斯才是你命中注定的丈夫。”

“这真是一个既荒谬又恶心的想法，罗莎！我们俩虽然可能拥有同一个灵魂，但此刻你的想法被卑微的人性占领。”

“你说我的想法怎么？”

"就跟你的胸部一样可悲！"

"也许你也只是在欺骗自己而已，"我尖酸地反驳道，"你和安妮之间肯定发生过什么，不然你不会那么内疚。你们俩之间的关系也不可能那么完美！"

"你根本不知道自己在说些什么！"我骂道。罗莎说我和埃塞克斯之间可能存在一段同性恋情并没有怎么激怒我，然而她竟然玷污我和安妮之间的感情，这让我怒不可遏。

"那就跟我说实话，"我挑衅地说，"你和安妮之间发生了什么？"

"闭嘴吧，该死的！"我因愤怒而颤抖着大喊。

"想都别想！"

"现在我倒希望迪的警告成真。"我脱口而出。

"什么警告？"我不解地问。

"迪跟我说，你的灵魂可能在钟摆摇晃的过程中灰飞烟灭。可惜他的话没有实现！"

"你……你竟然希望我的灵魂被毁灭？！"我不敢置信，我感觉自己被他欺骗和出卖。我们俩愤怒地沉默着。然后莎士比亚说：

"我会向你证明埃塞克斯不是你命中注定的爱人！为了这个目的，我们出发去参加婚礼！"

50

在我说完这句话之后，罗莎震惊得一句话都没说。我又走回客厅，回到她的好朋友身边。我猜测，也许友谊也会像爱情一样穿越时空。这让我倍感安慰。也许是上帝如此安排？也许是自然赋予了我们的灵魂一种永恒持续的生命力？

是的，这听起来很合理。比起相信上帝，我更愿意相信自然的力量。天地之间存在的奥秘远远超出书本知识中所揭示的——我的朋友肯佩曾经这样对我说过，在他给我展示一本名叫《欲经》[①]的异域书籍时。

罗莎还在因为我们的争吵而沉默不语，那个胖子已经带着我走出了房门。霍尔格，这个肯佩的转世化身，让我钻进一个奇怪的子弹头形状的箱子中，而他把这个箱子叫作“旗车”，尽管我并没有看到任何旗子。

霍尔格（这究竟是个什么怪名字）刚把钥匙放进一个锁孔里，这个东西就像被施了魔法一样飞速跑起来，以不可思议的速度穿梭在陌生的街道上。比路上所有交通工具更能引起我注意的是，里面坐着很多年迈的人。这里的人们究竟有多少岁？六十岁……一百岁……还是两百岁？如果这里的人能活到那么老的话，为什么大部分人，尤其是年轻人，看起来比我们那时的伦敦人还要更不开心？他们难道没有意识到命运馈赠给他们多少丰盛的岁月吗？为什么他

① 《欲经》：古印度一本性爱书籍。

们不心怀感激？

难道是因为这些子弹头一样的魔法工具加速了他们的生活节奏，让他们没法感知自己的幸运？如果我身处他们的位置，过他们那样的生活，我也会悲伤地对着小匣子讲话吗？

和这些阴沉沉的脸庞形成强烈对比的是铺天盖地的超大广告图，上面一堆穿着清凉的女人在搔首弄姿。看起来好像是在促销某种商品，某种我不明就里的商品。当我就此小心翼翼地向霍尔格问询时，得到了一个仿佛充满暗号密语的答案："那个百家地鸡尾酒的广告我差不多懂了。防晒美肤霜也是。但健身房那张确实太荒谬。"

当我看到广告上一个穿着尤其暴露的模特时，我发现不仅她的身体结构很不自然（没有女人能同时拥有这样纤细的腰肢和这样丰满的胸部），更不自然的是她的笑容，不像是从内心发出的。我不由得想起了安妮，她的每一个笑容都那么真诚，那么温暖。我想起罗莎在她家里对我说的那句话：命中注定的灵魂似乎会永远相互吸引。这就意味着：这些栖栖惶惶、行色匆匆的人当中，有一个可能会是安妮！

我能找回她吗？哪怕她现在处在另一具陌生的身体中，我也能立刻认出她那可爱的笑容。如果我遇到安妮的话，我一定会乞求她的原谅。如果她真的原谅了我，那么……那么我肯定会再次重拾对神的信仰。

51

教堂坐落在杜塞尔多夫最高级的街区，霍尔格将车停在教堂前的禁停区，整理好他的粉色西装，然后走下车。莎士比亚待在我的身体里，跟在他身后，饶有兴趣地观察着参加婚礼的宾客。我们看见的全是扬和奥利维亚的富人朋友们，他们穿着华贵西服和昂贵晚装，但这些高贵的人第一次没有让我感到自惭形秽，因为我显然已经体会到，贵族也不过是普通人，毕竟我曾经见过马桶上的伊丽莎白女王。

莎士比亚沉默地观察着这群人，不知在寻找什么。他的目光从一个女人身上跳到另一个身上，但他打量的不是她们的身材，而是她们的脸庞。

没人笑得跟安妮一样。一点点类似的都没有。这些女人不具备她内心的善良。她们用怀疑的目光品评着身边的其他女人：是否另外一个比自己美，穿得比自己漂亮？这些女人也在打量我，从她们的目光中可以判断出她们认为罗莎远不如她们。这时我突然意识到所有人都认为我是女人，如果我真是女人的话，那么……那么安妮在这个时代很可能是个男人！

从这一刻，我的目光开始只落在男人身上。他们穿着宽松的裤子而不是紧身衬裤。仔细想来真是美学上一个令人欣喜的进步。

大多数男人的笑容都不是发自内心的，我试图用自己的笑容去鼓励他们。

那一瞬间我震惊地认为：嘿，莎士比亚现在想要为了体会女性的欢愉而跟男人搭讪吗？但我很快改变了想法——我对莎士比亚有更深的了解：他有一个受伤的灵魂。他应该是在寻找安妮。他在这个过程中对着人群保持微笑，只是可恶的是，比约恩也在其中。比约恩是扬的一个单身朋友，他一直认为自己对异性有着独特的吸引力——一个比约恩独有的想法。

一个强壮的男人被我的微笑所鼓舞，向我缓缓走来。他对我灿烂地笑着。可惜他的笑容一点都不像安妮。

"我们俩恰好都坐在单身席。"这个男人说，但我完全不知道单身席是个什么概念。然后他补充道："而且如果你足够幸运，今晚你会出现在我的单人床上。"

如果我能控制自己的身体的话，此刻我很想吐在比约恩的鞋子上。

这个男人轻轻抚摸着罗莎的臀部，我被他的大胆举动惊呆了：难道在这个时代不需要用精妙的言辞去笼络女人？不需要给她们献上情诗，送上恭维，或者在她们耳边温柔地低语吗，哪怕只是想和女士们共度一夜良宵？

这种求偶行为本身跟性交行为一样让人兴奋，而且原则上需要的时间更长。人们更愿意花心思在这上面。如果这个时代的人们不知道怎样尽情享受追求的过程，他们又能懂得享受什么么？

比约恩的手离开了我的臀部。我很感激自己此刻感受不到他的抚摸。在我还没来得及警告莎士比亚不要对单身席的每一位男士都投以微笑之前，扬的母亲向我们走了过来。显然她在美容诊所进行了一场大修：她的皮肤变成了不自然的棕色，她的额头是一块被肉毒杆菌污染的区域，她的嘴唇也做过填充。在我有机会向莎士比亚解释清楚这位女士的身份之前，扬的母亲已经站在我面前。她无比庆幸我没有成为她的儿媳，尖声地说："最亲爱的罗莎，你的母亲最近怎样，她的阴道真菌好了吗？"

"我尊敬的夫人，您的用词跟您的外表一样粗鲁。"我冷冷地回答。

哪怕我此刻对罗莎心存怨怼，但我也不想看她被人侮辱。更何况是被这样一个老太婆侮辱。因此我问她："您是在哪儿把嘴唇搞成这样的？看起来就像是蓝鲸的嘴。"

老矮子女人大口喘着气，然后愤怒地说："罗莎，你很快也会体会到衰老的过程。那时候你就不会这么尖酸刻薄。而且就你目前的外貌状况看，那一天也不远了。"

"是的，女士，从您的外貌上看，"我回答道，"您肯定已经久经岁月沧桑，看起来就像您亲身经历过《圣经》描述的时代。"

老女人的嘴唇开始颤抖，而我继续说："我猜测您肯定经历过那场大洪水，就漂浮在诺亚方舟的旁边存活了下来。"

这时她的嘴唇已经气得完全张开，而我把讽刺更进了一步："当上帝在第六天造成人类时，您已经在世界上存活了好几天。"

此刻扬母亲的嘴唇看上去真的很像蓝鲸的嘴，而且里面还漂着浮游生物。从未有人用这样的方式跟她说过话。我曾经很想这样做，但苦于没有胆量。扬也从来不敢反抗她，他从来不违抗他母亲的旨意。

莎士比亚这样维护我尊严的行为让我格外欢喜。

在扬的母亲回嘴之前，我们被请进了教堂——婚礼就要开始了。我看到远处的扬穿着合身的黑色礼服，看起来那么充满格调又动人心弦。还有挽着父亲手臂的奥利维亚，她穿着一件梦幻的及地婚纱裙，完美地凸显了她优雅的身姿。莎士比亚入迷地盯着她。我愤怒地对他吼道："你必须作个决定！你究竟要在我面前哭诉你多么思念你的安妮，还是你想要得到那个蠢女人！"

罗莎的话直击我的心脏：我不应该对男爵心存爱慕，也不应该妄想追求她，期待她能资助我建一座剧院，如果我还有机会回到过去的话。我只能允许自己拥有这样功利的想法，因为我知道，我的挚爱已经死去。

莎士比亚带着我的身体沉默地走进了教堂，原来他真的想让我知道扬不是我的如意郎君，或者他想在那里寻找安妮，也有可能两者兼具。他和霍尔格一起在靠后的地方找了个位置坐下，紧邻着一位看起来像鬈毛腊肠犬的矮小老妇人。

教堂依然在人们生活中占据着重要的位置，这让莎士比亚很不爽。当我告诉他可能他搞错了，教堂远不像英国古代那样拥有高于国家命运的权力时，他很高兴，认为现代世界还不至于那么无聊，像那些悲伤地四处张望的人和奇怪的越野行走者那样。

我开始明白，比起他那个时代对我造成的冲击，如今这些新奇的事物对莎士比亚来说更加难以接受，因为当我抵达过去世界时，我至少对过去还有一些零碎的了解，但他对未来却是一无所知。

当无聊的牧师作冗长单调且催人入眠的布道时，当他说到婚姻将经受无数严苛的考验（疾病，妒忌，住宅翻新）时，莎士比亚开始打瞌睡，比其他婚礼宾客更加昏昏欲睡。最终他睡了过去，我终于重新控制了自己的身体，也重新拥有了赢回我伟大爱情的机会。

是的，俗套剧情正在庆祝它的盛大回归！

52

“有人对他们的婚姻持反对意见吗？要么现在提出，要么永远保持沉默。”牧师语气十分单调。

我终于等到了自己的关键词。

我毫无把握地站起来，双腿战栗，喉咙发紧，心跳加速，想要说出自己想说的话。就像浪漫轻喜剧中无数女主角做过的那样。愚蠢的是，和那些女主角相比，我的膝盖因为剧烈颤动撞到了木头长椅上，因此我喊出的第一句话是：“噢，该屎的！”

与此同时整个婚礼的宾客都将目光投向我。牧师的目光中饱含愤慨，奥利维亚的是恼怒，扬的是震惊。

“我不是想说‘该屎’，”我急忙向牧师解释，“我只是撞到了膝盖……太着急了，完全忘了应该说‘真讨厌’……”

牧师一脸严厉地看向我，但扬却笑了，他原谅了我说的这句脏话。牧师重新看向他的讲稿，又从头开始念那句话，一对新人重新转过身对着他。所有人都认为我会马上坐下，但我没有。

“坐下。”霍尔格轻声说。

我没有听他的话，坚持站着。

牧师又一次念完了他的句子：“……永远保持沉默。”

“‘永远保持沉默’指的是你，罗莎。”霍尔格催促道。他拽着我的衣袖，想要把我重新拉回长凳上。我用力反抗着，低声说：“放开我。”

“想都别想。”

“放开我！”

“随便你吧。每个人都有不得不犯的错误。”霍尔格一边叹息一边冷不丁松开手。我突然失去平衡向后倒去，不偏不倚倒在邻座那位鬈毛腊肠犬女士身上。我大声咒骂：“噢，我操！”

教堂中的所有人再一次将目光投向我。

我赶紧从那位女士身上踉踉跄跄地爬起来，手指着她慌忙喊道：“是她说的！是她说的！”

“我没有！”小个子老妇人反驳道。

“请您就座。”牧师严厉地对我说。然后我听到扬的母亲半大声地说：“最好坐到一把电椅上。”

但我依然站着。

“还是您想说什么？”牧师带着一种“放老实点吧，您居然有话要说”的口吻。伴随这个问题而来的还有新娘那种“放老实点吧，你居然还有话要说”的目光和新郎那种“我好害怕，你现在居然还有话要说”的目光。现在问题来了：让扬害怕的是我搅乱他的婚礼，还是他对我尚存的感情？

“罗莎没话要说。”霍尔格替我发言。

“那么我们继续婚礼仪式。”牧师松了一口气。

我正想张口反对，但霍尔格回答道：“请您继续。”

我并不接受这个提议，终于爆发出了心中一直想说的那句话：“我……我反对这场婚姻。”

“我们有必要听她继续说下去吗？”奥利维亚愤怒地问。牧师愣住了，他整个职业生涯中从未遇到这样的事情。短暂思考过后他决定：“不，我们没必要。”

他再次拿起了讲稿，但我不会轻言放弃，如今我已经跨出这一步，那么我必须坚定地走下去。

“请等等！”我抗议，“是您自己提出了这个要求，让反对这场婚姻的人表达意见。”

“那只是一种修辞手法。”牧师不安地回答。

“那您在这里布的道都是空话吗？”我问。

这个指责仿佛说对了，牧师陷入了思考。奥利维亚开始恐慌。“您……您居然允许这样一个不可理喻的人在这里发言？”

她恐慌了，这让我很开心，也许她也不确定我是否真的能重新赢回扬。这让我充满勇气。

“请您让罗莎发言。”扬向牧师请求道。而这让我更加充满勇气。

奥利维亚生气地看着扬，但他坦然地直视着她质疑的目光，然后转向我。“你想反对什么？”

我深呼吸一口气，然后开始了我的阐述：“亲爱的扬，我曾经深爱过你，你也曾经深爱过我。是的，我知道，你跟我讲过，你现在更爱奥利维亚，你们俩拥有更为成熟的爱情，而且你深信你们俩是天生一对，等等等等。你说的这些话让我很受伤，不仅是因为我经历了一场牙科手术。我想要放弃对你的爱，但经过一场我不想赘述的旅行后，我发现，命中注定在一起的灵魂可以穿越几个世纪，依附不同的身体，但依然彼此深爱。”

扬睁大双眼看着我。相反，霍尔格用手捂住眼睛，只敢从指缝中看我。

“我们俩的灵魂一直寻找着彼此，而我相信，它们这样做是因为它们才是天生一对……”

我望向扬的脸庞，他看起来不像是被我的话说服，认为我们俩有缘分的样子。

“而现在，我看着你的脸，发现我的话对你造不成丝毫影响……”

我哽咽道。

他抱歉地抖了抖肩膀。

“…… 如果我们的灵魂真的属于彼此，你肯定不会就只是抖抖肩膀……”

他又一次抖了抖。

“…… 如果你能停下来的话，我会很感激。”

然后他再一次抖了抖。

“我仔细想了想：如果我们俩真是天生一对，那么你就不会只是抖抖肩膀，而是在你可怕的母亲面前维护我，在那么多年的时间里让她闭上她那橡皮艇一般的嘴一次。”

我听到他母亲大声吸气的声音。

“…… 我们可能早就有了孩子，你也不会因为我仅有一次亲了另一个男人就离开我。对于两个深爱过几个世纪甚至几千年的人来说，这不过是件小事情。”

扬低头盯着他的鞋子。

“而且我现在也发现了，因为你盯着自己的鞋子，当时对你来说不过是一个期待已久的契机，让你离开我转投奥利维亚的怀抱。”

他的头埋得更深。

“但你没必要一直盯着自己的鞋子，因为如果我们的灵魂真的是命中注定的话，我就不会去亲那个体育老师。当莎士比亚和他的安妮在一起的时候，他也没有亲过别的任何人……”

“莎士比亚？”扬猛地抬头问我。

“…… 莎士比亚从未背叛过安妮，不，他没有！”我大声地说，“他曾经做过很多努力……”

现在教堂中所有的人都想问我是否是从疯人院中逃出来的，我是否携带着武器。

“……我吻了那个体育老师，是因为我感觉自己很孤独。”

“你……你感觉自己很孤独？为什么你从没告诉我？”扬震惊地问。

“因为当我不再感觉那么孤独的时候，我才意识到这个问题。”

“和谁在一起让你感觉不那么孤独……”扬问道。

“和一个尽管很烦人，但一直站在我这一边，维护我的人。而且他让我看到我能做到除了在学校用无聊折磨学生之外的事情，也就是写作。他和我是一个完美的组合……”

“组合？你是说你们俩是情侣？”扬好奇地问，不带丝毫嫉妒。

“情侣……”我不由得咯咯笑起来，“不，我们不是，那样根本行不通。”我笑得更大声。

“为什么行不通？”扬问道。

“我们没有两具身体。”

“你们没有什么？！”

“至少不是同时。”

“不是……同时？”扬看着我，仿佛认为给我泡一壶安神茶是个绝佳的主意。

“不用在意，”我接着说，“不管怎样这个人让我感觉自己不再平庸！现在我终于决定不再像个傻瓜一样，应该放手让你们去结婚！”

我的话回响在教堂大厅中，没有人回应。一段沉寂过后，牧师终于发问：“呃，是不是我现在可以继续结婚仪式了？”

“是的，”我回答，然后对目瞪口呆的婚礼宾客们说，“这对新人是天造地设的一对。”

就这样，俗套的盛大回归可悲地失败了。

53

在“我愿意”环节之前我就离开了教堂。霍尔格想要载我回家，但我直接把他甩在原地，没有向他作任何解释。我招了一辆出租车去马戏团。霍尔格是我的朋友，我也很爱他，但我必须一个人处理莎士比亚这件事。我迫切地希望普罗斯佩罗能成功把他送回他的世界。

出租车司机好像很久没有洗过澡，闻起来就像是古老的伦敦。为了把注意力从这股气味上转移开来，我一直望着窗外，再次感受到这个世界缺乏了很多莎士比亚时代的活力。现代世界的人们真的很少意识到我们过得有多好，我也一直很少意识到我过得有多好。

当我赶到马戏团时，表演正好结束。普罗斯佩罗还穿着他表演穿的戏服，正站在他的马戏车前跟一个年轻女孩说话，显然这就是他今晚要催眠的对象。正当她离开时，莎士比亚再次醒了过来，我又一次失去了对自己身体的控制权。莎士比亚发现我们已经不在教堂里，显得很茫然，这时普罗斯佩罗关上了门，显然他没有注意到我们，我趁机向我身体的室友报告了婚礼上发生的一切：他对扬的看法有道理，扬和奥利维亚是天生一对，我意识到这一点是因为扬和我之间的距离还没有他近。还有他教会了我许多：通过他我意识到了自己对写作的热爱，我第一次与人这样合作还和他一起创作了这样一首绝妙的十四行诗，我恨不得马上和他把那首诗写完……

“你为了我离开了埃塞克斯？”我震惊地打断了罗莎的滔滔不绝。

“首先，那不是埃塞克斯，而是扬。”我开始解释，“其次，我不是离开他，而是把他丢在教堂的圣坛上。第三……”我突然意识到一件事情，而且因为这件事一下子惊呆了，“……比起他我确实更喜欢你。”

“但你不爱我，不是吗？”我完全陷入了困惑中。

威廉提出了一个确实出人意料的问题。更出人意料的是，我竟然完全不知道应该如何回答。到目前为止，我一直把莎士比亚归在“喜欢”一类，把扬归在“爱”一类，但如果我喜欢他超过扬的话，这意味着什么？在我陷入犹豫不决的沉默中时，莎士比亚尖锐地说：

“你不能爱上我！有太多不利条件：一方面，我们只有一个身体；另一方面，像我这样的男人，这一生就不应该再对爱有所期待。”

莎士比亚试图让自己的语调显得很坚定，但他的声音颤抖着，因为他的声音里藏着汹涌的疼痛。因此我问他：“你难道不认为，现在已经渐渐到了你跟我说你和安妮之间发生了什么的时机吗？”

“终于轮到了我倾诉自己的感受？”

莎士比亚的声音听起来很苦涩，他沉默了一会儿，然后在普罗斯佩罗房车的台阶上缓缓坐下，终于开始诉说：

“安妮站在塔楼上。她在哭，大声地哭。被她堂兄的谎言迷惑，以为我背叛了她。我想阻止她跳下去，于是渐渐靠近她。安妮看向我，那一刻我察觉到：如果我此刻把手伸给她……她肯定会抓住，她就能得救……但我迟疑了一秒钟，因为我……我……”

他顿住了。负罪感似乎快把他压垮。我不想追问他，于是静静等待着他继续说下去。

“……我感觉到了心里的愤怒……”

“愤怒？”我还是追问了一句，他的话随之喷涌而出。

“……因为安妮不信任我，尽管她的堂兄，是的，还有那些据说我曾在她们那里过夜的妓女，她对他们的信任都超过了对我……”

他的声音，原本是我的声音，突然变得非常轻。

“然后……当她在那一刻捕捉到我眼中那转瞬即逝的恼怒时……”

他不需要继续往下说了。安妮随后跳了下去的情节，我自己猜想得到。我们沉默了一会儿，然后我想要安慰他：“如果你没有那样看向她，她可能也会跳下去，毕竟她当时心绪那么混乱。”

“虽然也有可能……”他再一次否定了我。

“但是……”

“但她生命的最后一刻，看到的是……我愤怒的眼神……”

莎士比亚努力抑制着不让眼中的泪水掉落。我一时找不到能让他内心好过一些的话，只能悄声对他说：“没事的，你完全可以哭出来……”

“男人不能随便流眼泪。”我还在努力维持表面的骄傲。

“首先这句话简直是扯淡，其次你现在不是男人，而是个女人。”

“有道理……”

“所以你现在完全可以哭。”我鼓励他。莎士比亚思考了一下，然后他点了点我的头，放飞了眼中的泪水。他让我心生怜悯，我恨不得此刻拥抱他。体验自己的身体在哭泣而自己不能参与其中，是一种太奇怪的感受。比如我发现自己在号啕大哭时的声音很像被子弹射中的海豹宝宝。莎士比亚过了很久才又恢复了平静。当他用我裙子的衣袖擦干眼泪时，他惊讶地发现：

“哭真是一种放松的方式……”

“适合推荐给每一个男人。”我微笑着说。

“但最好不要是好哥们儿在场时。”我笑中带泪。

“是的，当然不能。”我笑道，然后跟他解释了我们现在要去找催眠师，希望催眠师能把他送回过去。但莎士比亚坚定地说：

“我完全没想过。”

“呃……什么？”我不太确定。

“我想留在这里。”

“你在开玩笑？”我不能理解。

“我不是开玩笑。如果安妮的灵魂在这里生活，我也想陪在她身边。因此我要踏上寻找安妮之路！”

“你不想归还我的身体？”我惊呆了。我虽然喜欢莎士比亚这个人，和他相处也很舒服，甚至我可能对他产生了一些情愫，但把我的身体交给他处置，这可走远了。我问他：“你知道这样做完全是病态吗？”

“陷入爱情的人，比在赫尔河畔卢顿镇长大的人还疯狂。”

“赫尔河畔的卢顿镇？”

“一个有着上百年近亲结婚习俗的村庄。”

“留在我的身体里不仅疯狂，而且在很大程度上不公平。”我大声地抗议。

“如果人生有一次是公平的话，可真让人吃惊。”我不同意。

“我指的不仅是对我不公平。”

“还有谁？”

“还有你的孩子们。你真的想抛弃他们吗？”我急切地问。莎士比亚沉默了，然后深吸了一口气，悲伤而郑重地对我说：

“我们去找那个有钟摆的人吧。”

当莎士比亚向催眠师诉说了我们的困境之后，他显然大吃一惊。

他理清思绪后对我们解释说，炼金术士的话是对的，穿越回过去的旅程中，在某些极端情况下确实可能出现问题。但像我们这样的情况，一个过去世界的灵魂穿越到未来，确实是一个尚未出现过的现象。这种情况出现的原因，普罗斯佩罗严厉地指责我——因为他知道我藏在自己身体内部听着他说话……只可能是因为我作了弊：我没有找到“真爱”的意义，而是直接去找了炼金术士。普罗斯佩罗威胁我说，这样对待游戏的规则，可能会造成严重的后果，人不可能也不允许逃避自己的命运。普罗斯佩罗的话让我陷入了深深的恐惧之中。莎士比亚注意到了这一点，于是打断了他的话，请求他直接拿出钟摆而不是作长篇大论的演讲。莎士比亚再一次维护我，让我心生欢喜。我已经渐渐地习惯了这样。

普罗斯佩罗回答说，他必须先跟僧人们在网上通话（是的，他们也会用 Skype）以便能得到具体的指导。他对着笔记本电脑上的耳机说了一通僧语，然后重新合上电脑，对我们说有好消息：僧人们告诉他应该怎么做才能把莎士比亚重新送回过去。他只需要去马戏团的帐篷里取他的钟摆。当普罗斯佩罗离开房车时，我意识到莎士比亚和我将要告别了，永远地。

“就是这样了。”我努力让自己的声音听起来很轻松。我不想让人注意到我也很悲伤。

“是的，到此为止了。”我努力让自己的声音听起来放松，我不想让人注意到我闷闷不乐。

随之而来的是一段沉默，我却越来越难过。最后我终于不能忍受这份沉默，对他说：“和你在一起的日子也不差。”

“恰恰相反，我在此期间甚至感觉很享受。”

“你没有后悔跟我共享了同一个身体那么久？”我追问道。

“完全没有。”我坦率地说。

他的话让我深感幸福。

“其实还有一件让我后悔的事情。”我提出。

“什么？”我问。我不希望莎士比亚还有后悔的事。

“我还没来得及体验女人的性高潮。或许我们可以好好利用仅剩的这点时间……”

“威廉？”我笑着打断他。

“嗯？”

“你有时真像个傻子。”

“也就是说，我不能试试？”我调皮地笑了。

“有时又是个聪敏的小伙子。”我笑道。

“有时甚至还是个聪敏的姑娘。”我笑得更大声。

“这样当女人的经历值得每个男人拥有。”我笑了，莎士比亚也大声笑了。然后他突然深情地说：

“罗莎……”

“嗯？”

“和你说笑真让人开心。”

“谢谢你，威廉，我也一样。”我也同样充满感情地回答。如果可以的话，此刻我甚至想给他一个吻。

普罗斯佩罗拿着钟摆走进房间，当我看到他手中的钟摆时，我突然害怕起来：我现在就要和莎士比亚分别，永远地，完全让人难以割舍。我也许应该让他继续住在我的身体里……几天？从我内心深处来说甚至是几周，那可能是一段美好的时光。

我能产生这样疯狂的想法，完全就是我对莎士比亚产生了好感的征兆。

但究竟是怎样的感情？像我猜测的那样，我竟然爱上他了吗？

这可真是一个“一百万欧元问题”[①]。而我在回答这个问题时还不能选择电话求助。

普罗斯佩罗拿出了他的钟摆，当我还在思考我是否要请求他把钟摆再次放回去时，他已经拿着钟摆在我眼前晃来晃去。莎士比亚和我都眼前一黑，我们渐渐失去了意识。

当我再次醒来时，听见的第一句话是：“迪先僧，迪先僧，他醒呐！”

① 出自德国著名电视节目《谁能成为百万富翁？》，节目环节中有一个价值百万欧元奖金的问题。

54

我睁开眼睛，看到炼金术士和中国人都在盯着我看。

“莎士比亚？”炼金术士试探地问。我回答：“他还在睡。”

迪显然很失望，他的反穿越计划没有成功。尽管我本应该也感到失望，但我没有。我甚至有一点小雀跃，威廉和我还能有一点共同度过的时间。

我没有向炼金术士详细描述每一个细节，取而代之的是我直接告诉他普罗斯佩罗说的话：“不能企图玩弄命运。”我还加上了一点我此刻的感受：“只有直面命运的人，才会受到嘉奖。”

那个中国人对此简洁地评论道：“我们村尼有一个疯子，喜欢写这样的话，蓝后塞到饼干尼[①]。”

但炼金术士理解了我的话。他把双手放在我的手臂上，对我说：“你是一个聪明的女人，罗莎。尽管你此刻还是个男人。”

我很得意，但只是一瞬间，因为迪接着问我：“那么，你接下来想怎么做？”

比较明了的是：为了直面我的命运，我必须找到真爱。这并不简单，我的寻找依然毫无线索。

这难道跟我对莎士比亚剪不断理还乱的情愫有关吗？

不，这不可能！这也太荒谬了。一具身体里的两个人，这不可

---

① 意指一种始于唐人街的美式亚洲风味脆饼，里面塞有印有箴言或预言等的小纸条。

能是真爱。我绝对不能再想这种无稽之谈。尤其是我现在面临着另外一个棘手的问题：如果我今晚之前不能成功撮合埃塞克斯和玛丽亚的话，女王就要把我处死。鉴于男爵喜欢上了我也就是莎士比亚，这个做媒的行动将变得尤其困难。

中国人撅着鼻子把我带到庭院中的一驾马车前，马车中装饰着佛教僧人念经的图画。这个炼金术士可真是那些人的忠实粉丝，而很多天前我甚至根本不知道他们是谁。我思考着：这些人会让我变成一个更幸福的人，或者我会在过去的世界里悲惨地死去？如果是第一种情况，我会感激地亲吻他们的秃头；如果是后一种情况，我会在个人排行榜上把这些僧人排在比纳粹和牙医还靠下的位置。

和盛带我走过晨光熹微的伦敦，整个城市被日出时柔和的光线笼罩着。第一批小贩已经在街边摆放他们的货物，紧挨着那些昨晚没有回家而在街上打鼾的男人。孩子们要么走在上学的路上，要么把路上的醉汉洗劫一空。看着伊丽莎白时期的伦敦渐渐醒来，仿佛城市的脉搏一秒一秒地越变越快，有一种令人振奋的感觉。这个地方让我全身通电，让我的感官醒过来。我心中有一部分愿意永远留在这里，就像莎士比亚也愿意在未来世界短暂停留一样。但这当然是一个错误的想法：我不可能在这里停留，永远留在莎士比亚的身体里。

或者，也许可以？

当太阳从清晨的天空中完全升起，马车停在了行宫前。当务之急是：我必须说服男爵今晚去参加女王在战舰上举行的庆典。在那里她将和埃塞克斯相遇，而我终于有机会促成他们这一段姻缘。

我叩动门上的铁环，过了一会儿男爵亲自打开了门。她喜形于色。

“威廉·莎士比亚，你真的来找我了！”

本来我应该马上向她坦白我并不爱她，但实际上我先是很讶异自己第一次在男爵面前没有感到自惭形秽。我再也感觉不到什么嫉妒，因为我终于接受扬和她是天生一对。我为自己的独立和自信感到开心，因此我对男爵笑了笑。但她却完全理解错了这个微笑的含义，幸福地搂紧了我的脖子。尽管我浑身上下散发着臭味，她却似乎毫不在意。或者，就像和盛说的那样：“这位吕士从不会憎气。”（当我在名人杂志中看到卡拉·布鲁尼[①]时，我脑中经常浮现出这句话。）

当我用手势向和盛示意他躲到马车中去时，男爵拥抱得更紧了，以至于我差点不能呼吸。这一切都只是因为她被那首十四行诗中动人语句的魔力吸引。我却必须打破这种魔力。

“我们俩不可能成为一对。”我一边解释一边把她推开。过于失礼，但只为强调我的态度。

“为什么不？”她看起来很脆弱。我心里不由得产生了同情，想要尽量减轻对她的伤害。因此我撒谎道：“我……我是弯的。”

“就是说，你……你不爱我？”她的声音发颤。

“你说对了，我只爱男人。”这次我的回答不算是撒谎。

男爵全身开始发抖。让奥利维亚这样伤心失落，曾是我多年以来的愿望，就像她和扬在一起让我伤心那样。但现在，尽管出现了这样的机会，她却只让我心生同情。

“如果是这样的话，”她强装勇敢地低声说，“我会遵循我原本的人生计划。”

---

① 卡拉·布鲁尼：法国籍意大利裔著名歌手和模特，前法国总统尼古拉·萨科齐的妻子。

“原本的计划？”我追问。

“我要在这个宫殿里生活七年，其间不见任何一个男人。”

我不能允许这种情况发生，她今天必须参加女王的庆典，因此我急忙解释：“如果您今晚不接受女王的邀请并且和埃塞克斯结婚的话，女王就会杀了您。”

“这样的话我要改变我的计划了。”男爵停滞了一下之后回答。

“那就好。”我松了一口气。

“我现在就要把自己淹死在池塘里。”

“什么？”

“我准备给自己无趣的人生画上一个句号。”

在我劝阻她的话出口之前，男爵就已经把我关在宫殿大门之外。

过去世界的人们虽然活得比我们更具生机，但一旦涉及爱情，他们有时真的很极端。在我们现代世界里的感情往往更肤浅——很多男人爱他们的 iPhone 超过他们的女友——但在莎士比亚时代的英格兰，对某些女人来说，在感情方面的反应不那么激烈反而也许会更好。

我绕着宫殿奔跑，看到男爵走向那口池塘的深处。我赶紧冲过去抓住她，请求她不要寻死。这位贵族小姐没有答话，却像很多好莱坞女主角面对男人纠缠时那样——不过是低俗喜剧中的女主角：用尽全力给了我一记撩阴腿。

我从未感觉做男人如此痛苦。

“哎哟哟哟！”我不安地大叫着。

此时男爵已经走进池塘中，水已经没过她的膝盖。没有别的选择，我只能用疼痛到变形的声音大喊：“男爵，我其实爱着您！”

玛丽亚转过头，一脸不可置信地看着我。

“真的，我以一切神圣之物起誓！”我强调，音色已经变得有点尖厉。

“如果真是这样，”她要求我，“向我证明。”

“证明？”我十分惊讶。

“吻我。”

我选择别的方式来证明。

“深情地吻我。”

还有别的选择吗？！但这就是人生。于是我鼓起所有的勇气，在水中跋涉了几步，把男爵拥入怀中。她闭上了双眼，嘟起了嘴唇，看起来特别滑稽。我犹豫地看着她，思考着：当我还是女人时接吻之前是否看起来也这样可笑？

我一生中从未亲过一个女人，也从未有过这样的念头。除了八年级有一次，当我怀着青春期的好奇，准备和我的同学比莉在一次睡衣派对上试一试，但最后比莉还是吻了吉塔。这让我的自信心遭遇了一次滑铁卢，因为在青春期不管是男孩还是女孩都不愿意亲吻我。（另外，吉塔如今是个幸福的已婚女律师，比莉在女子足球队当教练员？）

因为我的犹豫，男爵的嘴唇已经靠拢过来，缓缓地，深情地。此时我一直努力尝试对自己说：“你在拯救一条生命，罗莎，你在拯救一条生命……”因此转头离开肯定不是一个好主意。

但在这个深情之吻正式开始之前，我听到威廉的声音：

“一般情况下我很喜欢欣赏两个女人亲吻的画面……但这次其中一个女人寄居在我的身体里……”

莎士比亚醒来了，尽管我本来很期待他的到来——过去的几个小时里我想死他了——但他到来的时机又一次不太合适。此刻我真的不需要他来掺和。于是我对他说："请你闭嘴。"

男爵把我推开，生气地问："你想让我怎么样？"

这种情况下真的没办法继续向她表露情感，尤其是莎士比亚还会在一旁评论。于是我想到了另一个策略，更为狡猾的。"男爵，我撒谎了，我并不爱您。"

她吃惊地望着我。

"我不能爱您，"我继续说，"但如果您自杀的话，女王就会把我关到伦敦塔里。"

男爵更加震惊地看着我，眼中流露出对我的担忧。

"如果您不想我在那里悲惨地死去，请您今晚和我一起去参加德雷克中将的战舰上举行的庆典。"

玛丽亚沉默了一会儿，然后鼓足勇气宣布："为了你，我会去的。"

成功了。但我心里不太好受，我利用了男爵对我的好感。莎士比亚察觉到我的内疚，为我找到了开脱的借口。

"你这样可是为了救她的命。虽然好目的不一定能为坏手段辩护——譬如为了避孕而选择一辈子独身——但你的这个情况不一样。"

莎士比亚的话很暖心。如果我们现在拥有两个身体，我一定会拥抱他。

"你知道的，罗莎，这位贵族小姐并不一定爱上了你……爱上了我……爱上了我们。她只是因为她哥哥的死变得很迷茫。"

这件事上莎士比亚说得很有道理。而且我迫切地希望她能够与埃塞克斯再次获得幸福，希望他能帮助她走出困境，走出兄长之死带给她的痛苦。因为这也就是爱情的意义：治愈生活带来的伤口。

55

当我穿着湿淋淋的靴子坐在行进的马车中时，心中反而泛起一丝希望，也许今晚真的能在战舰上促成埃塞克斯和玛丽亚这段姻缘。我刚放松下来倚在靠背上，莎士比亚就提醒说我们还有另外一个任务要完成。

“如果沃尔辛厄姆在庆典上没有拿到那首他委托我们写的十四行诗，就会把我们关进伦敦塔。我们必须尽快结尾，如果不想狱吏拿着钳子展示我们的肠子有多长的话。”

“有时我希望你说话能不那么绘声绘色，”我对他说，“关于十四行诗我已经有了一些想法。我们需要一个具体的人来作为诗的对象。”

“具体的人？”我不太明白。

“一个你对其有深厚感情的人。”

“你指的是谁？”

我没有回答，只是把头探出窗外，对着马车夫高座的方向大喊：“和盛，去埃文河畔的斯特拉特福。”

路上莎士比亚一直问我，我们要去找谁。孩子们？洛伦佐？还是追猪爱好者蒂伯尔特？但他当然知道我们要去拜访谁。我能明确感知到，毕竟我们俩如此长一段时间都紧密相连，我能感知到他内心最为恐惧的、最不想表达的部分。

“我们现在去哪里？”当马车抵达那座小城时，和盛问。

“去公墓。”我回答。

“真是越乃越有趣呐。”和盛阴阳怪气地说。显然在十六世纪中国人就已经深谙“冷嘲热讽”这个概念了。

“我从没去看过安妮的坟墓，”我抗议道，“而且也永远不想去那里！”

“你别无选择。我带着你的身体去哪里，你就必须跟着去。”我语气坚定。

“简直是绑架……”我骂道，只为掩饰心中的畏惧。

“不是。”

“那你把它称作什么？”

“善意地携带人质。”我笑道。此时和盛已经把车停在公墓前。公墓正好坐落在安妮坠落的那座小教堂旁边，难怪莎士比亚再也不愿意来到这个地方。教堂从外观上看十分精致，人们完全可以想象自己在这样一座教堂中结婚；公墓也小巧而亲切，全是鲜花和朴实无华的墓碑。最简陋的那块属于安妮。当我靠近她的坟墓时，我向莎士比亚提出了一个请求：“为她写诗！”

“为安妮？”我声音发颤。

“如果你想成为一个伟大的作家，你必须直面自己的苦痛。如果你继续逃避，未来只能写出像《爱的徒劳》这种不完美的作品。”

“我……我不清楚……”我心怀畏惧，声音哽咽。

“你想成为什么？一个伟大的剧作家，还是一个逃避自己感情的普通编剧？”

“哎，泛泛之辈也不错……”我敷衍地回答。

“回答错误。”

“我知道。”我小声地承认。

我站着没动，请求莎士比亚把夏日十四行诗的结尾写完。在他至爱之人的坟墓前，莎士比亚试图鼓足毕生的勇气。他确实听上去……

“你永恒的夏天……”

……在开始作诗。

“我……做不到……”我的声音小到几不可闻。

“我陪着你呢。”我鼓励他。

“我可不想你陪着。”我不由得轻笑了出来。

“谁又想呢。”我也笑了。

“哈哈。”此刻我感觉放松了一些。我们共同欢笑的每一个微小的时刻都赋予我力量，让我正视安妮之死带给我的悲伤。于是我开始作诗，以一种前所未有的方式：

你永恒的夏天将没有止境，
你优美的形象也永远不会消亡，
死神难夸口说你在它的罗网中游荡，
只因你借我的诗行便可长寿无疆。
只要人口能呼吸，人眼看得清，
我这诗就长存，使你万世流芳。

当莎士比亚话音落下，我的眼中已噙满泪水。他的诗让他完成了一件奇妙的事：他对安妮的爱将永不消逝。还有安妮也将永不消逝。沉默了一会儿，莎士比亚声音温柔地说：

“罗莎，你让我好受多了。”

“你也让我有这种感觉。”我真诚地回答。突然，我认为有个想法也许并不是很荒谬，那就是留在过去和莎士比亚度过余生。

56

下午时分，和盛在“玫瑰”门口送我下车。那里正在上演《罗密欧与朱丽叶》，不过演出的是一个早期版本。在这个版本中，除了充满浪漫主义色彩之外，还有一种明快的腔调，甚至可以听到一些插科打诨的句子，比如肯佩此刻正在对观众们喊：“宁愿好绞死，不要坏婚姻！”

观众们因此欢呼。莎士比亚却对我说，他马上就要把《罗密欧与朱丽叶》改写成一部以悲剧结尾并充满戏剧性的罗曼史。他构思中的新故事来源于他和安妮共同经历过的痛苦。

在公墓创作完那首诗歌后，莎士比亚终于进入了一个崭新的写作世界。现在，当他直面自己的苦痛之后，他终于可能会成为一个伟大的作家。

不过，在此之前我们还得去参加女王的庆典，完成我们的任务。但我们不可能像此刻一样满身臭味地出现在庆典之上。

“我们必须换身衣服。还有洗澡。”我对他说。

“洗澡？那不就是……你给我洗澡？”我感觉很不舒服。

“如果你没有更好的办法的话……”我希望他有，我也不会太反对。

“我们可以换身衣服，然后多喷点香水。”我建议道。

“这不算更好的办法。”我认为。

“确实也是。”我后悔地承认。

“这里有水吗？”我问。莎士比亚没说话，我会意了他的沉默。“那就是说有。”于是他不情愿地把我带到剧院的后台，我们找到一些可供选择的崭新而时髦的服装——甚至还有贵族的花边褶皱领。我们还从柜子中拿了一块肥皂和一条毛巾，然后走出剧院，在剧院的后面找到一个高高的压水器。

“你现在要把我的衣服脱光吗？”我十分窘迫。

“穿着这身发臭的衣服洗澡也起不了任何作用。”我一边回答，一边脱掉靴子，解掉衬衫上的纽扣。

“住手！”我喊道，这时我已经半裸，罗莎还把手伸向了我的紧身裤。

“你怕我看到你的裸体吗？”我惊讶地问。莎士比亚沉默了一会儿，然后小声地说：

“这种窘迫感我只在两个女人那里体会过。”

“是谁？”我很好奇。

“一个是我母亲，当我长成一个年轻小伙子时，第一次在浴室里独自享受欢愉时刻。”

“那第二个女人是？”

“第二个是和安妮在我们的初夜时。”

他现在把我和他的母亲与他故去的妻子相比？他对我也有像对安妮那样的情感？还是我想多了？是的，一定是！不管他害不害羞，我都必须把自己（他）脱光，然后去水泵下淋浴。说实话，我也确实对他的身体充满了好奇：他跟我想象的那样身材健美吗？于是我坚定地说：“我们必须洗澡。”然后开始脱身上的裤子。

“罗莎？”我生气地问。

“嗯？”

“你一定不会好奇地去探索男性的高潮吧……”

我捧腹大笑。

“你为什么笑了？”我问，“我们拥有同一个灵魂，或许在这方面有相同的想法。”

“别担心，威廉。我看过够多的男人们享受他们的高潮时刻，相信我，我永远都不会想要看上去像他们那样。”

脱衣服的时候我发现莎士比亚的身体纤细而有肌肉，确实比我看过的裸男们都更具吸引力（我的一些伴侣拥有一个喜剧演员才能有的身材）。莎士比亚的胯部我当然没有看，尽管我很好奇，但还是懂得维持体面。我打开压水器，站到出水口，冰冷的水喷洒在我的身上。浑身上下感觉出奇地舒畅，就像是蒸完桑拿之后淋浴一样。我拿起肥皂卖力地擦洗，不得不承认，触摸到这具健美的身体让人倍感兴奋。在我继续享受这种感觉时，肯佩走了过来，对我说：“亨斯洛为了他女儿的事大发雷霆。”

我从水流中走出来，然后开始擦身上的水，肯佩则继续说：“他对你特别生气，想要把我们赶出剧院。太吓人了。”

“根本就不吓人，”我喊道，“我们要建一座自己的剧院，一座我们演员和作家自己经营的剧院。建在城外，建在妓院老板和宫廷监察员管不着的地方。我们要不受强迫也不受限制地上演世界上最伟大的作品。整个世界都会知道我们‘寰球剧院’的名声。”

莎士比亚激情洋溢，恨不得马上就跟肯佩描绘他的蓝图。尽管他的激情感染了我，但我还是没有跟肯佩讲他的新剧院。我们现在必须去参加庆典，去撮合玛丽亚和埃塞克斯。于是我抓起要穿的衣服，对胖演员说：“我们下次再聊。”

肯佩停顿了一秒，然后回答说：“同意，我反正也要去找贡噶。”

然后他打量着我，打趣我说：“我完全理解不到亨斯洛的女儿看上你哪一点了。你的小威利也实在太小了。”

他的手还指着我赤裸的胯下。我本能地低头看向双腿之间，不得不承认他说得对！

“它不是小，”我辩驳道，“它遇到冷水的时候都这样！”

我决定不再继续深究这个话题，穿上了衣服，而肯佩则大笑着走了出去。

“再说最关键的又不是尺寸，是吧，罗莎？迄今为止所有女人都向我证实了这点。”

我微笑着暗暗想道：“亲爱的莎士比亚，在有些事情上所有女人都会撒谎。”

“我在问你话呢，罗莎！”

“你们男人真是有毛病。”我微微一笑，套上了花边褶皱领。真的很不舒服。原来任何世纪的好看衣服都不实用。

“你们女人也会一直为身体的瑕疵而烦恼。”我反唇相讥。

“是这样。”我承认，然后想到了我的肚腩。还有我那过大的臀部。还有很多我根本不愿想到的身体部位。

“罗莎……我突然冒出一个惊人的想法！”

“什么？”

“男人和女人原则上完全一样。”

“什么？”我很惊讶。

“尽管这对你们女人来说很出乎意料……但我们男人也有情感。”

“确实很出乎意料。”我讥笑道。

“但是是真的。我们也会体会到悲伤、欢乐、爱情、愤怒，当然，还有对自己身体的不安全感，对我们来说也是一样。因为我们都是人。”

是的，他说的这些话令人惊讶。我在斯特拉特福、在莎士比亚的身上体会过男人的情绪有多强烈。两个性别的人如此相似，我之前从未想过。但现在我理解了：尽管在我们的时代一直有很多关于两性差异的讨论、研究、电影、书籍，但实际上我们之间的联系多过我们之间的隔阂。

“人类的灵魂既不是男性也不是女性。”我接着说。

“这……这是一个不错的发现。”我柔柔地笑了。

“全都拜你所赐。”我解释道。

“别感谢我，去感谢那些佛教僧人！”我笑道。

“不，我感谢你，罗莎！而且我很期待跟你一起去体会更多的人生经历。”

说到这句话时，莎士比亚的声音显得尤其有爱，温暖了我的心。我也很期待和他一起经历即将到来的一切。和莎士比亚在一起的日子对我来说是人生中唯一的冒险，一场最好永远不要结束的奇幻旅程。我之前根本没想过，而我现在终于意识到：我已经不愿回到现代社会，我想要在这里度过我的人生。在古老的、喧嚣的、激动人心的伦敦，和那个给予我很多的男人——威廉·莎士比亚！

57

我内心激荡地走向那艘华丽的无敌舰队的战舰，它停靠在泰晤士河的一个码头上，由许多盛装的士兵把守，如果他们半裸出现在女性杂志上的话，效果一定很不错。战舰的桅杆在太阳下闪烁着光芒，船帆收起来了，英格兰的旗帜随着夏日的风飘荡。这一切都太不可思议：偏巧是我，罗莎，在伍珀塔尔出生，却要参加一个国家级的庆典，而且还在一个男人的身体里，一个我想和他共度余生的男人。和他一起建立"寰球剧院"或者改写《罗密欧与朱丽叶》与《哈姆雷特》，一定会很有趣。（我还要在这些作品中添加一个作者亲笔署名的著作权标注，禁止那些现代的市立剧院导演将它改编成演员全裸出演的版本）我们要让观众开怀大笑，让他们欢呼，让他们流泪。

除了霍尔格之外，我对未来世界全无留恋，但我也有肯佩这个更早的、更粗野的版本在身边。关于我的身体，好吧，唯一一件我要避免的事，是性。不过，这反正是一个期望值大于事实的事情，我试图这样说服自己。追溯过往，我宁愿把其中一半的性经历换成电影票。再说我的身体离更年期也没几年了，据说更年期的女人听到《玛卡雷娜》[①]也会提不起兴趣跳舞。虽然婚姻咨询师和艺术电影人们相信充满褶皱的老年性爱，但我仍然难以相信我会参与到这种

---

① 《玛卡雷娜》：西班牙二重唱 Los Del Rio 的专辑，世界上最成功的拉丁音乐唱片。

老年杂技中去。所以，留在这里的我还有什么好失去的呢？

只不过我现在还得获得莎士比亚的允许。

“威廉。”我开始问那个不可能的问题。

“嗯，罗莎？”

“我……我……”我不知道应该如何组织语言。一个人怎么可能向别人提出请求，让他以后放弃他的身体，永远和另一个人分享他的人生？好吧，莎士比亚确实曾在现代世界问过我这样的问题，但当时他身处特殊情况。哪怕是我，在回到这里之前曾短暂想过让他在我的身体中多待一段时间，我也不敢想象他会欣然接受我的提议。也许他会这样回答我：“跟你相比，亨利八世的精神状况都算相对稳定。”

“你想说什么？”我追问道。

“算了。”我怯懦地回答。

“如果你想的话。”我尊重罗莎的意愿。

他真的没有继续追问。这让我很生气。如果威廉对我有感觉，而我又确实很想让他做这件事的话，他不应该这样轻易放弃。于是我对他说：“你可真容易满意。”

“你想表达什么？”

“你可以直接追问我想要什么。”

“我已经这样做了啊。但你却回答‘算了’。”

“但我更希望你再问一次，为我敞开心扉做一个铺垫。”

罗莎想要对我敞开心扉？难道她真的对我有感觉，就像我之前在未来世界里所猜测的那样？如果是的话那会怎样？我应该如何回应？于是我忐忑地问：“你想要什么？”

“这，我……”我吞吞吐吐，不知道该说什么。我虽然很高兴他又问了我一次，但依然没有勇气说出我那个疯狂的主意，于是对他说：“哎，算了吧。”

“男人和女人虽然可能相似，”我叹了一口气，“但女人复杂得多。”

“好吧，”我下定决心，“威廉，”我鼓起所有的勇气，“我想留在你身边！”

“我身边？”我十分惊讶。

“是的，在你身边。永远。”

“永远？”

“你不需要一直重复我的话。”

“我不需要？”

“是的。”

莎士比亚没有继续回答。显然，我把他吓坏了。

我一直把罗莎看作自己的好伙伴。我一直没有跟她说过，我把她当作一位志同道合、机智敏锐、俏皮可爱的好伙伴。罗莎在很多方面很有魅力，甚至在一些方面可能比安妮还要有魅力。我从来没想过一个女人可能具备这样的能力。是否有可能在我直面失去安妮的悲伤之后，重新迎接一段新的爱情？

当莎士比亚继续保持沉默时，间谍头子沃尔辛厄姆已经出现在我面前。好吧，这样至少莎士比亚没有机会对我说我的要求是疯狂而荒谬、让人难以理解的。

如果沃尔辛厄姆没有出现的话，我可能会对罗莎说她的要求实在疯狂而荒谬，让人难以理解。但奇怪的是，这个提议非常有吸引力。

“十四行诗带了吗？”沃尔辛厄姆问道。他戴着一个比我脖子上的更宽的花边褶皱领，瘦削的肚子上围着一条华贵的绶带。我从口袋中拿出一张纸，从斯特拉特福返回伦敦的路上我用它记下了那首诗。沃尔辛厄姆读完那些句子，脸上呈现出一种柔和而感动的神情。“这些诗句太美了。”

“我知道。”我为自己参与到这首诗的写作中而感到自豪，更为莎士比亚感到骄傲，因为他在安妮的墓前直面了他内心深处的伤痛。

“我要把这首诗献给那个夺走我心的女人。”

不难猜测这个女人就是女王。沃尔辛厄姆示意我通过木板走上战舰。我们一起走上那艘富丽堂皇的帆船，我感觉仿佛置身于一部海盗电影中：我看到了甲板下从射击孔中露头的加农炮，一个木制舵盘，还有能帮人爬上桅杆或者瞭望杆的帆具绳索。有多少人在攀爬的过程中从那里掉落？有多少人在瞭望时喊“出现陆地”或者“噢！对不起，我不是故意把瓶子砸你脑袋上”？

主甲板上许多音乐家在演奏木笛、长号和竖琴，待会儿还要为舞会伴奏。身着丝绸蓬裙的宫廷贵妇们小心地打量着穿军装礼服、持华贵佩剑的贵族男人们。而那些贵族男人也用同样的方式打量着宫廷贵妇们。这个宴会跟其他派对一样，是一个寻找爱情或者艳遇的好地方。

沃尔辛厄姆走进船长的舱室，女王正在里面为宴会做准备。“您认为沃尔辛厄姆会成功，或者女王爱的是埃塞克斯吗？”我问莎士比亚，心里庆幸可以避而不谈永远留在他身边那个可耻的愿望。

“女王是一个始终关注现实的女人。目前看来最为现实的是沃尔辛厄姆。”我感觉到罗莎不想再谈那个对我来说极具吸引力的提议。

“但这样的关系就与爱情无关了。”我激动地反对道。

“哦不……沃尔辛厄姆爱着她。女王爱的是不再寂寞。”

正在这时，女王穿着一件闪耀的金色裙子，头戴一顶更为闪耀的王冠从船长舱中走了出来。但最为闪耀的是她身边的男人：沃尔辛厄姆。从这里我也学到一些关于爱的事情：有时它会特别实际。“他们俩看上去非常幸福。”我发现。

“那首诗肯定让两位老人来了一场速战速决的性行为。”

“谢谢你又给我在脑海里描绘了一幅难堪的画面。”我还补充道，“我不认为他们俩那样做了。女王脱下身上那条裙子需要好几年时间。”

“一些裙子的后面有一个后门……”

“我不想知道这些细节！”我大声喊着，以至于一些宫廷贵妇疑惑地看向我。这时女王拍了拍手，音乐家们开始演奏舞会的音乐。贵族男子们兴奋地邀约贵族女子。活泼的圆圈舞开始了，女王和沃尔辛厄姆跳得那样优美，仿佛已经达到了她那个年龄的极限。然而我想知道埃塞克斯在哪里，还有男爵玛丽亚。但这对命中注定的眷侣没有出现，反而是德雷克向我走来。他穿了一件带金色装饰的红色制服，阴森森地对我说：“诗人，我希望你赶紧离开我的船。”

没有等我回答，他就转身离开去邀请他的夫人共舞。而她向我投来一种“如果有恶犬把你阉了我也不会有半点反对”的目光。只能得出一个推论，那就是莎士比亚一定和她有什么过节。

我感到非常尴尬，因为罗莎察觉到了我和德雷克夫人之间私通过。她必须了解这个女人在我心里毫无地位。“树懒都比这个女人更有激情。”

“我不感兴趣。”我埋怨道。这是一时冲动脱口而出，但我确实不想听他说他和哪些女人滚过床单。我的自言自语再次引来了很多贵族注视的目光，于是我步履沉重地离开舞池向船尾走去。

“你现在肯定是嫉妒。”我断定。

我没说话，因为生气。而我生气这个事实证明他的话正中靶心。

毫无疑问：罗莎确实对我产生了感情。实在是奇迹！我从没想过，这样了解我，知道我的所有过失、所有弱点的女人，依然会认为我值得被爱。

是的，我吃醋。我想留在他身边。这一切只说明一个结论，那就是我终于理清了我对莎士比亚的感觉……

太难以置信。这让我充满幸福感……

我思考的结果很明确……

再也没有机会否认……

简直是发疯的感觉……

难以言喻的疯狂……

以及让人恐惧……

令人生畏……

但也不错……

激动人心……

我爱……

她！

他！

哦！

耶！

58

我对莎士比亚的感情，肯定不是真爱，也不可能是真爱。因为坦诚地讲，处在同一个身体中的两个人之间的关系首先肯定不是真实的。但对我来说都无所谓。我对莎士比亚的感情比对任何人的都强烈。如果我能跟他一起生活，而他能回应我的感情的话，就会让我远不止感到幸福。

仔细想来，现在真爱对我来说甚至变成了一个巨大的危险。因为如果我不管在哪里偶然发现了它，我就会回到我的那个时代——没有莎士比亚的时代。

最好让我继续保持找不到真爱的状态！

所有的想法都让我内心深处心潮澎湃，而且我发现莎士比亚也一样混乱。他觉察到我对他的感情了吗？只有一个办法能得到答案：我必须向他告白。

有那么一瞬间我感觉非常难受，因为害怕。向一个人告白在寻常生活中本身就是一件棘手的事情，尤其是从所渴望的对象那里得到这样的答案——第一次是在我二十出头的时候。“哦，你……我还从没跟你说过，我已经结婚了……我要乘的电车来了……再见……”

如果一个人经历了这些，就会想跑回家，哀号，听乌拉·迈内克的《再也不要》，一直听到这个蠢女人唱到最后“再也不要……直到下一次”为止。然后扔掉录音机，痛哭着说男人是比乌拉·迈内克还要蠢的蠢蛋。

但在我和莎士比亚这种特殊情况下，我不能逃走，然后在自己的小床上打滚，龟缩在自己的世界中。我可能会永远待在他的身体里！

“嘿，诗人！”一个声音突然打断了我的思绪，“你在男爵那里的任务没有完成好啊。”

我低头看见埃塞克斯坐在地板上，背靠船舷，手里拿着一瓶威士忌。显然伯爵故意从宴会上偷来了这瓶酒，因为他还沉浸在男爵带来的苦恼中，无法忍受那种场合的欢乐。再一次见到这个长发紧身裤版的前男友扬，依然让我浑身一紧。但这一次对我来说还好，因为这个男人无法再在我心中拨起一丝涟漪。我的心已不再属于他。

埃塞克斯的出现并没有打扰到我，我正思考着，如果我有胆量的话，应该什么时候，怎样对罗莎表达我的爱意。如果她拒绝了我呢？如果那样的话，我还不能直接跟她告别，然后跑到妓院去买醉。

“男爵那里情况怎样？”埃塞克斯无精打采地问，然后喝了一口威士忌。

“出了一点儿小状况。”我说。

“什么？”他问。

“我想自杀。”男爵说着走向我们。她穿着一条白色长裙，看起来特别圣洁，像一位新娘。一位非常、非常悲伤的新娘。

“你为什么想结束自己精彩的人生？”埃塞克斯担忧地对她喊道，立马从地上跳了起来。

“因为这位诗人不爱我。”她努力维持着体面。埃塞克斯因此妒忌地看着我。

“亲爱的男爵，实际上您并不爱我。”我说，“您只是爱上了那些甜蜜的诗句，那些打动您的诗句。因为兄长过世这件事对您的打击实在太大。您在我这里找到了安慰，而不是爱情。这两者很容易混淆。”

这也是我学到的东西。现在男爵也应该明白这一点。看起来似乎成功了：她一脸不确定。而现在到了把她吓跑的时间。

“我那些动听的诗句不是写给您的。”我继续说道，“为了证明这一点，我现在给您朗诵一遍另外一个版本。来看一看这些诗句能在您身上产生什么样的共鸣。”

或许我可用冬日将你比方，
它和你一样单调而苍茫。
你阴冷的光芒让我想起尸体，
你散发的气味像一双旧鞋。

男爵震惊地看着我。虽然这并不是一首好诗，但发挥了它的作用。这才是重点。罗莎的创作卡住了，于是我提示她接下来的句子是：

你永远占据不了我的心房，
我永远体会不到你的漂亮，
因为所有的美都来源于内心，

莎士比亚的诗句起作用了。从男爵的眼中能看到蔑视。但威廉停了下来，他即兴续写时找不到跟“亮”押韵的词。于是我又接过了诗句：

因此我根本记不住你的模样。

男爵忍够了。一切对于她来说再清楚不过。于是我接着收尾：

只要人口能呼吸，时间在运行，
比起见到你，我不如选择死亡。

现在终于达到目的：男爵厌恶地背向我，往船舷栏杆走去。伯爵非但没感谢我，还以同样厌恶的眼神看着我，因为我侮辱了他的意中人。现在我还需要让男爵注意到埃塞克斯。应该做什么呢？我看着河中的水，突然想到一个主意。我回想起和扬的初遇，我在他溺水之时拯救了他。于是我渐渐靠近男爵，用尽全身力气把她推过栏杆推到泰晤士河中。

玛丽亚大声叫嚷起来，奋力拍打着水面。就像预想的那样，这种裙子根本不适合游泳。在配上“有关危险和副作用请您咨询您的医生或者药剂师”[①]这段画外音的时候，男爵已经迅速沉入水中。

当埃塞克斯从震惊中反应过来越过船舷往外看时，只看到了河面上的气泡。他迅速解下身上的佩剑，跟随男爵纵身一跳。他潜入水中，把玛丽亚拉回水面，然后将她带到河岸上。当男爵渐渐停止了咳嗽，平稳了呼吸后，她感激而深情地看着他。玛丽亚终于也领悟到了埃塞克斯才是她命中注定的爱人。我不仅在我的那个时代放手让他们俩结婚，也在过去的世界里促成了他们的姻缘。我在船上的任务已经完成，终于能专心做自己的事情——向莎士比亚表白我的心迹。

我的膝盖因为激动和害怕开始颤抖。我看到埃塞克斯刚喝的那瓶威士忌就在我身旁，我抓起酒瓶，想要跟之前很多陷入暗恋的人一样：给自己壮胆。我拿着酒瓶站起来，走到船的另一边，望向泰晤士河面，打量着一些经过的小船。它们都用美丽的鲜花装点着，为了取悦宴会宾客，船上有一些艺术家在表演杂技。一位杂技演员正

① 这句话常见于德国电视台播放的医药保健品广告结尾。

在用火把玩杂耍，当他不小心烧到自己鼻子时，贵族观众们爆发出一阵又一阵响亮的笑声。

我拿起酒瓶灌了一大口酒。威士忌在我的喉咙里燃烧，而我想：如果有人喝掉整整一瓶的话，他将来的孩子肯定会患上朗读困难症。但这瓶泔水让我感觉很舒服，跟我原来生活中喝过的意大利利口酒相比，它让我感觉浑身发热。

是的，对，我现在已经把与威廉相遇之前的生活叫作“原来的”。

我不能感受到酒精的刺激，真悲哀。喝酒壮胆应该在我对罗莎表达爱意时很有帮助。

其中一条小船从队列中脱离出来，缓缓接近了宾客和卫兵们都没注意到的船尾。小船上站着三个男人，他们穿着鹦鹉羽毛一样的表演服，那么五彩斑斓，对托马斯·戈特沙尔克[①]来说都超出了接受范围。他们手中也有火把，但他们没有像别人那样玩杂技。而且他们还把船上的花束都扔到了水中。为什么他们要这样做？答案呼之欲出：船上出现了很多圆桶。上面垂着导火索。

① 托马斯·戈特沙尔克：德国广播和电视主持人，演员，因主持电视节目《想挑战吗？》而闻名。

59

我突然醒悟过来，这三个男人应该是上次受他们神秘头目的指使，在莎士比亚的住处威胁我的西班牙刺客。从导火索判断，桶中装的应该是黑火药。显然这些家伙想要把这艘战舰炸掉。不知道这是一场自杀行动或者他们只是想要把炸药搬到船上，然后及时跳下船，但结果都一样。

因为我是唯一一个站在船尾的人，除我之外没人发现这些刺客。我脑海中浮现的第一个想法是赶紧跳到水中，游得离船越远越好。

“我们应该赶紧跳到水里，游得越远越好……”

莎士比亚和我想的一模一样。但那样的话整艘船的宾客都会被炸为灰烬，如果我不警示他们的话。我想到了所有可能要死的人：女王，沃尔辛厄姆，德雷克，还有那些嘲笑别人鼻子被烧到的贵族。我发现：哇哦，这些人当中没人值得同情！这些人值得我冒生命危险去拯救吗，还要冒着莎士比亚的生命危险？这就像是为了救一群包括俄罗斯寡头政治家、投资银行家和帕丽斯·希尔顿在内的寻欢作乐的人，而赌上了自己所爱的人的性命一样。而且我还没来得及向莎士比亚表白心迹。在没有向他敞开心扉之前就结束了生命，真是可怖。

我已经站在船舷上准备跳水，但关于告白的想法阻止了我往下跳。如果莎士比亚回应了我的感情，我怎么能让我们的爱背负上无数人死亡的罪名？

我又从船舷上爬下来，对他说：“我们必须告诉那些宴会上的人。”

“我们不能全身而退的可能性对我来说太大了。”我反对道。

“如果我们不这样做的话，我们的良知会受到无数条性命的谴责。”我坚定地说。

“是那些几乎人性丧失、道德败坏的人的性命。”

莎士比亚跟我一样害怕，但他还需要克服自己的恐惧，于是我挑衅他：“你是什么，一个男人还是一只老鼠？”

“我讨厌这个问题。”

“回答我，威廉！”

“老鼠。”我生气地说。

“又是错误的答案。”

“男人。”我平息了怒火之后，重新回答了一次。这是事实，在和罗莎度过的这些日子里，我从不久前那只可悲的老鼠变成了一个男人。一个甚至有勇气去直面心底最深的痛苦的男人。

我往主甲板的方向跑去。德雷克中将向我迎面走来，显然他也想躲开人群找点清静。我正要提醒他并喊道：“弗朗西斯爵士……”

“我已经跟你说过，让你给我滚出这艘船，杂种！”他骂道。

“正准备……但有一艘小船在接近船尾……”我激动地说。

“我知道。”他打断我的话。

“上面坐着西班牙刺客！”

“我知道。”

“他们想要炸了整艘船！”

“我知道。”

“在我看来，这个海军中将的‘我知道’说得太频繁了。”我提醒罗莎。

我也有这种感觉，于是我犹疑地对他说："呃……我们应该禀报女王殿下……"

"哎呀……我不确定。"德雷克大笑起来。他猛地一拉我的褶皱领子，粗暴地扼住我的喉咙。

"我感觉，他有其他的计划。"我声音颤抖地说。

德雷克使劲掐住我的脖子，襟怀坦白地说："像你这样的榆木脑袋都应该猜到了我在和西班牙人共谋大事。"

原来他就是那群刺客的神秘头目。问题是为什么呢？德雷克曾率领英国海军打败了西班牙无敌舰队，为什么他现在要和女王的敌人合作？

他向我吹嘘道："尽管我功勋累累，女王却不肯让我做护国公。西班牙人却肯许诺在她死后让我登上更高的位置——英国国王。"

这家伙越来越用力——此刻我已经不清楚可恶的喉结还能痛到什么程度。

德雷克还对我耳语："希望你现在能搞清楚状况，我是不可能让你去给女王通风报信的。"

"哈。"我用残存的意识发出声音。

我呼吸不到半点空气。我惊慌失措地望向四周，寻找可以求救的人。但附近没有任何人。泰晤士河上没人看到我被扼在船舷上，头顶桅杆的绳索上也没有人俯瞰着我们，而埃塞克斯……他很可能正在河岸上深情凝视着男爵的眼睛。

"呀，诗人，你就应该听我的话早早离开这艘船。"德雷克笑道。

难道他扼死我还不够，还要这样吹嘘显摆吗？我快要到晕厥的边缘，离最后生命之光熄灭也剩不了多少时间。但我就是不想跟这个世界告别，因为我还没有告诉莎士比亚我的爱。于是我说："我爱你，威廉。”可惜的是听起来像“呜哎嗯嗯呜嗯”。

“呃……你说什么？”我绝望地问。

“呜哎嗯嗯呜嗯！”我喉咙中发出稍大的咕噜声。

“你得说清楚些！”我激动地喊。

“办不到。”我呻吟道，但是听起来像“吧吧嗒”。

“这又是在说什么？”我更想知道。

我真恨不得在晕过去之前哼出一句“操”来。

德雷克却被我的哼哼唧唧搞得很不耐烦。“老天爷啊，我的猎物这样垂死挣扎，简直让我头疼。”

我并没有引起他的任何同情。他勒得越来越紧，我挣扎得越来越用力。但在我失去意识的最后一秒，德雷克突然宣布说：“诗人，你不会被扼死。我要用枪射死你，这样更快。”

德雷克松开手，我摔到甲板上，努力呼吸着空气。我听到他从枪套中取出毛瑟枪的声音，却不敢望向枪口。我突然明白了为什么罪犯在被行刑时希望能蒙上眼罩。但我唯一希望的事情是告诉莎士比亚我对他的感情。但说话想都不要想，我的喉结还伤着。那我应该怎样做？考虑到我和莎士比亚都用同一双眼睛，他也没办法看到我深情地望着他，或者作哑剧表演，或者用旗语交流。

当然，我还可以吻自己的手臂。但在杀意正浓的德雷克眼中会显得很奇怪，莎士比亚也可能认为我的理智因为长期缺氧而先行一步离开。

当我在船舱木板上匍匐前行、抓挠着我刺痛的喉咙时，德雷克骂道：“是啊，爬得像只可怜虫。”

他显然很享受这件事情。说实话，比起现在，我更喜欢他吹嘘显摆的时候。

“爬啊。”德雷克自得其乐。

“他的幽默感真是奇怪。”我声音颤抖地说。

当海军中将把子弹上膛时，我突然意识到有时像虫子一样在地上爬也不失为一个好主意，因为我看到前面有一把剑，是埃塞克斯追随男爵跳下水之前扔下的。我一秒都没犹豫就捡起了剑。

就在海军中将要扣动扳机时，我用剑刃划开了他的小腿肚。德雷克大喊大叫，他的手臂因为疼痛向上伸，子弹射向了天空。

哀号的爵士用他的手捂住不断流血的小腿。我迅速跃起，不想等到德雷克再次瞄准我。此刻我已经拿着剑站在他面前。

“你必须杀了他。”我告诉罗莎，这是我们唯一一个生还的机会。

“我……我做不到。”我的哼唧稍微清楚了一些，看上去我的喉咙已经开始恢复。

“你必须这样做。”我敦促道。

“你想成为一个杀人凶手吗？”我轻声问莎士比亚。

“你说得有道理……”我让步了。我不想死。但我也不想成为一个杀人犯，成为跟国王、暴君或者教皇一个道德等级的人。

德雷克再次把枪口对准我，但这一次我手中有武器。虽然我不想杀了他，但我并不介意在他的另一条腿上再给他来一刀。这位海军中将叫得更大声了，听起来就像一只被冰鞋压到尾巴的狗。

被哀号和枪声惊动的沃尔辛厄姆带着他的士兵走向船尾。在他说完“这里发生了什么暴行啊，可怜的诗人”之前，我把他的注意力引向了那艘小船上的西班牙刺客。士兵们在沃尔辛厄姆的命令下冲到船舷，我跟在他们身后，一起看到了刺客们怎样从小船爬到战舰上。他们正准备用火把点燃导火线。显然，这是一场自杀式袭击

（仔细想想，这真是一个奇怪的职业，但他们至少不用担心退休后的生活）。

沃尔辛厄姆立即下令开枪，士兵们扣动扳机，而刺客们还没来得及点燃导火索，就已经在几秒钟之内死光。动作片中这样的射击场景跟游戏一样，但如果身临其境看到子弹打死人，最好确保自己之前没有喝鳗鲡汤。莎士比亚觉察到我对刺客们产生了同情，安慰我道：

“他们几秒钟之内就死了。你不用在他们身上浪费太多时间。”

德雷克这时走向沃尔辛厄姆，说：“现在您还需要处决这些刺客的头目。”我冲动地想要附和，但莎士比亚说得很有道理：

“恐怕德雷克说的不是他自己。”

我惊慌地指着德雷克说：“他就是！”沃尔辛厄姆茫然地看着我，而德雷克笑道：“我亲爱的朋友，他们会相信我们中的谁：英格兰的英雄还是一个道德低下、地位卑微的作家？”

“哦，这种修辞手法的问句真是令人作呕。”

“德雷克想要成为副国公！”我对沃尔辛厄姆说，尽管我也不知道那是什么东西。听起来有点像是医生用来检查痔疮的工具（仔细想来，痔疮医生真是一个比自杀式袭击者还奇怪的职业）。

德雷克有些紧张，因为我暴露了他的目的，但依然做作地笑道：“首先，那个词叫作‘护国公’。其次，我怎么可能炸了我亲爱的夫人所在的船？”

“你刚才就是想炸了这艘船！”我反驳道。

沃尔辛厄姆望向我说：“诗人，那首诗算你办了一件好差事……”他微笑，着仿佛陷入短暂的回忆当中，微醺而满足。

“我说了什么，”我从他的目光中感觉到，“那条裙子有后门？”

我翻了翻白眼。沃尔辛厄姆终于回过神来，公事公办地说："尽管如此我还是要以叛国者的罪名处决你。"

"请允许我来，沃尔辛厄姆。"德雷克大笑道。沃尔辛厄姆犹豫了一下，然后对海军中将点了点头，道："如果您想的话，弗朗西斯爵士。"

此刻对我来说，谁杀了我都一样。在我已经有点习惯被人扼住衣领的感觉的时候，我再次逃过一劫。于是我心中又出现了一点乐观的想法：这一次我一定能撑过去！不管怎样，我一定能撑到劫后余生，向莎士比亚表达我的爱！

这个想法让我微笑起来。

因为我也不知道，几分钟之后我可能会坠入死亡的深渊。

60

德雷克，一个虐待小游戏的狂热爱好者，想要再次跟我决斗以便正式庆祝我的死亡。我们俩持剑站在主甲板上，一众宴会宾客围在我们周围：女王，沃尔辛厄姆，宫廷贵妇和贵族男子。所有人议论纷纷，嘲笑着叛国者就要被海军中将击败。甚至那个鼻子被烤煳的杂技演员都露出了笑容。

“而我们救了这些人。”我叹息道。

“我也有一点后悔了。”我回答。女王已经准备好用她的丝绸手帕示意决斗开始。我用眼角余光瞥到一个士兵走向沃尔辛厄姆，在他耳边窃窃私语。然后这个情报局首领就消失了。显然，对他来说工作比观看决斗更重要。

“现在是想办法脱身的绝佳时机。”我认为。

我绞尽脑汁地搜寻脱身之计。逃跑是不可能的：士兵们把守着船舷，防止我跳到水中。不过，就算我成功跳水，结果也是被毛瑟枪射中，变成泰晤士河上的一具浮尸。女王挥动了丝绸手帕，德雷克举着剑慢慢靠近我。我必须为了生命而战斗，更是为了表白爱情的机会。

德雷克受伤的小腿显然很让他吃痛，幸运的是他没我那么灵巧敏捷，但我完全不懂剑术。这位将军很有可能只需要一辆助步车[1]就能战胜我。所以，我需要把我们拉到同一起跑线上。只是要怎样

① 助步车：一种帮助行走的辅助工具，也叫助行车，辅助长者或行动不便的人行走。

做呢？也许我可以留意在我们移动的过程中，让太阳光直射他的双眼？我抬头看天空，可惜天上都是云彩。不过，我同时看到了头上的瞭望杆，于是我脑中浮现出了一个大胆甚至有点疯狂的计划：如果我往高处爬，德雷克肯定会追在我身后，就在他费力爬瞭望杆的时候，我可以重重地给他一脚让他跌落下去。

为此我必须要克服自己心中杀人的顾虑。因为在这场决斗中生还的人只有一个：要么是德雷克，要么是我。

在我还没下定决心时，我先考虑了一下我是否真的能比德雷克爬得快。可能性很大，因为他的双腿受伤了，我用的是莎士比亚的身体，而不是自己那具慢跑十五分钟相当于挑战极限的身体。

正当德雷克举起剑要先声夺人时，我赶紧转身就跑，跳到桅杆帆具最下面的那根绳索上。惊喜的是我居然顺利地爬了上去。

愤怒的德雷克一开始没有跟上我。他不确定自己应该怎样做。当我抓住绳子在高处晃来晃去时，人群开始骚动，他们感觉原定的娱乐项目落空了。于是女王下令道："士兵，开火！"

身居领导位的女人有时真的很不可爱。

士兵们慢慢用枪瞄准了我，而莎士比亚叹息道：

"当我说想办法的时候，指的是好办法。"

"我现在不接受批评。"我恼火地回答。

"完全可以理解。"我承认。

士兵们就要向我开火了。我依然不敢盯着枪口看，于是闭上了眼睛。子弹马上就要穿过我的身体，如果我没有立即死掉的话，也会身中数枪坠落摔死。对此我深信不疑。但感谢上苍，那位海军中将喊道："停火！这个人是我的！"

士兵们把毛瑟枪再次放下，德雷克也爬上了绳索。尽管双腿都被划伤，这个家伙在攀爬的时候依然很敏捷。他在海上待过那么多年，肯定爬过上千次的桅杆。我竭尽全力加快速度向上爬，但很快他就要追上我——当我爬到将近二十米高时，他就在我身后三四米处。

我惊慌地决定现在就是把他踢下去的时机，但我此时抓住的是绳索，根本没有抓桅杆来得牢固。也就是说存在这样的风险：当我试图把德雷克踹下去时，他会趁机抓住我的腿把我拉下去。从这个高度来看我的身体肯定会在甲板上摔得四分五裂。

可惜的是我距离桅杆大概还有二十来米的距离，而德雷克攀爬的速度比我快将近一倍。尽管我上学时总被这种计算题搞得头疼，但直觉告诉我，我没办法安全爬到顶端。

“你必须想办法激怒德雷克。当他愤怒至极时，他就会不小心，可能他会怒火攻心失手抓不稳。侮辱他的母亲，这一直是个行之有效的办法。”

由于想不到其他办法，这个办法也值得一试，于是我对他喊道：“您的母亲大人红杏出墙。”可惜他淡定地回答说：“说对啦！”

“她还是个性变态。”我开始提高限制级，但他也只是微微一笑，说：“可惜这也是真的。”

为什么德雷克毫无反应？在我们第一次决斗时这让他简直暴跳如雷。

看起来一切都不起作用。我突然想到他的阉割问题，然后喊道：“您的母亲会让男人绝育。”

“她只在我父亲身上试过一次。在我出生之后。”他很轻松地表示。他越靠越近，我惊慌地思考着要怎么激怒他，要怎么升级。慌乱中我唯一想到的是曾经在操场上听我的一个学生说过的一句话。于是我喊道："你的母亲在同性恋色情片里演主角！"

"'同性恋色情片'是什么鬼？"我想知道。

我此刻想不起来具体的解释，而海军中将再一次笑道："你不可能再次激怒我。上次见面之后我就找过一个炼金术士，跟他谈了关于我母亲的所有问题。"

哦天！这个时代就已经有心理医生的前身了。

"他建议我正面与我的母亲和我的愤怒交锋。我也这样做了。"德雷克笑得让人毛骨悚然，"现在她身上灌了铅，正躺在泰晤士河底。"

显然心理学作为一门科学还有很长一段路要走。

海军中将离瞭望台差不多只有十米远，正好在我下方的绳索上。他随时都可能抓住我。他的脸上满是期待的笑容，仿佛他在汉尼拔·莱克特[①]那里进修过精神病患者的硕士学位。

我手中依然拿着一把剑。它阻碍了我攀爬的速度，我在思考着是否要把它当作累赘扔掉。最好直接扔到德雷克的脸上。然后我自己回答了这个问题：罗莎，有时你真没有看起来那样蠢。

我用剑对准德雷克的头盖骨，狠心砍下去，但由于绳索晃荡只够到了他的肩膀。但也足够了，他失去了控制，惨叫着跌了下去。

我以为他将变成甲板上的一块烂泥点，一种不好的感觉席卷了我。但只是很短的瞬间，因为可恶的是德雷克再次出现在了几米远的地方。他很快抓住了绳索，继续往上爬。

"我们现在没有武器了。"我无力地说。

---

① 汉尼拔·莱克特：由汤玛斯·哈里斯所创作的悬疑小说系列中的虚构人物，是一个食人魔和连环杀人凶手。

“如果你认为换你来会做得更好的话……”我对他唠叨。

“我没这样想……”

“那就好。”

“我知道。”

这是情侣们泊车时可能出现的一段对话。此刻我想的不是亲吻自己的身体，而是恨不得掐死它，但我又不想抢了德雷克的工作。我继续向着瞭望台的方向快速地爬着，依然期待着它能带给我一丝生还的希望。我爬得越高，身后追的人就靠得越近。

“快点！快点！”

“有一件事会让我特别高兴。”我对莎士比亚嘀咕。

“是什么？”

“把你的嘴堵上。”

“如果你能爬快点的话，我就自己堵上！”

莎士比亚和我就像一对真正的情侣一样斗嘴。这种情侣争吵中一般是这样：如果对自己诚实的话，就必须接受另一方时不时说得也有道理。“对不起，”于是我让步道，“我确实应该加快速度。”

“我也不应该吼你。”我也意识到自己的错误。

我们俩很快达成和解，这比很多情侣要好得多，他们往往在争吵后的很长一段时间里用漠视来惩罚对方，直到其中一个人不得不去做胃溃疡切片检查。我们这种争吵的方式是维持一段长久关系的好兆头——尽管实话来讲并不太可能实现。

受到和解的激励，我爬得更快，已经到达瞭望台下。我只需要几秒钟把自己送上去。当我脚下站稳的时候，我就能把随后抵达的德雷克一脚踹出去，他就会像一条弧线一样坠落，再也找不到任何可以抓稳的地方。我们生还的希望就在眼前。

只是很可惜，德雷克这时抓住了我的腿，把我往下拉。

我掉落了大概五米，砸到桅杆上横着的用来挂帆的细木板上。砸得我眼冒金星，很有可能砸断了几根肋骨，我甚至感觉呼吸困难。我用上半身沿着木板往上爬，多亏对莎士比亚的爱让我产生了强烈的求生欲望,让我在最后几秒钟用手抓住了木板。我的手臂已经伸直，手指紧紧抠住木板，整个人在甲板以上二十米的地方晃来晃去。

我试着把自己往上拉，但身体虚弱到做不了一个引体向上。于是只能继续晃荡。掉下去只是一个时间问题，一段极短的时间，因为我的手臂和手掌还能坚持多久？一分钟？半分钟？甚至更短，如果注意到德雷克顺着细木板渐渐靠近我的话。他灵巧地维持着平衡，展示着他水手出身的看家本事。

我绝望地冒出一个想法，想用手抓住他的脚，但这也太荒谬了。我此刻哪怕稍微动一动小手指，就有可能掉下去。一脸坏笑的德雷克也注意到了。“我想知道如果我现在踩到你的手指的话,会发生什么。”

此刻我也开始厌恶修辞问句。

61

我的肋骨疼痛难忍，每次呼吸都伴随着疼痛，我的手臂像在被地狱之火灼烧一样。但最让我内心煎熬的是另一个：内疚。莎士比亚要比历史上原定的时间死得更早，只因为我进入了他的人生。

“对不起。”我伤心地对他说。

“太晚了。”德雷克讽刺道。

“我没跟你说话，疯子！”我对他怒吼。顺便提一句，肋骨骨折挂在桅杆上时想要怒吼真的很难。更让人难受的是德雷克说得有道理：我应该在更早的时候思考这些问题。我希望能找到真爱、回到我的时代，而不是让莎士比亚陷入这种困境。

因为我的自私，他将再也见不到他的孩子，他再也没机会建立“寰球剧院”或者写那些他本该写出来的伟大作品。他将作为《哈姆雷特》这部蹩脚喜剧的作者被我们那个时代的人记住，如果还能被人记住的话。德雷克缓慢且享受地提起一只脚，想要踩到我的手上。

“我想恐怕我们即将就此别过。”

莎士比亚的声音没有受到身体伤痛的影响，努力保持着冷静，尽管还是能听出他也很悲伤。我努力压抑着眼中的泪水，回答道：“是的，我们必须道别了。”

“永远地！”德雷克欢呼道。我再次向他吼道：“喂，你就不能闭一次嘴吗？”

他一脸茫然，嘴里嘟囔着：“艺术家……都是疯子……”

“阉割狂母亲的士兵儿子如是说。”我讥讽道。

我放声大笑。这可真是怪异。我离死亡那么近，但莎士比亚依然能让我开怀大笑！

德雷克更加被我和这一切激怒。“待会儿看看你掉下去的时候还能不能笑得那么开心。”

他踩住我的手指。我立即大叫起来，任何一个人在这种情况下都可能放手。但我还想留在威廉身边，就这样强忍着痛苦。这让德雷克很震撼，他提起脚，对我说：“你是一个男人，不是一只老鼠。”

“因为这个男人是一个女人！”我为罗莎感到自豪。

奇怪了，在这种情形下我居然感觉很受用……我的目光投向脚下，士兵们嘈杂地聚集在桅杆下，不知道他们在那里做什么。这也不再重要，重要的是享受和莎士比亚在一起的最后几秒。如果不是现在的话，我应该什么时候再跟他表白呢？如果他拒绝的话会怎样？那么我生命中的最后几秒将会在爱情烦恼中度过。我要在这种最讨厌的感觉中死去吗？

我要向罗莎告白吗？不，简直是疯了。我们马上就要死了，我为什么要用我可笑的感情来增加她的负担？我的身体承受着巨大的疼痛，但罗莎不得不代替我经受着。我宁愿放弃世界上所有的一切，来交换她的位置、替她承担痛苦。但看上去并不可能。于是我决定尽量转移她在疼痛上的注意力，出于这个目的，我尽量轻松地跟她闲聊。我问她：“什么是同性恋色情片？”

“就是能给同性恋带来很多快乐的东西。”我哀叹道，而我的手指已经渐渐麻木。

“就像坐浴盆对你来说一样？”我笑道。

“是的。”我大笑起来，这让我淡忘了苦痛的折磨。

“那么我们应该给洛伦佐的修道院配上那个，”我建议道，“或许也要配上坐浴盆。”

我笑得更开心了，完全忘记了伤痛。莎士比亚总是能在糟糕的情况中让我感觉好受一些。

但我的自言自语和笑容让德雷克很紧张。

“你简直让我失去耐心。”他骂道，愤怒地踩着我的手。更重，更残暴。我尖叫起来。

罗莎的尖叫撕碎了我的心，尽管此刻我的心不属于我。

我已经没办法思考，只剩下感觉。不知道我的手指有没有断。但无论如何我都不想放弃。但德雷克又一次踩了上去。这一次我再也没有力气叫喊，我眼前一黑。几乎不可能再坚持下去了。

“放手吧，罗莎……不要再折磨自己了。”我恳求道。以这种方式死去，对我来说都无所谓。我只是不想让罗莎遭受这样非人的折磨。

我没有放手……但感觉很痛……特别痛。

“求求你……”我哀求道。

“我不想你因我而死，威廉。”我开始哭泣。我已经无力控制眼中的泪水。

“罗莎……”

我依然死死抓住木头，而眼泪已经滑过脸庞。

“我允许你放手……”我温柔地说。

“不……”

“你可以放手……”我重复。

但我还是坚持着，只要我还有一丝力气。哪怕还要久一点，因为我怀着对莎士比亚的爱。但最终我还是坚持不下去了。我轻声说：“对不起……实在对不起……”

“你不需要道歉。”我满怀爱意地说。

于是像莎士比亚反复要求的那样，我放手了。

62

当我的手从桅杆上滑过时，我听到德雷克说的最后一句话是："也差不多到时间了。"

时间，是一个相对的东西。在这一点上，经历这段时间旅行后我比任何人的体会都深刻——甚至包括爱因斯坦。它可能在某些情形下无限延伸直至永恒。做肠镜的病人、碰到糟糕性爱的女人，或者实验舞蹈剧院的观众，都对此有深刻的认识。

而我现在也正有所体会：当我往下掉落时，我进入了另一个意识的世界。通过时间的延伸，这场坠落感觉上就像一场自由而轻松的滑翔。所有的痛苦都消失了，绝望脱离了我的思想。我不需要继续哭泣，我几乎在享受这场坠落。但疑惑逐渐侵蚀了我——难道我不应该向莎士比亚表白吗？

我问自己：你想成为什么，罗莎？一个人？或者一只把秘密带进坟墓的老鼠？又是一个修辞学的问题。

"威廉，我必须跟你说……"我起了个头。

"同性恋色情片具体是指什么吗？"

"你不用故意逗我笑。"我轻柔地说。

"笑着死去会更好。"

"有可能，但我有很重要的事要向你告解。"

"你还是偷偷地试了试男人的性高潮？"我有些震惊。

"莎士比亚！"

"原谅我。"

我没时间废话了。就算时间延长，我们离撞击地面也只剩下一半的路。我必须跟他说，就在现在。“威廉？”

“罗莎？”

“我……我……”我顿住了。勇气消失得跟它来时一样快。

“你？”我追问道。抱着不切实际却又柳暗花明的希望，希望罗莎能对我有感觉。

“我……我……爱你。”

突如其来的幸福让我一时说不出话来。

莎士比亚没有回答。哦天哪！我这个傻子真是自作多情，还让他陷入了在我临死前拒绝我求爱的尴尬处境中。我难道对他来说不够有吸引力吗？

他肯定在搜寻合适的话，他不可能在这种情形下说这样的话：“嘿，我们还是继续做朋友吧。”

如果他这样做了，那这将是我生命中听到的最后一句话。

但无论他怎样表达，我都注定要在爱情苦恼中死去。难道不对他表达我的情感会更好一些吗？

我也不知道。

我们离地面只剩几米远，我根本不想往那个方向看，而威廉还是一言不发。难道他要为了顾虑我的感受而一直保持沉默到死吗？

我思索着是否要请求他讲一个笑话来代替回答，实在不行也可以说说女王的裙子，那样至少我摔到甲板上时是笑着的。带着微笑死去绝对比带着苦恼好。我的话正到嘴边，莎士比亚却温柔地说：

“我也爱你，罗莎。打从心底。”

太不可思议。

他爱我。

而我也爱着他。

这是我两个人生里最幸福的瞬间。

我们继续向地面滑翔。

一起。

两个灵魂，一起走向死亡。

就像罗密欧与朱丽叶。

好吧，在我们身上只有一个灵魂。

这就是说……我爱我的灵魂。

这真疯狂。

太疯狂了。

当我刚来这里的时候，我一点都没办法忍受自己的灵魂。几天之前我甚至十分厌恶做自己，因为我如此平庸。我深信自己没有一点价值，完全不知道自己身上蕴藏着什么。

而现在我了解自己的灵魂。

我知道了它的能力。

它能负荷哪些感情。

它蕴含着何种力量。

何种勇气。

何种人生乐趣。

以及何种诗意。

是的，现在我真的爱上了自己的灵魂。

深深地。

我和它达到了统一。

我还来不及感受，就失去了意识。

63

带着内心安宁这种绝妙的感觉，我醒了过来。花了一点时间才睁开眼睛。花了更久来辨别方向：我在甲板上？在水里？还是在“玫瑰”，甚至在天堂？是这里吗？我居然能进这样的地方？不管怎样我感觉自己就像在天堂一样。

不过，天堂里应该不会有穿睡衣的男人跑来跑去，还对我说：“等一等，我再去找找浴袍。”

当我的眼睛再次聚焦，我认出睡衣男是普罗斯佩罗。我再一次躺在他马戏车里的睡榻上。我回到了我的时代。而且莎士比亚的灵魂没在我身体里。这一次我终于没有违背佛教僧人的规则。

我再次回到这里的事实，只说明了一个结论：我找到了真爱。

居然是自己的灵魂。

但莎士比亚在过去世界里又发生了什么？尽管我离开了他的身体，从而避免了像番茄酱瓶一样被摔到甲板上四分五裂，但他的身体依然会继续坠落。死路一条。没有我。独自一人。他没可能活下来，是这样吗？

我迫切地希望出现奇迹能拯救莎士比亚，但我要怎样才能弄清？我们如今隔着好几个世纪。如果我让普罗斯佩罗用钟摆把我再次送回去，也许我会在一具尸体上醒来。如果这样行得通的话。但这肯定不会给别人带来什么欢乐。

我的目光落在催眠师的笔记本电脑上，突然冒出一个想法：如果莎士比亚活了下来，他肯定写下了他本该写的那些伟大作品。看一眼维基百科就能找到结果。要么今天所有的人都知道他的名字，要么他的竞争对手马洛取代他成为历史上最伟大的戏剧家。

我从睡榻上跳起来，冲向电脑，打开浏览器。我在维基百科上发现，莎士比亚把最后我们在一起的日子里梦想的事情都实现了：他把《哈姆雷特》改写成了悲剧，让罗密欧和朱丽叶死去，还建立了“寰球剧院”。

莎士比亚从桅杆上那一摔中活了下来。问题是：他是怎样做到的？

沃尔辛厄姆从其中一个士兵那里得知，有一个西班牙刺客还活着。而他不仅承认了德雷克和预谋炸掉战舰的事情脱不了干系，尽管他夫人还在船上，而且还供出了德雷克是西班牙刺客的首领。于是这位情报头子下令让士兵们拉开一张帆布，让我掉落在上面，然后把德雷克带去见他的母亲……在泰晤士河底。可惜的是我在帆布上摔折了几根骨头，尽管我完全不知道身上有这样的骨头，比如时至今日对我来说依然陌生的髂骨。

我松了一口气，合上笔记本电脑。刚才我应该立即让普罗斯佩罗把我送回威廉身边去，和他一起生活。但现在我不想了。我终于懂了，这趟回到过去的旅程重要的不是到英格兰去当威廉·莎士比亚，而是有其他的意义。这是一场寻找自我的旅程，而莎士比亚是我的一部分。他过去一直是我的一部分。他将永远是我的一部分。

感谢和他的相遇让我认识到自己的灵魂和它伟大的潜能。最终我爱上了它，也不再自轻自贱。我找到了内心极大的喜悦和最深的幸福感。不是乍然的狂喜，而是宁静的满足。一种舒适的温暖涌动在我的全身，将我填满。我感觉到了自我……是的，没有更好的词语能形容……我感觉自己被重新赋予了生命。

我希望莎士比亚通过我也能找到他内心的平和。当我和我的灵魂达到统一时，经过和我相处的那些日子，他应该也和我一样做到了，不是吗？他能写出那些作品，就是最好的证明。

当我躺在帆船的甲板上时，我实在很讶异，原来一个髂骨摔断的人还能体会到如此的幸福。

“莎士比亚，”普罗斯佩罗打断我的思绪，“您应该还在这具身体里，是吧？我是说，那个疯女人没有再次作弊吧？”

“是的，那个疯女人这次没有。”我调皮地说。重新找回自我之后让人对别人的态度都和善起来。

“那么，”催眠师满意地笑着说，“你终于懂了，真爱其实就在你自己身上。”

是的，我懂了。这种感觉太奇妙。人生中第一次，我能爱自己。

“不过，”我脑海中掠过一个念头，接着就向普罗斯佩罗提了出来，“‘爱自己’是不是有一点……我应该怎么说……极端以自我为中心的意味？”

“恰恰相反。”催眠师笑了。

“相反？”我追问道。

“只有当一个人爱自己的时候，他才会真心地去爱朋友、生活、世界……或者另一半。”

他说出了我早已猜到的和我非常期待的：我终于可以全心全意地去爱。没有恐惧。没有怀疑。没有我之前在扬身边感受到的自卑。

也许我走运的话，甚至也会遇到和我相近的灵魂。远处的某个男人，拥有和莎士比亚的安妮一般迷人微笑的男人。这样的奇迹也有可能。

不过，哪怕我没有遇到这个男人，我也能过跟几天前相比更好的生活，因为我的幸福不再靠另一个人维系。

“也许每个人都应该来一趟时间旅行，”我向普罗斯佩罗建议，“世界可能会变得更美好。”

“还有很多其他路径可以找到自己。”普罗斯佩罗回答。

“没那么辛苦的。”我笑着说。

“完全会更轻松的。”普罗斯佩罗承认。

“不过，不会那么有趣。”我笑得更加灿烂。尽管过程很疯狂，但我也不愿错失这一段奇幻旅程。

这是我生命中最好的时光。准确地说，是迄今为止的生命中。因为现在我就要开启一段崭新而精彩的人生。

透过车窗，我看到太阳从马戏场的帐篷上升起。崭新的一天开始了，我要好好享受它，就像接下来的每一天一样。我衷心感谢了普罗斯佩罗，跟他拥抱作别，告诉他之后我要把我的好朋友霍尔格送过来。然后我向门口走去，打开了马戏车的大门。清晨的第一缕阳光洒在我脸上，早晨清凉的空气萦绕在我鼻尖。我深深呼吸，清新的空气填满了我的肺，我找到了一种从未意识到的生活之乐。

就这样充满生命力地跨进了我的新生活。

终章　五年之后

（过去与现在）

尽管岁月流逝，我依然满怀幸福与人生乐趣。我过着职业作家的生活，写作音乐剧、话剧剧本和诗歌。此外还有一本小说，开头是："天哪，我简直是一个平庸至极的女人……"（在出版时我却假称自己是个男人，出版社认为这是个十分有趣的主意）

还在病床上时，我就已经着手写我第一部结局圆满的喜剧。在《皆大欢喜》中有一个女孩女扮男装（天知道我怎么突然想到这个主意）。女主角是我创造过的最完美的角色——一个英气十足而情感真挚的女孩。我给她取名叫作罗瑟琳。

在我回来的几个月后，我真的遇到了一个笑起来跟安妮一样的男人。如果我继续自卑自怜的话，我就不可能经历和他在一起那样充满张力的爱情。是的，显然人们必须做好准备迎接那个有缘人。

我再也找不到一生所爱的女人。不过，这也避免了很多麻烦，我已经和自己的灵魂合为一体。破贞之神已经跟世界告别。我把心思更多地放在我的孩子们身上，甚至定期跟他们一起去给安妮扫墓。

我从杜塞尔多夫搬回了我的出生地，和我新婚的丈夫一起。我们有了一个孩子，而我发现人在哪里都能过得很好，哪怕是在伍珀塔尔。

我建起了“寰球剧院”。《皆大欢喜》成为那里的首演剧目，罗瑟琳从一开始就受到整个伦敦的喜爱。

我真的带着霍尔格去找了普罗斯佩罗，他在蓬帕杜夫人[①]的身体里度过了一段美好的时光。

我最好的朋友肯佩享受着自己每一刻的美好时光。

当我的丈夫和小宝贝睡着时，我会读莎士比亚的作品……

当演出结束，孩子们上床睡觉后，我会写十四行诗……

我在一部不那么出名的1599年的诗歌集中找到了一首特别的作品……

献给罗莎，希望她在遥远的未来读到……

就是那首我们一起创作的十四行诗……

我只是增加了最后几句……

---

① 蓬帕杜夫人：又译蓬巴杜夫人，法国国王路易十五的情妇、著名交际花。

读的时候我脑海中浮现着莎士比亚的声音……

我想象着罗莎读这首诗的样子……

通过这些诗句，我们越过时间……

和彼此紧紧相连……

在友谊……

和……

爱里：

然而我们的夏日，永远不会消逝，
属于我们的微笑，永远不会黯淡，
死神永不能攫取我们的权力，
只因我们的灵魂有动人的力量，
长久于我们的呼吸，我们的眼睛，
我们的灵魂长存永不消散。

致谢

感谢乌尔丽克·贝克，世界上神经最强韧的编辑。感谢马库斯·加特纳与米夏埃尔·托特伯格，最棒最明智的经纪人。

图书在版编目（CIP）数据
变身莎士比亚 /（德）大卫·萨菲尔著；刘芮男译．—南京：译林出版社，2018.10
ISBN 978-7-5447-7522-9

I.①变… II.①大… ②刘… III.①长篇小说－德国－现代 IV.①I516.45

中国版本图书馆 CIP 数据核字（2018）第 215388 号

著作权合同登记号　图字：10-2017-293 号

变身莎士比亚［德国］大卫·萨菲尔／著　刘芮男／译

责任编辑　陆元昶
特约编辑　经元华　张兰坡
装帧设计　灵动视线
校　　对　王兰英
责任印制　贺　伟

出版发行　译林出版社
地　　址　南京市湖南路 1 号 A 楼
邮　　箱　yilin@yilin.com
网　　址　www.yilin.com
市场热线　010-85376701
排　　版　灵动视线
印　　刷　三河市延风印装有限公司
开　　本　960 毫米 × 640 毫米　1/16
印　　张　18.5
版　　次　2018 年 10 月第 1 版　2018 年 10 月第 1 次印刷
书　　号　ISBN 978-7-5447-7522-9
定　　价　29.80 元